칼로 죽이고 방으로 살리고

원철
해인사로 출가했다. 해인사, 은해사, 실상사, 동국대, 조계사 등에서 오랫동안 경전과 선어록을 연구하고 강의했다. 월간 「해인」의 편집장으로 일한 이래로 일간 신문과 불교계 신문, 잡지에 틈틈이 글을 써오고 있는데, 정확하고 군더더기 없는 빼어난 글 솜씨, 깊이와 대중성을 두루 갖춘 글로 이름이 나 있다. 특히 이 책 「할로 죽이고 방으로 살리고」에서 간명하면서 기지 넘치는 촌철살인의 글로써 선어록에 대한 탁월한 안목과 내공을 유감없이 보여준다. 저서로 「아름다운 인생은 얼굴에 남는다」가 있고, 역서로 「선림승보전」 상, 하권이 있다. 산중과 도시가 둘이 아니라(市山不二)는 믿음으로 몇 해째 '수도승首都僧'으로서 살면서, 조계종 총무원 신도국장, 기획국장을 거쳐 지금은 재정국장 소임을 맡아 일하고 있다.

이우일
만화가이다. 만화 그리기 말고도 여러 가지 일을 하고 있다. 직접 글을 쓰고 그림을 그리기도 하고, 소설에 들어가는 그림을 그리기도 하고, 사진을 찍어 책을 만들기도 한다. 지금까지 그리고 쓰고 만든 책으로는 「도날드 닭」, 「이우일 선현경의 신혼여행기」, 「현태준 이우일의 도쿄 여행기」, 「김영하 이우일의 영화 이야기」, 「굿바이 알라딘」, 「옥수수빵파랑」, 「삼인삼색 미학 오디세이 2」, 「호메로스가 간다」, 「노빈손 시리즈」 등이 있다.
www.saybonvoyage.com

할로 죽이고 방으로 살리고

처음 펴낸 날 | 2009년 8월 7일
네번째 펴낸 날 | 2009년 9월 10일

원철 지음
이우일 그림

펴낸곳 | 도서출판 호미
펴낸이 | 홍현숙
편집 | 조인숙, 박지웅
본문 디자인 | 조인숙
등록 | 1997년 6월 13일(제1-1454호)
주소 | 서울시 마포구 서교동 339-4 가나빌딩 3층
편집 | 02-332-5084
영업 | 02-322-1845
팩스 | 02-322-1846
전자우편 | homipub@hanmail.net

표지 디자인 | (주)끄레 어소시에이츠
필름출력 | 문형사
인쇄 | 대정인쇄
제본 | 성문제책

ISBN 978-89-88526-90-3 03810
값 | 12,000원

생명을 섬깁니다. 마음밭을 일굽니다.

할로 죽이고 방으로 살리고

원철 지음 | 이우일 그림

호미

추천의 글

비단 위에 꽃을 보태는 일이로다

무비 | 범어사

불교는 이천칠백여 년의 세월을 걸어오면서 모든 면에서 끊임없이 성장하고 발전해 왔다. 초기불교에서 부파불교로, 다시 대승불교에서 선불교로 변신에 변신을 거듭하였다. 앞으로 또 어떤 불교가 등장할지 모르겠지만 지금까지는 선불교가 불교의 완성판이라고 생각한다. 그런데 선불교 역시 그 특유의 활발발한 성격 때문에 언제 어디로 어떻게 튈지 모르겠다. 그와 같은 예측에 부합이라도 하듯 원철 스님은 「할로 죽이고 방으로 살리고」와 같은 '현대판 선서'를 내놓았다고 감히 말하겠다.

지은이가 머리말에서 밝힌 바, "일상성의 종교인 선종禪宗의 진면목을 한 꺼풀씩 벗겨 내면서 그 일화가 의미하는 당시의 일상성을 읽어 낼 수 있다면, 오늘날 그것도 나름대로의 가치를 지닌다"는 자평에서처럼, 이 시대의 선자禪子로서 선불교의 진면목을 한 자락씩 끄집어내어 시대의 눈으로 보고 시대의 감각으로 살필 수 있다면 참으로 의미있는 일이다. 그리하여 작금에 이 땅에서 살아가는 사람들에게 무엇인가 툭 터진 그러면서도 청량한 감로수의 역할을 할 수 있다면 그것은 비단 위에 꽃을 보태는 일이 될 것이다.

나는 평소에 경전 속의 선불교적 요소와 전문 선서들의 고준하고 심오한 보석 상자들을 오늘날 어떻게 풀어헤쳐 그 가치를 현재와 미래의 사람들과 함께 나눌 수 있을지 고민하고 염려해 왔다. 그러던 중 원철 스님의 이 글을 읽고는, 이와 같은 선자가 있다면 한 마음 놓아도 되겠다는 생각이 들었다.

먼저 놀란 것이 "부처님은 선사다"라는 전제였다. 이 한마디 말 때문에 80

여 편이나 되는 짧지 않은 글을 한편 한편 아껴 가며 차분히 살폈다. 그뿐만 아니라 옛 선사들의 유훈이나 행적을 소개하면서 오늘날의 불교가 반드시 고쳐야 할 폐습들을 거침없이 꼬집어 바로잡으려는 마음까지도 역력히 읽어 낼 수 있어 더 좋았다.

실은 선서뿐만 아니라 모든 불교를 이와 같이 과감하게 그리고 한층 더 앞선 감각과 표현으로 대중에게 쉽고 친절하게 나누어 주어야 한다. 그것은 가치관의 혼란으로 갈팡질팡하는 이 시대 사조를 올바로 세울 대안으로서 특히 선불교가 자리매김하고 있기 때문이다. 선종禪宗이 모든 종교와 철학 중에서 가장 우수하다고, 그리하여 종교가 더는 나아갈 곳이 없을 정도로 완성에 이르렀다고 자부하는 한, 그것은 당연한 결론이기도 하다.

근자에 중국을 몇 번 드나들었는데, 가자마자 서점부터 찾아 불교 서적들을 살펴보곤 했다. 뜻밖에도 최근에 출간된 선서禪書의 양이 적지 않음에 우선 놀랐다. 그리고 하나같이 현대적인 해석으로 쉽게 쓰였으며 심지어 「불교개론」, 「금강경」, 「육조단경」 같은 것은 모두 만화로 탈바꿈되어 있었다. 중국 사람들 역시 선불교가 이 시대 사람들의 눈을 밝게 열어 줄 수 있는 가르침이라고 생각하고 있음을 확인한 것이다.

원철 스님은 앞으로도 부디 이와 같은 안목과 재능을 더욱 더 잘 발휘하여, 불조佛祖의 가르침에 현대인들이 쉽게 다가갈 수 있게 만드는 징검다리의 역할을 꾸준히 하기를 바라는 마음에서, 그리고 더욱 많이 할 것이라는 기대에 몇 마디 말을 보태게 되었다.

2009년 여름

금정산 범어사 한주, 여천 무비 쓰다

할로 죽이고 방으로 살리고

차례

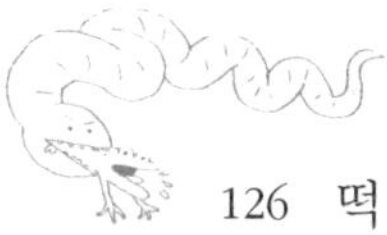

책을 내면서

일상 종교인 선종의 진면목을 오늘 우리 이야기로 풀어 보자

틈나는 대로 경전을 읽고 선어록을 열람하고 또 나름대로 글을 써 왔다. 그리고 가끔 번역도 하고 그것을 묶어서 책으로 세상에 선보인 적도 있다. 그런 일련의 작업 속에서 선불교의 숨어 있는 매력이 읽히기 시작했다.

선종 승려들만의 독특한 세계관과 현실관 그리고 그 안에 담긴 생명력은 '일상 종교'로 조금도 손색이 없었다. 수행자로서의 엄격함과 칼날 같은 정진력 뒤꼍에서 묻어 나오는 인간적인 번민과 고뇌 그리고 넉넉한 인정이 때로는 가슴에 더 와 닿았다. 그야말로 '사람 냄새'가 주는 아름다움이었다. 때로 '인간적'이라는 말이 갖는 한계인 속된 차원에 매몰되지 않고 공부로 승화시켜 버리는 '승속불이僧俗不二'의 절묘한 반전은 지혜 그 자체였다.

비구와 비구, 비구와 비구니끼리는 말할 것도 없고 승려와 거사, 그리고 승려와 청신녀 등 다양한 상황의 설정과 긴장감이 주는 팽팽함은 이제 천 년 세월을 넘어 또 다른 신화가 되어 버렸다. 하지만 신화는 어떻게 생명력을 불어넣느냐에 따라 '지금, 여기'의 이야기가 되기도 한다. 그러므로 삶 따로 불교 따로, 당송唐宋시대 따로 한국의 현대 따로가 되어 버린다면 그 책임은 오늘을 살고 있는 우리에게 있다.

신화는 과거의 이야기가 아니라 오늘 우리의 또 다른 현실이다. 바로 우리의 현재인 것이다. 또 그렇게 되어야만 신화로서의 진정한 의미가 살아난다. 그래서 그 선종사의 신화 같은 이야기에 생명력을 불어넣어 오늘에 되살려 내고 싶었다. 이것이 이 책을 쓰게 된 이유이다.

선종의 1,700개 공안은 이미 법칙화되어 지금의 우리가 보기에는 박제와도 같은 느낌이 들기도 하지만 당시에는 일상적인 생명력 그 자체였다. 따라서 그 공안이 생명력을 가지려면 지금도 계속 새로운 화두가 만들어져야 한다. 그런데 그것이 '차나 한 잔 마시게' 대신에 '커피나 한 잔 하게' 따위의 모방이라면 곤란하다. 그나마 지금 가장 대중화되어 있는 '이뭣고' 화두가, 정확하지는 않지만, 만들어진 지 백 년쯤 되는, 우리나라 토종의 창조적인 공안이라고 할 수 있겠다.

과거의 1,700개 공안이 문제가 아니라 그 뒤로 공안이 단절된 것이 더 큰 문제다. 그 뒤의 역사가 없으니 과거로 되돌아갈 수밖에 없고, 따라서 복제만 일삼게 되고, 복제는 박제가 되고, 그러다 보니 현실과 무관한 남의 나라 먼 이야기가 되어, 과거만 붙들고 있는 퇴행적인 모습으로 나타나게 된 것이다.

어쨌거나 선불교의 신화를 한꺼풀 한꺼풀 벗겨 내어 '일상 종교'인 선종의 진면목을 드러냄으로써, 그 일화가 뜻하는 당시의 일상을 읽어 낼 수만 있다면, 오늘날의 그것도 나름대로의 가치를 지닌다. 고전이 가지는 영원한 생명력의 원천이 여기에 있는 까닭이다. 이거야말로 온고지신溫故知新이요 법고창신法古創新이며 계왕개래繼往開來가 아니겠는가.

불교계 신문사에 오랫동안 몸담았던 이경숙 씨의 독려, 그리고 월간 「해인」 시절부터 맺어진 끄레와 도서출판 호미와의 긴 인연이 새삼 고마운 이 아침이다.

2009년 여름 장대비가 내리는 날에
원철 화남

할로 죽이고 방으로 살리고

부처님은 선사다

'부처님을 선종적으로 어떻게 정의할 것인가' 하는 문제는 선종사를 서술하는 모든 편찬자의 화두였다. '무슨 소리냐?' 고 되물을지도 모르겠다. 하지만 선종사禪宗史, 곧, 「전등록傳燈錄」의 서술자들은 이 문제 앞에서 정말 많은 고민을 했다. 왜냐하면 중국에서 화엄종, 천태종, 율종, 법상종 같은 많은 종파가 나름대로 전성기를 누리던 시대에 후발주자였던 선종은 그 역사적 정통성을 확보하는 일이 무엇보다 중요했기 때문이다. 그들은 선종이야말로 부처님의 사상적 정통성을 가장 충실하게 이어받은 종파라는 근거를 만천하에 제시해야만 했다.

가장 먼저 이루어 낸 작업이 법맥도의 완성이었다. 부처님에서부터 가섭 존자를 거쳐 달마, 혜능까지 잇는 33조사의 계보 확립이 그것이다. 이 삽삼卅三 조사의 법계로써 부처님은 선종의 제1대 조사, 곧, 대선사로 자리매김되었다.

사실 부처님에게서 선사다운 캐릭터를 찾아내는 것은 그리 어려운 일이 아니다. 선종의 교판敎判인 이심전심以心傳心, 교외별전敎外別傳의 사상적 기반이자 상징적인 사건인 '염화미소拈華微笑'는 나중에 방장실을 '염화실'이라고 부르는 근거가 되었다. 선종은 이처럼 '부처님은 선사다'라는 전제에서 출발한다.

부처님에게 한 바라문이 찾아왔다. 그는 양 손에 꽃 두 송이를 들고 와서 공양을 올리려 하였다.

그러자 부처님이 말씀하셨다.

"버려라."

바라문이 왼손의 꽃 한 송이를 버렸다.

다시 부처님이 말씀하셨다.

"버려라."

바라문이 이번에는 오른손의 꽃을 버렸다.

다시 부처님이 말씀하셨다.

"버려라."

그러자 바라문이 말했다.

"저는 지금 빈손으로 있거늘 다시 무엇을 버리라고 하십니까?"

이에 부처님이 말씀하셨다.

"나는 너에게 꽃을 버리라고 한 것이 아니다. 네가 가지고 있는 모든 분별심을 일시에 버려라. 버릴 곳이 없는 곳이라야 생사生死를 면하는 곳이니라."

이 말을 마치자마자 바라문은 그 자리에서 깨쳤다.

이 일화에서 부처님을 방장 스님으로 대치시키고, 바라문을 만행 다니는 납자로 바꾸고, 무대를 중국의 한 총림으로 옮겨 놓으면, 바로 선문답의 전형적인 양식이 된다.

선·교의 대표 인물 가섭과 아난

부처님의 걸출한 두 제자 가섭 존자와 아난 존자, 지금 우리가 알고 접하는 그 둘의 이야기는 부처님 당시 그들의 본래 모습이기보다는 후대에 와서 선종의 가치관이 알게 모르게 투영된 모습이다.

불교 초창기 교종이 득세하던 때, 선종은 율종 사찰에서 당우 한 칸을 얻어 더부살이를 하는 신세였다. 그러나 그들은 그런 처지에 아랑곳하지 않고 수행에만 전념했다. 두타행을 자청하여 걸식 수행을 하며 고행에 이골이 난 그들의 눈에, 교가敎家는 부처님 말씀을 앵무새처럼 외우는 그런 부류로 비쳤을 것이다. 마음의 깨달음과는 거리가 먼, '똥닦개 같은 대장경을 신줏단지처럼 모시는' 눈 어두운 무리로 보였을 것이다. 이런 저변의 기류 탓에, 뒷날 가섭 존자가 주관하는 결집에, 아난 존자는 부처님 말씀을 가장 많이 듣고 기억하는, 그래서 결코 빠질 수 없는 매우 중요한 위치에 있었음에도 불구하고 결집 장소에서 대문 밖으로 쫓겨나는 수모를 감수해야 했다.

가섭 존자는 두타행자로서 선종의 이상적인 인간상에 근접한 모습을 보여 준다. 가섭은 부처님이 세 번이나 마음을 전했다는 삼처전심三處傳心의 주인공이다. 부처님이 꽃을 드니 가섭만이 웃었다는 그 유명한 '염화미소拈華微笑'를 비롯하여, 늦게 온 가섭 존자를 위해 부처님이 당신의 자리를 절반을 나누어 주었다는 '다자탑전 분반좌多子塔前分半座'와, 이미 열반한 부처님이 늦게 온 가섭을 위해 관 밖으로 두 발을 내어 보이셨다는 '곽시쌍부槨示雙趺'의 세 일화를 통해, 가섭 존자는 부처님의 심인心印을 바로 전수받은 선종의 제2대 조사의 모습으로 정착된 것이다. 교가를 대표하는 인물인 아난마저 가섭에게 "세존께서 금란 가사를 전하여 주신 것 말고 무슨 법을 전해 주셨습니까?" 하고 되묻는 것으로써 '선종적인 매듭'을 짓고 있다.

선종의 이러한 태도는 부처님의 말씀도 '선어록'에 포함시키려는 노력까지 병행했다. 최초의 선종 전등 역사서로 알려진 「보림전」에는 「사십이장경」의 전문이 실려 있다. 경전을 부분적으로 인용하는 것이야 흔히 있는 일이지만 최초의 선종사 책에 이렇게 일부러 경전 전문을 싣고 있는 것은 시사하는 바가 크다. 「사십이장경」은 인도에서 중국으로 전해진 최초의 경전이다. 「보림전」이 편찬될 무렵 그 경은 이미 중국 사람들에게 불교 개론서 역할을 하면서 자연스럽게 대중화된 상태였다. 그런데 선가에서는 이를 선종의 관점에서 재해석하여 「보림전」이라는 전등사서 속에 편입시킨 것이다. 이는 「사십이장경」을 선종의 초조인 '부처님의 어록'이라는 지위와 권위를 부여하기 위한 정지 작업이었다. 선가야말로 부처님의 마음에 가장 부합한 수행자라는 사실을 안팎에 과시한 것이었다. 다시 말해 선가의 사상적, 수행적 우월감과 자신감의 반영이라고 하겠다.

이리하여 「보림전본 사십이장경」이 '최초의 어록'으로 규정되었다. 이로써 뒷날 깨침의 언어인 선어록을 경전과 동등한 위치에 두기 위한 기반이 마련된 셈이다. 「사십이장경」, 「유교경」과 함께 위산 선사의 어록인 「위산경책」까지 합하여 '불조 삼경佛祖三經'이라고 불렀는데, 이 책들을 선종의 필독서로 권장하였으니, 결국 어록과 경전을 같은 무게로 다룬 것임을 알 수 있다.

어차피 역사란 근본적으로 현재의 역사가 될 수밖에 없다. 이 모든 것이 중국 땅에서 선종은 비단 불교계뿐만 아니라 사상계까지 평정하면서 기존의 종파 불교까지 완전히 흡수하고 소화한 새로운 수행 불교를 완성하였음을 의미한다. 이는 곧 불교의 역사를 선가의 관점에서, 다시 말해, 선종사라는 이름으로 다시 새롭게 한 것이다. 하지만 이 시각 또한 선종이 전성기를 구가하던 당송 시대의 관점이라는 사실을 잊어서는 안 된다.

아난, 마명, 용수, 세친을 선종 조사로 끌어들인 까닭

선종의 법맥도를 살펴보면 특이한 것이 눈에 뜨인다. 아난 존자를 필두로 세친, 마명, 용수처럼 선종 이미지와는 별로 어울리지 않는 인물들이 다수 포진하고 있다는 사실이다. 그들은 본인의 의사와는 상관 없이 선종의 조사로 편입되어 버린 것일까? 만일 다시 환생하여 이 전등 법계도를 본다면 어떤 반응을 보일지 자못 궁금하다. 제대로 위상을 부여해 놓았다고 고개를 끄덕이면서 흐뭇한 표정으로 긍정할까? 아니면 이맛살을 찌푸리면서 그냥 모른 체하고 지나갈까? 아마 선종 승려로 출가해 있다면 전자일 것이고, 그렇지 않다면 후자일 것이다.

「조당집」 '가섭' 편에는 아난 존자가 제1차 결집에 참여하지 못한 일 때문에 고뇌하는 모습이 그려져 있다.

"나는 부처님을 지극 정성으로 섬겼고 계를 범한 적이 없는데 왜 깨치지 못했는가?"

그 누구보다도 신심 있고 투철한 지계持戒 의식으로 잘 살았노라고 자부하던 그로서는 이해할 수 없는 일이었다. "왜? 왜? 왜?" 이렇게 자문하며 밤새도록 거닐다가, 새벽에 피곤해진 몸을 누이려는데 머리가 목침에 닿기도 전에 깨달음의 지위를 얻었다. 아난은 그 기쁨을 이기지 못하여 곧장 결집 장소인 칠엽굴로 가서 돌문을 두드렸다. 그리하여 문고리 구멍을 따라 그 안으로 들어갈 수 있었다. 몸과 마음이 자유로워진 덕분이었다.

'왜?'라는 의문은 의단이 되었고, 그것이 하룻밤의 용맹정진으로 이어져 마침내 머리가 목침에 닿는 순간 아난은 깨침을 얻었다. 어떤 문헌에는 결집 장소에서 쫓겨난 아난이 크게 분심을 일으켜 절벽 위에서 졸음을 쫓으려고 한쪽 발로 서서 용맹 정진을 한 끝에 깨달음을 얻었다고 기록되어 있다. 어떤 이야기가 옳든 아난 존자가 선종의 방법으로 깨달음을 얻었다는 결론은 같다.

마명 또한 그의 스승 11조 부다야사와의 대화에서 선사적인 모습으로 그려져 있다.

"어떤 것이 부처입니까?"

"그대가 부처를 알고자 한다면 지금 모르는 그것이 부처이니라."

선종이 이와 같이 마명(12조), 용수(14조), 세친(21조) 같은 인도 대승불교 각 파의 조사들을 선종의 전법 조사로 끌어들인 것은 선종이 종래의 모든 종파를 종합하고 있음을 안팎에 과시한 것이다. 다시 말해, 불교 전체를 선禪의 실천이라는 관점에서 통합한 것이다.

요즈음에도 입적한 어른 스님들에게 이판사판을 막론하

고 비문에 '선사'나 '대선사' 칭호를 붙인다. 살아 있는 이들도 누구든지 '아무개 수좌'라고 불러 주면 윗사람이 아랫사람을 배려한 호칭이 된다.

수좌首座는 수자修者가 와전된 것으로 보인다. 수자는 수선자修禪者라는 말이고, 수좌는 본디 총림에서 방장 다음의 맨 윗자리에 앉는 어른을 가리키는 말이었다. 그렇거나 말거나 수자를 수좌라고 부르는 것이 이미 통용되고 있으니 그냥 그대로 사용하면 될 일이다. 어쨌거나 수좌(수자)는 언제부터인가 선종의 모든 승려를 부르는 호칭으로 굳어졌다. 선종의 입장에서는 설령 도심의 포교당에서 살고 있더라도 살고 있는 그 자리가 바로 선원이라고 생각하기 때문에 '수좌'라고 불리더라도 별로 잘못된 일은 아닌 것이다. 이래저래 선종의 정서는 이 땅의 출가자 모두에게 면면히 흐르는, 어쩌면 또 하나의 업業인지도 모르겠다.

선종의 간경관

오랜만에 대중과 더불어 「금강경」을 완독하였다. 서로 마음을 맞추고 운율을 맞추어 경전을 합송하면 그 각별한 맛과 멋이 가슴을 울린다.

간경看經은 독경讀經과 다르다. 경전에게 굴림을 당하면 독경이고 경전을 주체적으로 굴리면 간경이 된다. 반야다라 존자의 이야기도 이와 궤를 함께한다. 반야다라 존자는 달마 대사의 스승이다. 스승을 보면 그 제자를 알 수 있으니 스승의 행적을 한번 살펴보는 것도 괜찮겠다.

동인도 국왕이 수행자를 초청하여 재齋를 베풀었다. 공양 청을 받으면 경을 읽어 주고 축원을 해 주는 것이 관례다. 그런데 같이 간 다른 승려들은 열심히 일심으로 경전을 읽는데 반야다라 존자만이 경전을 읽지 않고 가만히 앉아 있었다. 이를 의아하게 여긴 왕이 조심스럽게 물었다.

"존자께서는 어째서 함께 경전을 읽지 않고 가만히 계십니까?"

그러자 존자가 이렇게 말하였다.

"빈도貧道는 숨을 내쉴 때 모든 반연絆緣을 따르지 않고, 숨을 들이쉴 때도 5온·6처·18계에 머물지 않으니, 늘 이렇게 백억, 천억의 경을 읽습니다. 한두 권만이 아닙니다."

존자는 경전을 읽는 것 자체가 수행이라는 견지에 서 있다. 한 걸음 더 나아가 모든 반연을 쉬고 일상생활의 번뇌에 끄달리지 않는 삶 자체가 바로 경전을 읽고 있는 것과 다름없다는 것이다. 그러니까 정해진 시간에 경을 읽어 보아야 고작 한두 권이지만 그는 일상 속에서 늘 경을 읽고 있는 셈이기 때문에 백억, 천억의 경을 읽고 있다는 논리이다. 경전을 들고 모양을 갖추어 읽는 형식보다는 경전을 읽는 그 정신으로 늘 일상생활에 임하고 있음을 피력한 것이다.

위앙종의 실질적인 개조인 앙산 선사에 관해서도 이와 비슷한 일화가 전해 온다.

선사가 아직 사미로서 종 화상 문하에 있을 때다. 어느 날 동자들 방에서 경을 읽는데 화상이 와서 물었다.

"누가 여기서 경을 읽고 있었는가?"

"제가 읽었습니다."

"무슨 경 읽는 소리가 노래 부르는 것 같으냐? 제대로 경을 읽을 줄 모르는가?"

사미인지라 경 읽는 소리가 제대로 다듬어지지 않았던 모양이다. 그러자 경을 읽던 앙산 사미가 이렇게 말하는 것이었다.

"화상께서 경을 읽을 줄 아시면 한번 읽어 보십시오. 어떻게 읽는 것이 제대로 읽는 것입니까?"

그러자 종 화상이 "여시아문……" 하면서 경을 읽기 시작하자 앙산 사미가 말했다.

"그만! 그만두십시오."

종 화상이 유창한 운율에 매끈한 목소리로 경을 읽어 주려 했지만 앙산 사미가 그것을 거부한 것은, 경 읽기는 가락이 문제가 아니라 일심으로 읽는 것이 더 중요하다고 보았기 때문이다. 곧, 경 읽는 자세나 가락에 무게 중심을 둘 것이 아니라, 얼마나 간절하고 정성스럽게 간경에 임하는가 하는 것이 관건이라는 것이다. 이것이 바로 선종의 간경관看經觀이다. 그래서 조선의 청매 인오 선사는 "심불반조心不返照 간경무익看經無益"이라고 단언하였으니, 마음을 관조하지 않으면 경을 읽어도 아무런 이익이 없음을 힘주어 말한 것이다.

인재의 발굴이 바로 전법이다

선종은 인재를 법기法器라고 부른다. 법을 담을 만한 그릇이라는 말이다. 나무꾼 출신의 어느 늙은 행자는 5조 홍인을 만났을 때 '남방 촌놈'이라고 무시당하자 "불법에는 남북이 없다"라는 대답으로 홍인 선사에게서 법기임을 인정받았다. 그리하여 뒷날 제6조가 되어 선종을 단단한 반석 위에 올려놓았다.

일반적으로 조사들의 법문을 모아 편집한 것을 '…록' 또는 '…어록'이라고 부르는데, 유독 6조 혜능 선사의 어록은 후학들이 '경전'이라는 이름을 부여했다. 이처럼 그의 어록을 다른 어록과 구분 지어 부를 만큼 혜능 선사는 선종에서 불후의 금자탑을 세운 인재이니, '혜능록'인 「육조단경」은 일찍부터 경전으로서 후한 대접을 받아 왔다.

그렇다고 다른 어록이 그보다 못하다는 것은 물론 아니다. 다만 강조하고 싶은 것은, '될 성부른 나무는 떡잎부터 알아본다'라는 말처럼, 눈 밝은 5조 홍인 선사가 선종의 미래를 책임질 동량을 미리 알아보았다는 사실이다. 현장 법사가 법제자인 규기를 어릴 때 발견하고는 출가를 반대하는 그의 부모를 설득하여 '바랑에 담아' 절로 데리고 온 것도 모두가 법을 위함이었다.

중국 선종의 초조初祖인 달마 대사도 예사로운 법기가 아니었던 모양이다. 반야다라 존자가 그의 인물됨을 알아보고 제자로 맞아들였다. 달마는 인도 왕 향지의 셋째 왕자다. 출가하기 전부터 예사롭지 않은 소리를 한다.

하루는 부왕 향지가 왕자에게 찬란하고 아름다운 진주 구슬을 보여 주고 소감을 물었다.

"이것은 세간의 보배일 뿐이니 귀한 것이 아닙니다. 모든 보배 가운데 법의 보배가 으뜸입니다. 또 이 광채는 세간의 광채이니 귀한 것이 못 됩니다. 모든 광채 중에는 법보의 광채가 으뜸입니다."

욕심으로 가득 찬 사람의 눈에는 진주 구슬이 의미가 있겠지만, 가치관이 다른 사람에게는 한갓 유리 구슬일 뿐이다. 법의 귀함을 어찌 진주 구슬에 비길 수 있으랴. 그래서 법의 구슬을 법보法寶라고 불렀던 것이다. 사실 진주 구슬의 광명이라고 해 보아야 얼마만큼 주변을 비출 수 있겠는가? 지혜의 광명은 세세생생 온 세상을 밝힐 수 있는 것이니 그 빛이 비출 수 있는 공간과 시간을 비교하는 것이 가당하기나 하겠는가. 이런 이유를 그는 선종의 관점에서 참된 법기답게 설명한다.

"이 구슬의 광채는 스스로 비추지 못하고 지혜의 광명은 이 광명을 분별합니다. 이를 분별한 뒤에야 구슬인 줄 알게 되고 구슬임을 안 뒤에야 보배임을 압니다. 구슬은 스스로 가 구슬이 되지 못합니다. 구슬이 스스로 구슬이 되지 못하므로 반드시 지혜의 구슬에 의하여 세간의 구슬을 분별하고, 보배가 스스로 보배가 되지 못하므로 반드시 지혜의 보배에 의하여 법의 보배를 밝힙니다."

이 정도 안목을 가진 사람이 있다면 불원천리하고 달려가서 반드시 데리고 와야 한다. 하지만 데리고 오는 것이 문제가 아니다. 더 중요한 일이 남아 있다. 잘 가르쳐서 법기를 만들어야 한다.

규기는 출가해도 "오계五戒도 지키지 않겠다"고 버텼다. 정말 말도 안 되는 그 요구를 현장 스님은 선선히 받아들여 그를 일단 출가시켰다. 그러고 나서 뒤에 다시 발심시키고는 제대로 된 공부 길을 제시하여 규기를 완벽한 수행자로 바꾸어 놓았다. 현장의 안목과 인내심은 시대를 초월하여 빛난다.

5조 홍인의 제자들 가운데에 이른바 방계로 불리는 인물들이 「전등록」에 여럿 나온다. 신수 대사와 혜안 국사가 대표적인 인물이다. 신수는 「육조단경」에 나오는 까닭에 비교적 잘 알려져 있다. 혜안 국사는 남달리 오래 살아서, 백스무 살까지 산 조주 선사에 버금갈 정도였다. 그토록 장수한 것을 기려 뒷사람들이 '노안老安'이라고도 불렀다. 현대에도 종교인을 가장 오래 사는 직업군이라는 통계가 있는 것으로 보아, 종교인은 예나 지금이나 마음을 다스리며 사는 덕에 스트레스를 덜 받아 장수하는 게 아닌가 싶다.

신수와 혜안, 이 두 큰스님 사이에 느닷없이 측천무후라는 희대의 여걸이 등장한다. 당나라 초기 조정의 기반을 공고히 한 측천무후가 불심이 깊음은 이미 정평이 나 있다. 하지만 정치에 대한 역사가의 평가는 그리 후하지 않다. 그 까닭은 여러 가지가 있으나 신심을 정치적으로 이용했다는 점도 빼놓을 수 없다. 정치와 종교는 분리됨이 바람직하다는 것은 동서고금의 역사가 증명하고 있다. 정치의 발전사 자체가 어찌 보면 종교에서 정치를 분리해 온 역사라고도 할 수 있다. 하지만, 측천무후의 종교적 순수성을 인정하는 쪽에서 보면, 덕 높은 스승을 국사로 모셔서 사심 없는 지혜의 안목으로 선정을 펴려고 했다고 할 수 있다.

당시 신수와 혜안은 법력을 중원 천하에 떨치고 있었다. 신수 대사는 무후의 초청을 받아 머물고 있던 옥천사를 떠나 장안의 내도량內道場에 들었다. 신수 대사는 장안과 낙양을 오가며 왕공과 고관 대작 사이에서 교화를 펴는 중이었다. 반면에 혜안 선사는 백애산에서 사십여 년 동안 동구불출洞口不出하면서 오로지 수도에만 전념했다. 하지만 무후가 세 번이나 사신을 보내서 간청하므로 어쩔 수 없이 산에서 내려왔다.

거기까지는 좋았다. 문제는, 무후가 두 선사 중에 누가 더 법력이 높은지 시험하고 싶어한 것이었다. 하지만 자기 자신은 공부가 깊지 않아서 법 거량으로 누가 더 훌륭한지 알기란 애초에 불가능했다. 결국 궁리 끝에 그녀다운 방법을 찾아냈다. 무후는 두 도인이 목욕할 수 있게 준비시켰다. 그러고는 아름다운 시녀들에게 목욕 시중을 들게 해 '쇠로 만

든 부처님이랄지라도 땀이 날' 상황을 연출했다. 먼저 신수가 물에 들어갔다. 곧바로 목욕물이 넘쳤다. 뒤이어 혜안이 들어갔다. 물이 그대로였다. 그렇게 목욕이 끝났다. 시녀들에게서 그 목욕 과정을 듣고는 측천무후는 이렇게 찬탄했다.

"물에 들어감으로써 진짜 도인을 알게 되었도다!"

그리하여 무후는 미인을 보고도 몸이 아무 반응을 보이지 않은, 부동심不動心의 혜안을 국사로 모셨다.

그리스의 아르키메데스는 욕조에 들어가 자기 몸의 부피만큼 물이 넘치는 것을 보고 '아르키메데스 원리'라는 과학 진리를 발견하는 계기를 얻었고, 산골에 묻혀 있던 산승인 혜안은 목욕물이 넘치지 않게 함으로써 당시를 풍미하던 고승인 신수보다 더 높은 법력을 인정받았다. 목욕탕 안에서도 이처럼 과학적 진리 발견과 종교적 법 거량이 이루어질 수 있다. 그러니 곳곳이 모두 진리의 도량인 것이다.

테스트 받는 줄 알았으면 신수 대사도 얼마든지 물 한 방울 넘치지 않게 할 수 있었을 텐데, 일상에서 매사에 자연스럽게 임하는 바람에, 무후의 피상적인 눈에는 도를 덜 닦은 사람으로 보였을 게다. 측천 보살이 제 나름의 잣대로 고승의 법력을 저울질한 것이 기발하기는 하지만 더 깊은 곳을 보지 못한 한계는 어쩔 수 없다. 아마 그래서 그런지, 요즘 아무나 와서 법 거량을 하려고 달려드는 통에 문을 걸어 잠그는 선지식이 늘고 있다.

혜능 선사, 노모를 남겨 두고 출가하다

출가란 무엇인가? 간단하다. 세간을 포기하는 것이다. 조금 거창하게 말하면, 삶의 패러다임 자체를 전환하는 것이다. 곧, 석가 씨 집안으로 옮겨 오면서 삶의 방식 자체가 달라지는 것이다. 그리하여 기존 가치관의 틀이며 가족관이 깨어지고, 그로 말미암아 생기는 주변의 혼돈과 충격은 출가한 당사자에게 적지 않은 부담으로 작용할 수밖에 없다. 특히 중국과 우리나라같이 효를 강조하는 유교 문화권에서는 더더욱 그러하다.

선종의 중흥조인 6조 혜능 선사의 출가 또한 이런 세간의 논리에서 자유롭지 못했다. 「조계대사별전」에 따르면, 혜능 스님은 몰락한 가문의 후손으로 노모를 모시고 땔나무를 팔아 생계를 이어 가던 중 「금강경」 읽는 소리를 듣고 발심하여 출가를 결행한다. 고난에 찬 필부의 생활을 떠난 초연한 세계를 평소에 동경하고 있었기 때문에 그런 인연을 만날 수 있었다고 기록은 전한다.

「육조단경」의 원형으로 알려진 돈황본에는 "혜능은 숙세의 업연이 있어서 어머니를 하직하고 황매의 빙무산으로 가서 5조 홍인 화상을 예배하였다"라고, 비교적 출세간의 입장에서 선사의 출가를 간결하게 서술하고 있다. 그런데 그 뒤의 기록들은 세간의 가치관과 시각이 알게 모르게 투영되어 있다. 곧, 선사의 출가가 문제가 아니라, 속가에 홀로 남은 노모에 대한 걱정이 주류를 이룬다. 선사의 뜻과는 상관 없이 이후의 기록들은 이 부분에 대해 참으로 친절하게 부연 설명을 하고 있다.

먼저 「육조단경」 덕이본의 기록을 보자.

"객사에 있던 한 손님이 오랜 인연이 있었는지 은 열 냥을 혜능에게 주어 늙은 어머님의 옷과 식량을 충당하게 하고 곧 황매에 가서 5조 홍인 스님을 뵙도록 가르쳐 주었다."

이후 「조당집」에서는 더 자세하게, 조금 '오버'했다 싶을 만큼 사실적으로 이야기하고 있다.

"나무를 사던 안도성이라는 사람이 황매로 떠나온 뒤에 노모 봉양을 걱정하는 혜능의 이야기를 듣고는 은 일백 냥을 주어 식량과 의복을 마련하게 했다."

후원금을 준 사람의 구체적인 이름이 등장할 뿐더러, 은 열 냥으로는 노모가 살아가기에 부족하다고 느꼈는지 백 냥으로 늘려 놓았다. 이는 6조 혜능 선사의 출가에 대한, 세간의 가치관과 출세간의 가치관이 충돌하는 것을 완화시키기 위한 주변 사람들의 배려라고 하겠다. 곧, 선사의 출가 정신도 살리고, 집에 남은 노모 봉양의 문제도 만족시키기 위한, 참으로 '중도적'인 묘안인 것이다.

한참 후대의 기록으로 보이는 「남화사지」에는 노모와의 애절한 고별 사연이 나온다.

탁발승의 「금강경」 독송을 듣고 발심한 혜능은 황매산으로 출가하겠다고 거듭 간청하나 어머니는 눈물을 쏟으면서 간곡히 만류한다. 이 광경을 지켜보던 외삼촌이 "꼭 출가를 하겠다면 저 동구 밖 큰 바위에 가서 허락을 받아 오라"고 했다. 혜능은 바위 앞에서 이레 동안 밤낮으로 기도를 올리며 출가를 허락해 줄 것을 청한다. 마침내 바위가 두 동강으로 갈라지니, 동네 수호신인 큰 바위한테서 허락을 받은 것이다. 이 바위는 어머니와 이별한 돌이라 해서 별모석別母石이라는 이름이 붙었다.

기존 삶의 틀과 가치관을 깬다는 것이 얼마나 어려운 일인지를 이 설화는 참으로 실감이 나게 표현하고 있다.

수행에는 인정이 원수라고 했다. 인정이 많으면 도심道心이 성글어질 수밖에. 어정쩡한 타협론은 '승僧도, 속俗도 아닌' 삶을 출가자들에게 요구하기 마련이다. 수행자로서의 정체성을 잃는 것은 결과적으로 불가와 속가에 두루 누를 끼치는 것이니, 냉정하게 보자면, '어설픈 중도론'은 참으로 경계해야 할 이론이다.

선종의 저변은 무인 가풍이다

선어록을 읽다 보면 의외로 거칠다는 느낌을 자주 받는다. 곧, '할喝(꾸짖는 큰 고함 소리)로 죽이고, 방棒(몽둥이질)으로 살리는' 일이 비일비재하다. 옆구리를 쥐어박고 걷어차는 것은 기본이고 그것만으로는 모자랐던지 활이며 칼도 심심찮게 등장한다. 이른바 '활발발活潑潑'이라고 표현하는 무인풍武人風은 어디에서 비롯된 것일까? 대답은 간단하다. 무사 부류라고 할 수 있는 군인이나 사냥꾼을 포함하여 무인의 기질을 지닌 사람이 제법 많은 수가 선종으로 출가하였기 때문이다.

「육조단경」 돈황본 도입부에도 이런 유의 이야기가 나온다. 혜능 선사가 5조 홍인에게서 의발衣鉢을 전해 받고 남쪽으로 도망치는데 유독 홀로 끝까지 뒤쫓아 오는 이가 있었다. 그 주인공이 바로 혜명 스님이다.

"두어 달 걸려서 대유령 고개에 도착하였다. 내가 떠나온 뒤에 수백 명이 쫓아와서 나를 붙잡아 가사와 발우를 빼앗으려고 한 사실을 나는 알지 못했다. 뒤쫓아 오다가 모두들 중간쯤에서 되돌아갔다. 그러나 유일하게 진혜순(일반적으로 '혜명'으로 불림)만은 끝까지 쫓아왔다. 그는 삼품 장군 출신으로 성품과 행동이 거칠고 난폭한 사람이었다."

다른 사람은 중도에서 모두 포기하였지만 장군 출신인 혜명 스님만은 끝까지 포기하지 않았다. 이것은 그가 군인 정신으로 무장한 덕분에 불퇴전의 정진 자세를 기본적으로 갖추고 있음을 보여 준다. 이런 무인 정신이 마냥 '무대뽀'인 것만은 아니다. 무사풍이 법을 위해서 크게 도움이 될 때도 꽤 있다.

혜능 선사는 쫓기던 끝에 가사와 발우를 내던진다. 그때까지 가사와 발우를 뺏으려고 죽어라고 쫓아오던 혜명 스님은, 그 과정에서, 마침내 가사와 발우를 진정으로 가진다는 것은 '힘'이 아니라 '법'임을 깨닫게 된다. 그리고 그 유명한, "선도 생각하지 말고 악도 생각하지 말라"는 법문을 듣고서 완전히 안목이 열린다.

그 뒤로 혜능 선사도, 법성사의 인종 화상 회상에 모습을 나타내기 전까지는, 몇 년 동안 사냥꾼과 함께 숨어 살았다.

선가에서 사냥꾼을 대표하는 인물이 석공 혜장 선사이다. 그는 사냥이 본업이었다.

혜장 선사가 사냥꾼으로 지내던 어느 날, 여느 때처럼 열심히 사슴을 쫓다가 마조 선사를 만나 그의 법문을 듣고는 그 자리에서 활을 버리고 출가하였고 마침내 깨침을 얻었다. 그런데, 한 산중의 방장이 되어서도 출신은 속일 수 없었는지, 상당 법문을 할 때마다 활 시위를 당기고서 소리를 질러 대고는 했다. 어쩌다 한두 번 그런 것이 아니라, 물경 삼십 년 동안 계속 그랬다. 그러던 중 하루는 삼평이라는 걸걸한 수좌가 선사 앞에 나타나 '쏠 테면 쏘라'는 식으로 가슴을 풀어헤쳤다. 세월이 흐르다 보면 언제고 호적수를 만나기 마련이다. 마침내 석공 선사가 활을 버리니 삼평 수좌가 괄괄한 큰 목소리로 물었다.

"그것은 사람을 죽이는 화살(殺人箭)이거니와, 어떤 것이 사람을 살리는 화살(活人箭)입니까?"

개떡 같은, 박제된 법문(死句)일랑 이제 그만 때려치우고 진짜 살아 있는 활구活句를 내보이라는 말이었다.

이 '살인전殺人箭, 활인전活人箭'이란 말에서 '활'을 뜻하는 '전箭' 자를 '칼'을 뜻하는 '검劍' 자로 대치하면 '활인검, 살인검'이 된다. 남전 스님이 고양이를 칼로 두 동강을 내어 모든 시비를 일거에 끊어 버렸을 때, 그 칼은 살인검인 동시에 활인검인 까닭에 반야지검般若智劍인 것이다. 그것이 파릉 선사에게 가면 취모검吹毛劍이 된다. 가늘디 가는 털을 입으로 불어서 칼날에 닿게만 해도 그 털이 잘라지는 예리한 칼, 취모검은 미세한 번뇌까지 일거에 제거할 수 있는 반야의 칼이다.

파릉 선사에게 한 남자가 물었다.
"어떤 것이 취모검입니까?"
"산호 가지마다 영롱한 달빛으로 흠뻑 젖은 것과 같지."

선사의 답변이 참으로 시적이다. 무사풍의 질문에 거꾸로 문사풍文士風으로 대답한 것이다. 무武가 정법正法을 전제하지 않으면 그건 한갓 폭력에 지나지 않는다. 그런 무武라면 장군 출신인 혜명 스님이 나무꾼 출신인 혜능 행자에게 무릎을 꿇는 것과 같은, 법에 대한 간절함으로 이어질 수 없다. 그렇긴 하지만, 말법 시대에는 힘이 전제되지 않으면 법 또한 여몽환포영如夢幻泡影일 뿐이다.

이얏
후-
쩍-

내가 죽거든 조문객도 부의금도 받지 말라

불교계 신문을 뒤적이다가 한쪽 구석 지면을 차지한 아주 신선한 기사에 눈길이 머물렀다. 한적한 토굴에서 혼자 열반하신 어떤 스님에 대한 글이었다. 한평생 올곧은 수행자로 살았고, 다비식마저 아는 스님 몇몇이 모여 조촐하게 치렀다는 내용이었다.

젊은 시절에는 화려한 다비식이 잔칫날처럼 좋아 보였다. 총림에 오래 머문 덕에 많은 다비식을 치렀고 다른 사찰의 영결식장에도 더러 가 보았다. 서울 강남 거리를 만장 대열과 꽃상여로 장엄했던 영암 스님 다비식은 출가한 이듬해에 처음 본 절집 장례식으로, 영화에서나 보던 옛 국장國葬 수준의 성대함이 인상적이었다. 그 모습을 보면서 대뜸 '나도 열심히 수행하여 큰스님이 되면 저런 장례식의 주인공이 될 수 있겠지'라고 철없는 생각을 했던 기억이 새롭다.

그 뒤로 그 정도 규모의 큰스님 장례식을 많이 경험했다. 하지만 절집에 사는 햇수가 늘어 가면서 다비식의 화려함 뒤에 숨어 있는 산중 대중과 문중 식구의 노고가 이만저만한 게 아님을 차츰 알게 되었다. 또 다비식이 끝난 뒤 문도 사이에서 이런저런 이유로 불협화음이 일어나 스승의 뜻과는 십만팔천 리 반대 방향으로 가 버리는 경우도 심심찮게 보고 듣는다.

혜능 선사가 열반을 앞두고서 아주 소박하게 장례식에 대하여 언급한 것이 「육조단경」에 나온다. 이 부분만큼은 '돈황본'과 '덕이본'이 별 차이가 없다.

"잘 있거라. 이제 그대들과 이별하노라. 내가 입적한 뒤에 세속 인정으로 슬피 울거나, 사람들의 조문이나 공양물을 받거나 상복을 입는 일이 없도록 하라. 그러한 것은 불법의 가르침도 아니며 내 제자가 할 일도 아니다. 내가 살아 있을 때나 마찬가지로 똑같이 모두 단정히 앉은 채로 좌선하라. 내가 떠난 뒤에도 오직 법에 의지해 수행하고 내가 살아 있을 때와 똑같이 하라."

선종의 장례 지침이라고 할 만하다. 원론이라고 하지만 지나치다 싶을 만큼 간단하다. 먼저, 울어서는 안 된다. '생사불이生死不二'이기 때문이다. 조문이나 부의금을 받지 말라고 했다. 민폐가 되기 때문이다. 조문객도 맞지 않고 부의금도 받지 않으면 객비 나누어 줄 일도 없다. 상복도 입지 말라고 했다. 지금은 문도들이 가사를 수하지 않고 장삼 차림으로 조문객을 받는 것이 거의 정착되었다. 혜능 선사의 지침 중 현재 제대로 지키는 것은 이것밖에 없다. 무엇보다 중요한 것은 다비 뒤에도 스승이 살아 있는 것처럼 정진해야 한다고 당부한 점이다.

스승의 유지와 가풍은 되도록이면 그대로 계승해야 제대로 된 '조계 후학'이라고 할 수 있으리라.

마조 선사 고향 할머니에게서 한 방 당하다

무협지를 읽다 보면 힘깨나 쓰면 '강호江湖의 고수'라는 호칭이 따라다닌다. 또 신경을 써서 만든 책은 어김없이 서문 맨 끝에 "강호 제현의 질정을 바란다"는 말이 상투적으로 따라붙는다. 이 '강호'라는 말은 '천하天下'라는 말과 같은 말이다. 그런데 그 말이 생기게 된 연원을 살피면, 조사선의 실질적인 완성자인 마조 스님이 주인공으로 등장한다는 사실은 무협지 애독자들도 잘 모를 터이다.

그 시절 중국 강서江西 지방의 대표적인 인물은 마조 선사였고, 호남湖南 지방에서 가장 활약이 두드러진 사람은 석두 선사였다. 두 선사의 회상에는 공부하는 이들의 왕래가 끊이지 않았다. 당시에 이 두 선사를 찾아뵙고 거량을 하여 인가받지 못한 납자는 뭘 제대로 모르는 안목 없는 사람으로 간주되던 것이 일반적인 분위기였다. 강서와 호남은 그렇게 해서 인재의 집합지가 되었고, 이로부터 천하를 가리키는 말로 '강호'라는 말이 생겨났다.

두 선사 밑에 이렇게 천하의 인재가 모여들게 된 데에는 그 시절의 어지러운 과거 제도가 한 몫을 차지했다. 응시하는 실력자는 많은데 합격자는 언제나 '이미 내정된' 엉뚱한 사람들이었던 것이다. 과거 제도가 이처럼 부패하자 언제부터인가 젊은이들이 과거장이 아니라 '선불장選拂場'으로 모여들었다. 관리를 뽑는 곳보다는 부처를 뽑는 곳이 더 인기가 있었고, 그 중심에 서 있는 인물이 마조 선사였다. 일례로 단하 천연 선사와 방 거사는 불교를 만나기 전에 함께 과거 길에 올랐던 사람들이다. 그러나 둘은 과거장으로 가던 도중에 마음을 돌려, 부처를 뽑는 선불장인 마조 선사의 회상으로 출가하였다. 당시의 사회 분위기가 그랬다.

이렇듯 그 시절의 대 스타였던 마조 선사는 광장설상廣長舌相과 천복륜상千福輪相을 갖추고 있었다. 곧, 혀가 코를 덮을 만큼 길고 발바닥에는 법륜이 새겨져 있다는 말인데, 이는 부처님의 32상을 표현한 것으로, 법문을 매우 잘하고 사람들을 열심히 교화했음을 뜻한다. 그의 문하에서 깨우친 사람이 백여 명이나 나왔고, 그의 회상에 늘 머무는 대중이 천여 명에 이르렀다 하니 가히 매머드급 총림이라고 하겠다. 또 선사의 걸음걸이는 소의 걸음처럼 점잖고 눈빛은 언제나 호랑이 같았다.

그런 마조 선사에게 드디어 진짜 강적(?)이 나타났다. 무림의 고수도 아니고 강호 제현도 아닌, 어릴 적 한 동네 친구였던 할머니였다. 선종사에서 내로라 하는 선지식들에게 가끔 이런 평범한 노파들이 나타나서 허를 찌르는 광경은 흔한 풍경이기도 하다.

마조 스님이 남악 회양 선사에게서 법을 얻은 뒤로 그 이름을 크게 떨치던 중 고향인 사천에 들렀다. 금의환향인 셈이었다.

마을 사람들이 모두 "큰스님이 오셨다," "우리 마을에 인재 났다"고 야단들인데, 시냇가에서 빨래하던 이웃집 할머니의 한마디는 그야말로 환영사의 압권이었다.

"무슨 경사나 난 줄 알았더니, 뭐야! 이 아이는 마씨 농기구 집 작은아들 아니냐!"

"……?"

마조 선사가 황당해하는 표정이 눈에 선하다.

이 일을 두고 뒤에 제자들에게 이렇게 말했다나 어쨌다나. 송대의 자료인 「오가정종찬」 1권에 그 원문이 나온다.

자네들에게 바라노니 고향에는 가지 말게.
고향에 돌아가면 공부하기가 어렵더구나.
시냇가에 있던 옆집 할머니가
어릴 때 나의 이름을 부르더군.

늘 '평상심이 곧 도道'라고 말하던 마조 선사였지만, 고향 할머니의 한마디에 평상심을 유지하기가 쉽지 않았던 모양이다.

등은봉 선사 출가한 누이동생 한마디에 제자리로

이십여 년 전이었다. 덩치는 제법 큰데 얼굴은 앳된 행자 한 명이 해인사에 들어왔다. 그를 데리고 온 보호자는 비구니 스님이었다. 나중에 안 일이지만, 그 스님은 그 행자의 누나였다. 출가할 사찰부터 은사 선택은 물론이고 출가한 뒤에도 승려 노릇의 고비고비마다 조언을 해 주었다. 하지만 속가의 신심 있는 부모로부터 "저 혼자도 모자라 동생까지 데리고 나갔다"는 원망 아닌 원망까지 감수해야 했다는 이야기도 들었다. 지금 그 스님은 복지 분야에서 나름의 원력을 실천하면서 승려 노릇을 반듯하게 하고 있다.

마조 선사 문하의 등은봉 선사도 누이동생이 비구니였다. 절집에서 살다 보면 이렇게 형제 자매나 가족이 함께 수행하는 경우를 심심찮게 보게 된다.

계율도 잘 따르지 않고 언제나 대중에게 어깃장을 놓던 등은봉 선사가 그래도 유명한 것은 그 누구도 흉내낼 수 없는 열반 자세의 독특함 때문이다. 앉은 자세로 입적하는 좌탈坐脫도 드문 일인데, 은봉 선사는 한 술 더 떠 물구나무 선 자세로 열반에 들었다. 살아서 대중한테서 대접받을 만한 일을 하지 않은 까닭에 대중은 스님이 마지막까지 별스럽다고 혀를 끌끌 찼다.

그런데 이 부분에 이르러 더러 쓸데없이 지엽적인 문제가 염려되기도 한다. 일테면 이런 것이다. 등은봉 선사가 물구나무를 섰을 때 그 풍성한 저고리의 오지랖은 어떻게 되었을까? 땅을 향해 아래로 흘러내린 바람에 빨래도 하지 않아 누렇게 된 꼬질꼬질한 속옷이 드러나지나 않았을까? 은봉 스님 같은 괴각들은 빨래를 잘 하지 않던데……. 누이가 대신 정기적으로 세탁해 주었다면 다행이고.

스님의 성품으로 봐서 누이 또한 그런 일로는 얼씬거리지도 못했을 것 같다. 그런데, 기록에 따르면, 옷이 사람이 바로 서 있을 때처럼 전혀 흘러내리지 않았다. 사람이야 그렇다손 치더라도 무정물인 옷 또한 자연의 법칙을 거슬러 가면서까지 끝까지 몸을 가리는 역할을 다했다고 하니 그 불가사의함은 선사의 공부 힘이라고밖에 할 수 없다.

뒷날 오돈부吳敦夫 거사가 회당晦堂 노스님한테 이 부분에 대해 질문하였다.

"그분의 열반이 남다른 것이야 감히 범부인 제가 알 수 없는 일이지만, 승복 또한 스님을 따랐던 것은 무슨 까닭입니까?"

"그대가 지금 입은 옷이 몸을 따라 아래로 드리워져 있다. 그런데도 그것을 의심하는가?"

"의심할 것이 없습니다."

"의심할 것이 없다면 물구나무를 선 채 열반할 때 옷도 몸을 따랐을 뿐인데, 여기에 무슨 의심이 있겠는가?"

이 말에 거사는 그 자리에서 안목이 열렸다. 죽은 선사가 살아 있는 거사의 안목을 열어 주었으니, 시공을 초월하여 스승 노릇을 한 셈이다.

그나저나 진짜 큰일은 열반 뒤에 일어났다. 다비를 하려고 하니 선사의 육신이 물구나무를 선 채 꿈쩍도 하지 않았다. 당황한 대중이 웅성거렸다. 그러자 누군가가 누이 비구니 스님에게 도움을 요청했다. 그걸 보면 그 누이 스님의 경지도 대중이 인정할 만큼 보통 수준은 넘은 모양이다. 비구니 스님이 이 소식을 전해 듣고 근처 토굴에서 한걸음에 달려와, 거꾸로 서서 입적한 선사 곁에 서서 조곤조곤 한마디 하였다.

"오빠는 살아서도 괴각질로 대중을 피곤하게 하더니, 죽어서도 세상 인정을 따르지 않는군요."

그러고서 툭 치니 그제서야 넘어졌다. 부처 곁에서 선정禪定에 든 여인을 망명 보살이 손가락을 튕겨 깨어나게 했다는 '여인출정女人出定' 공안이 떠오르는 장면이다.

덕분에 은봉 선사의 다비를 무사히 마칠 수 있었다. 남매간의, 또 같은 길을 가는 수행자 사이의 애틋함을 느끼게 하면서도, 그것을 법法으로 승화시킨 참으로 아름다운 모습이다. 등은봉 선사의 괴각 이력에 고명처럼 등장한 누이의 모습이지만, 그동안 유별났던 오라비의 행적을 일거에 상쇄시킬 만큼 찬탄할 만한 광경이다.

선사들의 어머니

대선사의 어머니라고 해서 '보통 엄마'와 다를 것이 있겠는가. 한석봉의 어머니처럼 촛불을 끈 채 떡을 가지런히 썰어 보이면서 아들을 훈계하거나, 맹자의 어머니처럼 이사를 세 번씩 해 가며 아들을 가르치는 경우도 있지만, 그게 어디 아무 엄마나 할 수 있는 일이겠는가.

동산 양개 선사의 어머니도 보통 엄마였을 성싶다. 그러나 선사와 그 어머니가 주고받은 편지는 문장이 얼마나 빼어난지, 초발심자들에게 읽어 주면 여기저기서 훌쩍거리는 소리가 들려올 정도이다. 인정머리 없이 집을 나간 아들의 편지 두 통과 그 아들을 늘 그리워하는 어머니의 편지 한 통이 전부지만 그 내용이 지닌 무게감은 경전 한 질을 능가하고도 남는다.

"너는 어미를 버릴 뜻이 있으나 어미는 너를 버릴 마음이 없다. 네가 타지로 떠난 뒤로 밤낮으로 눈물을 뿌리면서 괴로워하고 괴로워했다. 이미 고향에는 돌아오지 않겠다고 맹세하였으니 나도 곧 너의 뜻을 따르겠다.……다만 목련존자처럼 나를 제도하여 윤회에서 해탈시켜 주기를 바랄 뿐이다. 만일 그렇게 하지 못하면 깊은 허물이 있을 것이니 명심할지니라."

아들은 수행자랍시고 재가자인 어머니 보살에게 법문하는 형식으로 글을 썼고, 어머니는 인정을 억누르다가 마지못해 승화시킨 사랑과 함께 '쥐꼬리만큼'의 신심으로 '아들의 법문'을 수용하면서도 다른 한편으로는 '스님 아들'을 감싸안는다. 글을 읽다 보면 그 같은 모습이 눈에 선하다.

물론 맹자의 어머니를 뛰어넘는 모범적인 선사의 어머니들도 있다. 조동종의 석창 법공 선사의 어머니가 바로 그런 분이다. 이 어머니는 출가한 자식이 수행을 열심히 하여 부모를 구제해 주기를 발원했다. 하지만 아들이 공부는 하지 않고 천동사 굉지 선사 밑에서 크고 작은 소임을 보면서 사판事判(사찰의 살림을 맡아서 처리하는 일)으로 세월을 보내고 있는 것이 못마땅하여 이렇게 말했다.

"네가 출가한 것은 본디 생사를 해결해서 부모를 제도해 주기 위함인데, 대중을 위해 소임을 맡아 보고 있는 시간이 너무 길구나. 어쨌든 인과를 밝히지 못하면 그 화가 나중에 지하에 있는 나에게까지 미치게 될 것이다. 명심하고 명심하여라."

그 순간 석창 법공 선사는 다시 발심해 정진의 길로 나섰다. 어머니의 한마디는 그래서 무섭다.

황벽 선사의 어머니는 보통 엄마의 대명사로 등장한다. 그러나 아들은 매몰차기 짝이 없는 수행자의 표상이다. 황

툭툭
벌써 경칩이로구나…
병신! 경칩찾고 앉았네!
헉! 돌아가신 어머니?
명심하라 했지! 내가 좀비로 돌아온건 네탓이니라!
어머니! 크흑흑흑…

벽 희운 선사가 수천 명의 대중을 거느리고 황벽산에 주석할 때의 얘기다. 그때 노모가 의지할 곳이 없어 아들을 찾아온다. 선사는 노모가 왔다는 이야기를 듣고서 모든 대중에게 제 어머니에게 물 한 모금, 쌀 한 톨도 주지 말라고 엄명을 내린다. 노모는 하도 기가 막혀 아무 말도 하지 못하고 되돌아가다가 대의강 가에서 굶주림으로 쓰러져 죽었다. 그리고 그날 밤 선사의 꿈에 나타나 이렇게 말한다.

"내가 너한테서 물 한 모금이라도 얻어먹었던들 여러 생으로 내려오던 어미로서의 정을 끊지 못해 지옥에 떨어졌을 것이다. 그러나 네게서 쫓겨 나올 때 모자간의 깊은 애정이 다 끊어져 그 공덕으로 죽어 천상에 태어나게 되었으니 너의 은혜가 말할 수 없이 크구나."

황벽 스님은 출가자의 효도가 참으로 어때야 하는지, 왜 세속의 정을 끊어야 하는지를 실천해 보인 본보기요 만세의 귀감이다.

그런데 이런 추상 같은 황벽 선사한테서 참문參問한 제자 진존숙 선사는 거꾸로 효자로 이름이 높다. 그는 황벽 선사를 친견하고서 안목이 열린 뒤에, 완전히 세상을 등지고서 다 쓰러져 가는 폐가에 은둔하며 평생 짚신을 삼아 어머니를 모셨다. 이런 그를 사람들은 그의 성을 따서 '진짚신 스님'이라고 불렀다.

출가자란 인정과 도道의 마음 사이에서 늘 줄다리기를 해야만 하는 그런 존재인가 보다.

조주 스님의 "노승도 부처님이 아닙니다"

요즘도 가끔 그 다완이 생각난다. 어느 스님이 부랴부랴 떠나면서 방 뒷정리를 부탁해서 청소를 하다가 잡동사니 속에서 먼지 뒤집어쓴 채 나뒹굴고 있는 다완을 발견하였다. 마침 약사발이 여벌로 하나 필요했던지라 '잘됐다' 싶어서 챙겨 두었다. 그 다완을 야무지게 씻었다. 햇볕에 말리려고 내놓고 보니 두툼한 두께에서 오는 넉넉한 촉감과 수더분한 빛깔이 어우러져 소박하면서도 기품이 있는, 제대로 만들어진 찻그릇이었다. 오랫동안 여러 용도로 번갈아 쓰며 내 손때가 탈 만큼 탄 어느 날이었다.

동창이 오랜만에 내 처소에 들렀다. 벽장 문을 열면서 다구를 꺼내는데, 따로 놓여 있는 그 다완을 힐끗 한번 쳐다보더니 만지작거리던 끝에 달라고 하였다. 주자니 아깝고, 주지 않자니 출가자가 되어 이까짓 것에 집착하는 모습을 속가 친구에게 보이는 꼴이었다. 진퇴양난의 어색한 형국이 잠깐 이어졌다. 한순간에 만 가지 생각이 교차하였지만 명분에 밀릴 수밖에 없었다.

"그래! 가져가시게. 나도 주운 것이니. (空手來 空手去로다.)"

얼마 뒤 그 동창은 이름깨나 떨치고 있는 인간문화재 도예가가 만든 막사발 한 개를 인편을 통해 보내왔다. 그런데 숱한 시간이 지나도록 아무리 손때를 묻혀도, 그 떠나 버린 다완의 느낌과 정서를 대신해 주지 못하는 것은 무슨 연유인지……. 말 잘하는 조주 스님 같았으면, 찻그릇을 빼앗기지 않고 잘 얼버무려 위기를 넘기고 기분 나쁘지 않게 친구를 돌려보낼 수 있었을 텐데…….

조주 선사에게 한 선비가 찾아왔다. 그런데 스님이 짚고 다니는 지팡이가 선비의 눈에 매우 좋아 보였던 모양이다. 선비가 그 지팡이를 가만히 곁눈질하면서 물었다.

"부처님은 중생이 바라는 바를 저버리지 않는다고 했는데, 정말 그렇습니까?"

당연히 교과서대로 "그렇다"고 해야 한다. 하지만 이 질문은 복선을 깔고 있다. 선비는 내심 '옳거니! 걸려들었다'고 쾌재를 부르며 다시 조주 스님에게 물었다.

"제가 스님이 가지고 있는 지팡이를 달라고 해도 되겠습니까?"

이를 어쩌나. 산길 다닐 때 지팡이는 꼭 있어야 한다. 그런데 이 지팡이는 나무의 질도 질이려니와 누가 봐도 탐을 낼 만큼 잘생겼다. 게다가 손때가 반질반질 묻도록 정도 들 만큼 들었다. 선사의 가풍대로 "여기 있소! 가지시오" 해 버리면 '폼'은 나겠지만 마음이 그게 아니다. 아끼는 까닭에 주기가 싫었던 것이다.

말을 가장 잘하는 선사로는 조주 스님을 으뜸으로 친다.

그래서 조주선趙州禪을 다른 말로 구피선口皮禪이라고도 한다. 구피口皮란 입술을 말한다. 이는 말만 뻰지르르하게 잘한다는 뜻이 아니라, 선을 언어로 가장 잘 표현한 어른이라는 말이다. 물론 임기 응변도 뛰어났다.

조주 스님은 당신의 인색한 마음을 숨기면서 지팡이를 빼앗기지 않으려고 공을 얼른 선비에게 넘겼다.

"군자는 남이 좋아하는 것을 빼앗지 않는 법입니다."

불법의 시각에서 조주 선사를 '부처님'이라고 후려치고 있는 선비에게 공맹孔孟의 도리로 응수한 것이다. 그런데 이 선비의 말이 또 가관이다.

"저는 군자가 아닙니다."

무슨 수를 써서라도 지팡이를 얻어 가려는 심사에서 유생의 자존심까지 다 팽개쳐 버렸다. 그렇다고 이 말에 질 조주 스님이 아니다.

"노승도 부처님이 아닙니다."

지팡이 하나를 두고 행세깨나 하는 선비와 이름깨나 날리는 스님이 티격태격하는 모습이 치사스러우면서도 한편으로는 어린애들 같아 정겹기까지 하다.

그나저나 말 잘하는 주인을 만나지 못해 마을로 떠나 버린 그 다완은 잘 있는지 모르겠다.

조주 '무자' 때문에

초심자 시절 처음으로 용맹정진을 하러 갔다. 그때 삼천배를 하고 나서 받은 화두가 '조주 무자趙州無字'였다.

"개에게도 불성佛性이 있습니까?"
"없다(無)."

의심이 일어날 리가 없다. 의심이 무엇인지도 모르던 시절이었으니 당연했다. "전혀 의심이 일어나지 않는데요." "억지로라도 자꾸 의심을 일으키다 보면 나중에 저절로 의심이 일어나게 될 거야." 그리하여 억지 의심으로 일주일 동안 밤낮 앉아서 용을 쓰던 기억이 새롭다.

'조주 무자' 공안은 선가에서 가장 인기 있는 화두이다. 모르긴 해도 '이 뭣고?' 화두와 더불어 가장 대중적인 공안이지 싶다. 대혜 종고가 그의 스승인 원오 극근의 「벽암록」을 불태우고 간화선看話禪을 주창하면서 대중화시킨 공안이 바로 '조주 무자'이다. 대혜 종고가 그리 한 데에는 그럴 만한 까닭이 있었다.

수행자들이 「벽암록」을 달달 외우고는 각본(?)에 따라 서로 선문답을 나누는 것이 당시 선가의 일반적인 풍토였다.

그러다 보니 모두가 선사요, 게송을 멋있게 뽑아내는 선시 작가였다. 급기야는 누가 진짜고 누가 앵무새인지조차 구별하기 힘든 상황에 이르렀다. 이른바 '송고頌古 문학' 시대가 된 것이다. 결국 모든 공안이 사구死句가 되어 버렸고, '종문宗門의 제일서第一書'라는 「벽암록」이 오히려 사람들의 눈을 가려 버리는 아이러니가 발생한 것이다.

그런 꼴을 보고 가만히 있을 대혜 스님이 아니었다. 하늘 같은 스승의 책마저 불태워 버리고, 해설서가 없는 '무無' 자 공안으로 간화선을 다시 제창함으로써 조사선의 본래 정신을 되살려 냈다.

공부를 하다 보면 크고 작은 경계를 만나게 된다. 이것을 제대로 해결하지 못하면 옆길로 새거나 병을 얻거나 공부에서 더는 진전이 없게 된다.

「능엄경」에서 가장 인기 있는 품이 가장 마지막에 붙어 있는 '변마장辨魔章'이다. 정진 중에 나타나는 갖가지 장애에 대한 설명과 그 해결책을 제시한 글이다. 한글 번역본도 나와 있는, 일본 백은 선사의 「병든 몸은 이렇게 다스려라」도 선병禪病 치료에 도움이 된다. 그 밖에도 선어록 곳곳에 갖가지 경계에 대한 치유책이 나온다.

그런데 그나마 그런 마장魔障도 공부하지 않는 사람에게는 나타나지 않는다. 도고마성道高魔盛이라고, 공부가 깊어질수록 마장도 치성해지는 법이다.

'무' 자 공안으로 정진하다가 정말 개가 나타나는 경지를 체험한 선사가 있다. 운문종의 덕산 연밀 선사의 회상에서 정진하던 응진 스님이 그 주인공이다. 그는 근기가 매우 예리했거니와 '무' 자 화두를 오랫동안 들고 있었는데도 공부에 전혀 진척이 없었다. 그러던 어느 날 이상한 경계가 나타났다. 개 한 마리가 태양 만한 입을 벌리고서 잡아먹겠다고 달려든 것이었다. 겁이 난 스님은 자리에서 벌떡 일어나 달아났다. 함께 있던 대중이 그 까닭을 묻길래 자초지종을 이야기하니 스승에게 여쭈어 보기를 권했다. 방장인 덕산 연밀 선사는 그 이야기를 듣더니 이렇게 말했다. "두려워할 것 없다. 다만 정신을 바짝 차리고 있다가 개가 입을 벌리거든 달려가서 그 속으로 뛰어들라. 그러면 없어질 것이다."

그리하여 응진 스님은 그 날도 '무' 자 화두를 들고 앉았다. 밤이 되자 개가 다시 나타났다. 그 큰 입을 쩍 벌리고서 잡아먹을 듯이 달려왔다. 그러자 응진 스님은 기다렸다는 듯이 힘차게 달려가서 그 입속으로 뛰어들었다.

"퍽!"

한참이 지났다. 정신을 차리고 주변을 돌아보니 나무 궤짝 속이었다. 이에 응진 스님은 확연히 깨닫고서 뒷날 문수사에 나아가 선풍을 크게 떨쳤다.

'무' 자 화두를 들고 있다가 보신탕이 한 그릇 눈앞에 나타난다면 어떡 할까? 아마 먹고 나면 개 밥그릇 곁일 게다. ㅋㅋ

선객의 영가를 천도하다

담당 문준 선사가 수좌로 있는 절에 '오시자'라는 선객이 있었다. 소임이 시자였던 모양인데, '아는 소리'를 더러 하니 주변에서 '깨달을 오悟' 자를 붙여 별명 삼아 불렀던 모양이다. 오시자가 어느 날 지객실에 들렀다가 인기척이 나서 부엌으로 나가 보니 화대 소임자가 불을 때고 있었다. 그 스님이 장작 불꽃을 휘젓는 것을 보다가 오시자는 문득 경계가 달라졌다. 그는 "이제 드디어 내가 깨쳤구나!" 하고 생각하고는, 인가를 얻어야겠다 싶어 곧바로 방장실로 올라갔다. 그러나 그에게 되돌아온 것은 "아니다"라는 답변이었다. "그럴 리가 없다"며 옥신각신하던 끝에 결국 쫓겨났다.

제대로 공부한 사람이라면 이럴 경우에 더욱 분심을 일으켜 용맹정진해야 마땅하다. 하지만 오시자는 기대가 너무 컸다. 게다가 마음까지 여렸다. 그 바람에 심화心火가 불타올라 이른바 화병으로 죽어 버렸다.

문제는 그 다음이었다. 밤이면 오시자 영가가 나타나 대중을 괴롭혔다. 대중의 신발을 다른 장소로 옮겨 놓고, 변소에서 볼일을 마치면 어디선가 나타나 뒷물할 물병을 건네곤 했다. 깜깜한 곳에서 사람은 형체도 없는데 물병만 왔다 갔다 하니 아무리 담력 있는 스님이라 할지라도 혼비백산할 수밖에 없었다. 대중은 밤마다 공포에 떨었다. 오시자의 영가는 함께 정진하던 대중을 배려해서 신발도 옮겨 주고 뒷물할 물을 건네주는 등 자기 딴에는 도와 주려고 한 것이었지만 산 사람의 처지에서는 그게 아니었다.

멀리 절강 지방으로 떠났던 문준 선사가 마침내 돌아왔다. 대중이 앞뒤 사정을 선사에게 아뢰었다. 그날 밤 선사는 일부러 변소에 갔다. 그때 벽에 걸린 등불이 갑자기 꺼지더니, 똥을 누기도 전에 오시자가 와서 물병을 건넸다. 선사는 담담하게 물병을 받아, 볼일을 마치고 나서 그 물로 천천히 뒷물을 하였다. 그러고는 물병을 다시 가져가라고 불렀다. 오시자는, 자기가 나타나자마자 기겁하는 다른 대중과 달리, 자신의 호의를 제대로 이해하고 받아들이는 선사가 고마웠던가 보다. 그리하여 산중에 대해 원망하던 마음도 잊고 모습을 드러냈다.

선사가 말했다. 영가 법문인 셈이다.

"자네가 지객실에 있다가 장작 불꽃 휘젓는 것을 보고는 깨달았다는 오시자인가? 참선하고 도를 배우는 일이란 오로지 생명의 본원이 가는 곳이 어디인지를 알기 위함이다. 그러나 네가 장경각에서 어떤 선객의 짚신을 옮겨 놓는 그것이 어찌 당시 네가 깨달은 그것이겠는가? 밤마다 변소에서 뒷물할 물병을 건네주는 것이 어찌 네가 깨달은 그것이겠느냐? 무슨 까닭에 갈 곳을 모르며, 어쩌자고 여기에서 이렇게 대중을 괴롭히느냐? 내가 내일 대중에게 권해 너를 위해서 경전을 읽고 돈을 모아 공양거리를 마련하여 천도해 줄 터이니, 너는 특별히 생사 벗어나길 구하고 이곳에 더는 머물지 마라."

이튿날 대중이 독경과 법문을 하여 오시자 영가를 천도하고 나니 다시 예전처럼 아무 일이 없었다.

선가에서는 스승의 역할과 중요성을 참으로 강조하고 있다. 이것은 문답으로 점검한 뒤에 인가하고, 또 그것에 의해 법을 이어 가는 독특한 가풍 때문이다. 그래서 스승의 인가 없이 깨쳤다고 하는 이들은 모조리 천마외도天魔外道라고 불러도 아무 허물이 되지 않는다.

그런데 문제는 그것이 아니다. 스승이 "아니다"라고 하는데도 그것을 받아들이지 못해 자기가 "깨쳤다"고 믿을뿐더러 심지어 스승을 부정하기까지 한다. 하기사 억울하긴 할 것이다. 각고의 노력 끝에 무언가 잡았는데 그것이 "아니다"라고 하면 배신감도 들 것이다. "그럴 리가 없다" 싶어 여기저기 선지식이라는 선지식은 다 찾아다니면서 인가가 아니라 동의를 구하러 다니기도 한다. 이쯤 되면 깨달음 그 자체가 병이 된다. 이를 '대오선待悟禪'이라고 한다. 큰 병통의 하나로 분류된다.

안목 없는 승려의 대명사 원주 스님

어느 해인가 일주일 용명정진 기간에 있었던 일이다. 그 무렵에는 모든 산중 대중이 특별한 이유가 없는 한 의무적으로 정진에 참석하는 것이 산중 청규였다. 그런 시퍼런 시절에도 예외는 있었다. 정진하는 대중을 외호外護하는 원주 스님만큼은 '합법적'으로 빠졌다.

방 안에서 정진의 열기가 한창이던 어느 날, 마당을 가로지르고 가는 방자한(?) 스님이 방장 스님 눈에 띄었다. 방장 스님이 곧바로 그 스님을 불러 세워 놓고는 따지듯이 물었다.

"니는 뭔데, 용맹정진 안 하고 돌아다니노?"

"저어……, 원……주……입니다."

"원주우!"

그렇다고 해서 그게 면죄부가 될 수는 없는 일이다. 방장 스님이 쏘듯이 한마디 했다.

"원주는 중 아이가?"

내심 못마땅했지만 칼 같은 노장 스님도 눈만 한번 부라리고는 그냥 큰방으로 들어갔다.

그날 밤 여느 때처럼 삼경에 야참으로 죽을 끓이느라고 한밤중에도 공양간에는 불이 환하게 켜져 있었다. 행자들의 바쁜 손놀림 곁에 분주한 원주 스님의 잰걸음이 있었다.

절집에는 '범어사는 원주 살림, 해인사는 회계 살림'이라는 말이 예부터 전해 온다. 원주와 회계가 절 살림의 중심임을 상징적으로 표현한 말이기도 하다. 어쨌거나 원주나 회계는 참으로 바쁜 자리다. 개성 강한 산중의 뭇 대중과 또 절에 찾아오는 재가자들의 마음을 하나하나 헤아리고 보살펴야 하기 때문이다. 옛 어른들은 이를 두고 "방석 따뜻할 겨를이 없다"고 표현했다. 엉덩이가 늘 방석과 떨어져 있어 '좌복 따로, 나 따로'이니 방석 위에는 먼지만 가득하다는 말이다. 그와는 거꾸로 열심히 정진하는 것을 뜻하는 말로 "방석을 헤지게 한다"는 표현도 있다. 얼마나 오래 앉아 참구하였는지 방석이 다 닳아 버렸다는 것이다.

그러다 보니 원주는 특별한 근기가 아니면 자기도 모르게 수행과는 조금씩 조금씩 멀어지기 마련이다. 대중과 더불어 정진할 수 있는 시간이 없기 때문이다. 혼자서, 그것도 새벽이나 삼경 이후에 개인 시간을 이용하여 정진할 수밖에 없다. 하지만 그 시간에 낮 동안의 격무로 지쳐서 방바닥에 등을 붙이는 것이 일상화되면 그야말로 '살림 중'으로 전락하기 십상이다.

선어록을 열람하다 보면 원주는 '안목 없는 승려'의 대명사로 자주 등장한다. 언제나 궂은 일만 도맡아 하니 선문답 속에서도 못난 역할을 대리로 자처하는, 진짜 '역逆경계의 선지식'이기도 하다. 이를 알기에 선지식들은 원주를 향해 자비로운 법문을 자주 자주 해 주는 것 아니겠는가.

조주 스님의 유명한 '끽다거'도 내용을 자세히 살펴보면 원주 스님을 위한 법문이다. 원주가 후원 살림을 하느라고 법문조차 들을 여가가 없으니 그를 위해 일대일 법문을 한 것이다. 여기에 등장하는 납자 두 명은 원주 스님을 위하여 등장한 엑스트라에 불과하다. 이야기의 전말은 이러하다.

조주 스님에게 어떤 납자가 찾아오자 스님이 물었다.

"자넨 예전에 여기에 온 적이 있는가?"

"예."

"차 한 잔 하게."

조금 있다가 또 한 선객이 선사를 찾아왔다.

"일찍이 여기에 온 적이 있었는가?"

"아니오. 없습니다. 처음입니다."

"차 한 잔 하게."

그러자 옆에서 이를 지켜보던 원주가 의아해하면서 물었다. 당연히 의심을 일으켜야 한다. 이런 경우에도 아무런 생각이 없다면 그 원주는 진짜 맹물이 틀림없다.

"큰스님께서는 어찌하여 온 적이 있다는 사람에게도 '차나 마시라'고 하고, 온 적이 없다고 하는 사람에게도 '차나 마시라'고 하십니까?"

조주 선사가 속으로 빙그레 웃는 표정이 눈에 보이는 듯하다. 선사는 내심 "이놈은 살림살이에만 매몰된 맹탕은 아니구나" 하면서 기특히 여겼을 것이다.

"원주! 자네도 차 한 잔 하게."

그런데 여기서 이 말을 듣고서 그 자리에서 한 소식을 해야 뭔가 제대로 짜인 선문답이 될 텐데 미완성으로 끝나 버린다. 불행하게도 「조주어록」 속에 "그래서 그 순간 원주는 활짝 열렸다"라는 구절이 나오지 않으니 말이다. 그냥 그것으로 끝이다. 참 서운하다. 그 한마디에 바로 눈이 밝아지는 원주의 모습을 보임으로써 바쁜 살림살이 속에서도 수행을 게을리하지 않는 조사선祖師禪의 진면목을 보고 싶었는데 말이다.

이야기, 둘

천황 도오天皇道悟 선사도 임종할 때까지 원주를 위한 법문을 아끼지 않았다. 늘 절에서 뒤치다꺼리만 하는 원주를 위한 자비심은 죽음을 앞두고서도 변함이 없었다. 도오 선사는 평소에 늘 "상쾌하고 즐겁다"라고 입버릇처럼 말해 왔다. 그런데 임종할 무렵 병이 들어 누워서는 "괴롭다"는 말을 자주 했다. 그러던 어느 날 원주를 불러 말했다.

"원주야! 괴롭구나. 참으로 괴롭구나. 염라대왕이 날 잡으러 온다."

원주 스님이 의아해하며 곁으로 다가와 가만히 물었다.

"큰스님께서는 평소에는 '상쾌하다, 즐겁다' 라고 입버릇처럼 말씀하시더니 지금은 왜 '괴롭다'고 하십니까?"

그러자 기다렸다는 듯이 도오 선사가 한마디로 매조지를 했다.

"그래! 너 말 한번 제대로 잘했다. 그렇다면 한마디 해 보거라. '상쾌하다, 즐겁다'라고 말하던 그때가 옳은가? '괴롭다'고 하는 지금이 옳은가?"

이럴 경우 뭔가 한마디 시원하게 하면 좋았을 텐데. 그러나 불행히도 "원주는 그만 말문이 꽉 막혀 버렸다"라고 마무리짓고 있다.

도오 선사의 이 고구정녕苦口叮嚀한 마지막 법문마저 무위로 돌아갔으니 참으로 애석한 일이 아닐 수 없다. 아무리 간절한 마음으로 법문을 해도 듣는 이가 안목이 없으면 알아듣지 못한다. 결국 이것도 미완성 선문답이 되어 버렸다.

선어록 곳곳에서 엉성한 원주의 모습을 찾아내는 것은 어려운 일이 아니다. 하지만 이것은 특정한 개인이나 원주라는 소임을 말하는 것이 아니다. 일 속에서도 공부를 병행해야 하거늘 그러지 않고 '일을 위한 일'을 하는 모든 스님들, 다시 말하면 조사선 정신을 저버린 모든 수행자의 대명사라고 해야 옳을 것이다.

이야기, 셋

선가에 등장하는 최악의 원주는 단하 천연 선사가 만행

하면서 만난 원주일 것이다. 그 원주 스님은, 절 살림 아낀답시고, 한겨울 추위에 불도 때지 않은 냉방에다 선사를 재우다가, 나무로 만든 부처님마저 한날 장작으로 사라지게 하고 말았다. 법당의 불상이 땔감이 되어 버린 광경을 보고는 얼마나 놀랐는지, "그 순간에 원주의 눈썹이 다 빠져 버렸다"고 한다.

객 대접을 엉망으로 한 과보로 법당의 부처님까지 태우는 결과를 빚었으니, 뒤로 나자빠질 일을 자초한 것이다. 살림도, 공부도 '별로'인 빵점짜리 원주의 표상이다.

이야기, 넷

육궁 대부가 선주 땅의 관찰사로 있을 때였다. 남전 스님이 열반했다는 부고를 받고 절에 들어가 재를 지내다가 갑자기 껄껄대며 큰 소리로 웃었다. 옆에 있던 원주 스님이 그에게 말했다.

"돌아가신 스님과 대부와는 사제지간인데 어찌하여 통곡하지 않습니까?"

웃음과 울음이라는 이분법에서 한 발자국도 나가지 못한 원주의 안목으로는 그렇게 물을 수밖에 없었을 것이다. 그러자 육궁 대부가 이렇게 받아넘겼다.

"원주 스님은 이것에 대하여 무슨 말이든지 한마디 해 보십시오. 그러면 제가 크게 곡哭을 하겠습니다."

육궁 대부의 질문에 원주 스님은 말문이 막혀 버렸다.

수행에 승과 속이 따로 있을 수 없다. 당나라, 송나라 시절에는 모든 사람이 공부인이었다. 심지어 길거리 떡장수와 여염집 노파까지도 '아는 소리'를 하는 통에 출가자가 봉변을 당하는 경우가 비일비재했다.

사실 웃음 속에도 울음이 있는 법이다. 어느 대중 가수가 부른 "아하! 웃고 있어도 눈물이 난다……"고 한 노래 가사가 여기에 대한 해답이 되려나 모르겠다.

이야기, 다섯

마지막으로 참다운 원주 스님도 있음을 보여 줄 차례다.

염관 제안 선사 회상에서 후원의 살림만 하던 원주가 어느 날 임종을 맞게 되었다. 염라대왕이 그의 목숨을 거두려고 저승사자를 보낸 것이다. 그러나 원주 스님은 그냥 죽기에는 너무 억울하다는 생각이 들어, 저승사자에게 통사정을 했다.

"저는 대중 시봉을 자청하여 신명을 다해 후원 소임을 살았습니다. 그러다 보니 공부할 겨를이 없어 잠시 본분사를 놓쳤습니다. 제발 바라건대 일주일만 시간을 주십시오."

스님의 성심에 감동하여 저승사자가 말했다.

"내가 염라대왕에게 아뢰어서 허락받으면 이레 뒤에 다시 오겠지만, 허락을 얻지 못하면 곧바로 다시 올 것이오."

그러고는 그냥 돌아갔는데, 일주일 유보 허락을 받아 냈는지 곧바로 나타나지는 않았다. 원주는 "휴우" 하고 가슴을 쓸어내린 뒤, 다시 발심하여 간절한 마음으로 열심히 화두를 참구하였다.

이레 뒤에 저승사자가 스님을 데리고 가려고 다시 나타났으나, 그 원주 스님이 눈에 보이지 않았다. 스님이 마침내 깨달음을 얻어, 저승사자의 안목으로는 선정에 든 스님을 찾아낼래야 찾아낼 도리가 없었던 것이다. 그러니 데리고 갈래야 데리고 갈 방도가 없었다. 저승사자는 또다시 허탕을 치고 돌아가야 했다. 그 원주 스님은 이레 만에 생사의 일대사를 해결해 버린 것이다.

"원주 스님, 만세, 만세 ,만세!"

황제를 두들겨 패다

중국 역사에서 왕권과 교권은 협력 관계인 동시에 긴장 관계였다. 그런 까닭에 출가자가 왕을 어떤 예의로써 대할 것인가 하는 문제는 교단을 잘 유지해 나가야 하는 선지식 어른들에겐 늘 화두였다.

고지식한 율사인 여산 혜원 스님이, 원칙론에 입각해, 출가 사문은 상대가 설령 왕이라고 할지라도 결코 재가자에게 절을 해서는 안 된다는 「사문불경왕자론沙門不敬王子論」을 저술함으로써, 왕과 출가자와의 관계를 이미 정립해 놓은 터였으나, 문제가 그리 간단하지는 않았다. 인도에서는 종교인인 브라만 계급이 정치인인 크샤트리아 계급 위에 있어 브라만이 왕에게서 절을 받는 것을 당연시했다. 하지만 중국은 달랐다. 황제를 '천자'라고 부르며 하늘 외에는 왕보다 더 높은 존재가 있을 수 없는 문화권이라서, 출가자 또한 신하로서, 백성으로서의 의무를 강요당했다.

그런 형편 속에서도 스님들은 불법에 의거하여 출가자의 정체성을 확보하려고 알게 모르게 왕권과 늘 줄다리기를 하곤 했다. 다행히 신심 있는 왕이 등장하면 인도의 브라만처럼 예우받으며 살 수 있었지만, 반대의 경우에는 예우는커녕 심지어는 훼불毁佛이나 법난을 겪어 수드라 계급처럼 숨어서 지내야 하는 일도 비일비재했다.

황벽 스님이 염관 선사 회상에서 공부할 때의 일이다. 한 사미가 있었는데 그는 당나라 훼불의 주역인 무종을 피해서 절로 도망쳐 온, 뒷날 선종 황제가 될 인물이었다. 어느 날 황벽 선사가 열심히 목탁을 치면서 정성스럽게 예불을 올리고 있는데 곁에서 지켜보던 이 사미가 한마디 거들었다. 사미는 제왕학을 어깨 너머로 배웠고 게다가 절집 풍월까지 이미 얻어들을 만큼 들은 처지였다.

"부처(佛)에 집착하여 구하지도 말고 법法에 집착하여 구하지도 말고 승僧에 집착하여 구하지도 말라고 하였는데, 스님께서는 어디에다가 예불을 하십니까?"

아니! 이것 봐라. 머리에 삭도削刀 물도 채 마르지 않은 놈이 제법 질문을 할 줄 아네. 그렇다면…….

"불에도 법에도 승에도 구하지 않고, 늘 하는 예불을 하고 있을 뿐이니라."

사실 선문답은 여기서 끝났다. 사미가 이쯤에서 알아듣고서 한 소식 해야 마땅하건만, 다시금 엉뚱한 소리를 하는 것이 아닌가.

"예불은 해서 무엇 합니까?"

할喝과 방棒이 필요한 순간이었다. 황벽 스님은 곧바로

흠…
음…
스님, 뭘 그렇게 보십니까?
빡
아이고야 황제 살려!
때려서 먹힐 넘인지 듣어봤수다!
빡빡
우일

사미의 뺨을 한 대 후려쳤다. 일반적인 각본대로라면 '사미는 그 순간 깨쳤다' 하고 매듭을 지어야 하는데 그게 아니었다. 사미가 다시 말했다.

"스님께서는 후학을 너무 거칠게 다루십니다."

이때부터는 피차가 중생 놀음으로 전락하고 만다.

"얻어맞아도 싼 놈이 무슨 거칠게 다루니 마느니 할 게 있느냐? (입은 살아 가지고.)"

그러고는 연거푸 두 대 더 때렸다. 도합 석 대였다.

뒷날 이 사미는 선종 황제로 즉위하였고 황벽 선사 또한 산중의 방장이 되어 법력을 떨치고 있었다. 선종은 황제의 자격으로 선사에게 시호를 내려야 하는 처지가 되었다. 어릴 때 절에서 지낸 인연으로 신심은 여전했다. 하지만 아무리 오래된 일이기는 하지만 그 스님한테서 얻어맞은 기억이 선명했다. 선종은 곰곰이 생각한 끝에 '추행 사문麤行沙門'이라고, 곧, 정말 거친 스님이라고 호를 지었다. '추행 사문'은 쉬운 말로 옮기면 '깡패 스님'쯤 될 것이다. 그때 마침 재상인 배휴 거사가 이 교지를 받아들고서 깜짝 놀라 이렇게 간언하였다.

"세 차례 때린 것은 삼제三際, 곧, 삼 세 동안의 번뇌를 끊어 주려고 하신 자비행이니 호를 단제斷際라고 바꾸는 게 좋을 것 같습니다."

선사에게서 얻어맞은 덕분에 업장이 소멸되어 황제의 자리에 오를 수 있었다는 말이다. 꿈보다 해몽이라더니, 배 정승의 안목쯤 되니까 이렇게 둘러댈 수 있었던 것이다. 그리하여 황제의 마음을 돌리는 데 성공하여 황벽 스님에게 '추행'이 아니라 '단제'라는 시호가 내려졌다.

낄낄낄. 그러게, 아무나 두들겨 패는 게 아니라니까.

거사의 표상 배휴

황벽 선사의 시호를 '추행'에서 '단제'로 바꾸게 할 만큼 황제의 신임을 받았던 배휴 거사는 관리로서의 정치 행정 능력도 십분 발휘했거니와 스승과 교단을 외호하는 데에도 최선을 다했다. 게다가 수행을 게을리하지 않고 정법의 안목까지 지녔으니 '진짜 거사'가 갖춰야 할 덕목을 모두 갖춘 인물의 전형이었다. 그런 팔방미인이었기에 선종사를 기록한 「전등록」 한 쪽을 당당하게 차지할 수 있었다.

물론 「전등록」에는 배휴 외에도 많은 거사가 나온다. 하지만 개인적인 깨달음의 차원에 머물지 않고 선종사적인 의미까지 갖춘 인물은 그리 흔하지 않다. 「전등록」에 등장하는 거사 가운데에서 선종사적으로 가장 의미 있는 한 사람을 고르라고 한다면 두말 않고 배휴 거사를 추천하겠다.

이러한 배휴 거사도 황벽 스님을 만나기 전까지는 사실 안하무인의 아만我慢통이었다. 벼슬 높은 이로서 유불서儒佛書를 꿰뚫고 있는 데에다가 선지禪旨까지 갖춘 , '나름대로' 선지식이었던 까닭이다.

배휴가 젊은 시절 신안 지방 태수로 있을 때 그 고장의 대안정사를 방문한 일이 있었다. 조사당으로 안내되어 한 스님이 '국보급' 영정들의 미술사적 의미를 자랑스럽게 한참

동안 침을 튀기며 설명하는 것을 듣다가 선기禪氣가 발동하여 대뜸 물었다.

"영정은 볼 만하나 그 큰스님들은 어디에 계십니까?"

큰스님들의 마지막 간 곳을 묻는 질문이다. 뒤집어 말하면 부모에게서 태어나기 이전의 우리의 본래 모습이 어떤 것인지를 묻는 말이다. 그러자 말문이 딱 막혀 버린 그 스님은 얼굴이 벌개져서 안절부절하였다. '선사급의 고위직 거사'는 예나 지금이나 스님네를 긴장시킨다.

그때 마침 황벽 선사는 복건성 황벽산에 모여 있던 대중을 모두 버리고 대안정사로 들어와 노역하는 무리와 섞여서 숨어 살고 있었다. 산중의 방장을 스스로 그만두고 신분을 숨긴 채 일반 대중으로서, 그것도 가장 힘든 아랫소임을 자청하여 살고 있던 무렵이었다.

대중 스님 중에 '눈빛이 예사롭지 않은' 스님이 있다는 주위의 말에, 배휴는 짚이는 바가 있어 한번 뵙기를 청하여 선사와 대면하게 되었다. 그 소문을 듣고 삽시간에 산중 대중이 우루루 몰려왔다. 조사당은 불시에 법 거량 하는 곳이 되어 버렸다. 영정을 보관하는 박물관이 아니라 제대로 선사를 모신 법당이 된 것이다.

"이 영정들은 정말 볼 만한데 그때의 고승들은 지금 어디에 계십니까?"

순간 지켜보던 스님들과 태수를 따라온 수행원들 사이에 팽팽한 긴장감과 함께 침묵이 흘렀다. 그 순간 선사는 큰 소리로 버럭 태수의 이름을 불렀다.

"배 상공!"

할은 선사들이 기선을 제압할 때 흔히 쓰는 수법이기도 하다. 아만이 하늘을 찌르는 태수를 잡는 방법으로 고함은 효과가 있었다. 거사는 귀가 멍멍해져서 얼떨결에 "예!" 하고 공손하게 대답을 했다. (이럴 때는 더 큰 목소리로 다그쳐 확실히 마무리하는 게 상책이다.) 황벽 스님은 다시 소리쳤다.

"그렇다면 상공은 어디에 계시오?"

고승 간 곳은 그만두고 네 갈 곳이나 걱정하라는 말이다. 남의 본래 면목을 따질 게 아니라 자기 자신의 제대로 된 모습이나 찾아보라는 말이다. 태수는 예리한 상근기上根器였기에 그 자리에서 바로 큰절을 올리고 황벽 스님의 제자가 되었다.

진흙의 양이 많으면 만들어지는 불상 또한 크기 마련이다. 의심이 클수록 깨달음도 깊어진다고 하였다. 큰 아만은 큰 귀의로 이어졌다. 큰사람이 큰일을 하기 마련이다. 그는 한눈에 황벽 선사가 범상한 인물이 아님을 알아보고서 스승으로 모셨다.

그 뒤 배휴 거사는 강서성 종릉 제2황벽산에 총림을 마련하고 수행 대중이 운집하게 하였고 단월로서 스님들 외호에 힘썼다. 그리고 직접 스승의 법문을 정리하고 교감하여

「전심법요」, 「완릉록」을 출판하였다. 어록 간행은 아무나 할 수 있는 기능적인 일이 아니다. 황벽 선사 어록을 펴낼 만한 안목을 갖추어야만 할 수 있는 일이다. 이러한 모든 인연이 무르익어 뒷날 걸출한 제자 임제 선사를 배출하는 토양이 되었다.

뜬금없는 소리를 하는 행자에게

어록을 읽다 보면 '끓지도 않고 넘쳐 버린,' 시쳇말로 '오버'하는 초심자들 이야기가 나온다. 보통 행자(사미 또는 동자)로 표현되는 그들은 순수함과 의욕이 너무 앞선 나머지, 날이 넘어 버린 기상천외한 소리를 흉내만 내는 경우가 더러 있다. 초심자의 때묻지 않는 마음이 철없는 언행으로 터져 나와 기성 승려들을 당황하게 만드는 일이 적지 않다.

위산 선사의 회상에서 있었던 일이다. 한 행자가 선객을 따라 법당으로 들어갔다. 그 행자가 대뜸 부처님에게 침을 뱉었다. 같이 갔던 선객이 기가 막혀 한마디 했다.

"행자는 행동거지를 조심해야 하는데 어찌하여 방자하게 부처님께 침을 뱉느냐?"

행자는 당돌하게 그 선객을 빤히 쳐다보면서 되물었다.

"부처님이 없는 곳을 말해 주십시오. 그러면 제가 그곳에다 침을 뱉겠습니다."

선객은 입을 딱 벌린 채 아무 말도 하지 못했다.

두두물물頭頭物物이 모두 부처라고 하였으니 행자의 그 말도 맞기는 하다. 도대체 이 일을 어찌해야 하나. 분명히 뭔가 잘못된 것 같은데. 그 자리에서 방棒을 휘둘러야 하나,

아니면 뺨이라도 철썩 때려 주어야 하나. 비록 어린 행자라고 해도 그럴 수는 없는 일이다. 선객은 도저히 혼자서 해결할 방도가 없어 위산 선사에게 달려갔다. 이럴 경우에 어떻게 해야 하는지 그 답을 물었다. 위산 선사가 말했다.

"거 참! 어진 사람이 나쁜 사람이 되고, 나쁜 사람이 도리어 어진 사람이 되어 버렸구나."

물론 처음의 어진 사람은 그 선객이고, 나쁜 사람은 그 행자였다. 그런데 문답 한마디로 서로의 위치가 바뀌어 버린 것이다. 행자는 똑똑해졌고 그 선객은 어리석어졌다. 위산 선사는 아마 속으로 제자를 이렇게 꾸짖었을 것 같다. '그러길래 내가 평소에 공부 좀 열심히 하라고 누누이 당부했잖아. 이놈아! 행자한테 당하고 왔으니 꼴좋다, 꼴좋아. 네 놈부터 한 몽둥이 먼저 맞아야겠구나.'

그러나 어록에서 위산 선사는 그 제자를 때리지 않고 그냥 차분하게 한 말씀 하셨다.

"그 순간 너는 그 행자 얼굴에다가 바로 침을 뱉어야 했다. 그리고 행자가 뭐라고 하거든 '나에게 행자 없는 곳을 보여 준다면 거기에다가 침을 뱉겠노라'고 했어야 했다."

부처 없는 곳이 없듯이 행자 또한 없는 곳이 없다. 왜냐하면 모두가 부처이니 행자 자신도 부처이기 때문이다. 부처에게 침을 뱉을 수 있는 사람은 자기 얼굴에도 침을 뱉을 수 있어야 한다. 자기가 자기 얼굴에 침을 뱉는 것은 인체 구조상 불가능하다. 정 하겠다면 하늘을 향해 높이 뱉고 난 뒤 자기 얼굴에 떨어지길 기다리면 된다. 아니면 상대방이 침을 뱉어 주면 된다. 그 정도 경지도 못 되면서 어설픈 선문답 흉내나 내는 놈은 침이 아니라 똥오줌을 한 바가지 둘러씌우더라도 할 말이 없어야 한다.

선객은 위산 선사에게서 명답을 구해 왔지만 이미 버스 지나가고 손 흔드는 격이니 어찌할 수가 없는 일이었다. 그렇다고 해서 다시 법당으로 그 행자를 끌고 가서 각본대로 하기 위하여 한 번 더 해 보라고 할 수도 없는 노릇이었다.

이미 그때는 활구活句가 아니라 사구死句가 되어 버리기 때문이다.

평소에 열심히 수행하여 안목을 열어 두어야만 그런 상황을 만날 때 바로 그 자리에서 정로를 제시할 수 있다. 그러니 결국 행자의 잘못보다는 곁에 있던 선객의 잘못이 더 큰 셈이다. 행자가 법당에서 부처님에게 침을 뱉자마자 그 선객이 곧바로 행자 얼굴에 침을 뱉고 나서 문답을 이어 나갔다면, 서로가 공부의 경지를 보여 주는 명장면이 되었을 터이다. 그러나 둘 다 맹탕인지라 하나마나 한 문답이 되어 버렸다.

조주 선사가 오래오래 산 까닭은?

언젠가 조주 선사에 대한 이야기를 나누다가 엄청난 실수를 한 적이 있다. 마조 선사가 '마씨'이길래 당연히 조주 스님도 '조씨'려니 짐작하여 내 속가의 성씨와 같음을 은근히 자랑스럽게 이야기한 뒤 '나도 선사처럼 오래 살아야지' 하고 운을 떼고는 본론으로 들어가려고 하던 참이었다. 무뚝뚝하면서도 비수 같은 한마디가 날아왔다.

"조주趙州는 인명人名이 아니라 지명地名인데요."

"…….(허걱! 쥐구멍이 어디야.)"

음……, 그건 그렇고, 조주 스님은 왜 그렇게 오래 살았을까? 워낙 건강하다 보니 '고불古佛' 소리를 들어 가며 백스무 살까지 산 것일까? 아니면 오래 살아야만 할 이유가 있어서 장수 원력을 세운 것일까? 모르긴 해도 아마 무언가 그때까지 해야 할 일이 있었던 듯하다. 여든 살이 되던 해에 조주 땅 동관음원에 들어가 살기 시작하면서 사십 년을 한자리에서 꼼짝하지 않았다는 것도 예사롭지 않다. 한자리에서 삼십 년을 살았다는 선사는 더러 보이지만 사십 년은 흔한 일이 아니다. 조주 스님은 이래저래 깨지기 어려운 2관왕 기록의 보유자이기도 하다. 믿거나 말거나, 그 까닭을 이제 이야기하고자 한다.

진나라 예주 방림리에서 두 동자가 함께 발심하여 집을 나와 임야사林野寺로 출가하였다. 임야사는 그 이름으로 미루어 보면 말이 절이지 그냥 지붕도 없는 들판이었을 것이다. 혈사穴寺가 절이 아니라 동굴이듯이. 들판도 바위굴도 수행자가 머물면 바로 절이 된다. 그야말로 두타행 그 자체였다는 의미다.

한 아이의 이름은 종심(뒷날의 조주 선사)이고 다른 아이의 이름은 달정이었다. 이 두 동자가 태양산 서봉 아래에서 계곡 하나를 사이에 두고 토굴을 만들어 정진했다. 견성해서 많은 중생을 교화하기를 함께 발원하고 고락을 함께 나누면서 목숨을 걸고 수도했다. 그러나 애석하게도 달정은 도중에 병이 나서 죽고 말았다. 도반을 잃은 종심의 슬픔은 짐작하고도 남음이 있다. 종심은 그 뒤 남전 선사를 만났고 깨달음을 얻어 남전의 법을 이었다.

그 뒤 조주 스님은 조주 땅 동관음원에 머물면서 달정이 세상에 다시 오기를 마냥 기다리고 있었다. (임야사가 있던 곳과 동관음원의 지리적 관계는 불민하여 살피지 못했다.) 백스무 살까지 산 것이 그냥 산 것이 아니었던 것이다. 달정을 기다리고도 남을 시간이 필요했기 때문이다. 그랬더니 아니나 다를까 달정은 환생하여 또다시 출가했다. 수행자는 수행자로 다시 오기 마련인가 보다. 업을 그렇게 지었기 때문이다. 환생한 달정은 법명을 '문원'이라고 했다.

하루는 젊은 문원 스님이 느닷없이 개를 안고 와서 연로한 조주 선사에게 물었다.

"개에게도 불성이 있습니까?"

이에 조주 스님이 단호하게 대답하였다.

"없다(無)."

이 말을 듣고서 문원 스님은 그 자리에서 바로 깨달음을 얻었다.

「조주록」의 내용은 여기서 끝이다. 그 다음 이야기는 상상에 맡길 수밖에. "숙명통도 함께 열렸다. 흰 머리칼의 늙은 방장 스님은 그 옛날 토굴에서 함께 정진하던 도반임을 알아차렸다. 그리고 두 사람은 껴안고 서로 기뻐하면서 눈물을 흘렸다" 따위의 말은 군더더기라서 빼 버렸나 보다.

이런 선문답은 어떨까?

"조주 선사가 오래오래 산 까닭은?"

"'조주 무자趙州無字' 화두를 만들기 위해서."

"퍽!"

몽둥이질 당해 마땅할, 씰데없는 소리!

달마 대사가 판치노한板齒老漢인 까닭은

치아는 평생을 써야 하는데 그 관리가 쉽지는 않다. 예전에 선비들은 아침에 일어나 아래위 치아를 마주치며 '딱딱' 소리를 내는 것으로 치아 건강을 유지했다. 그리고 소금 양치는 기본이었다. 잇몸을 자주 손가락으로 마찰해 주는 것도 고전적 차아 관리법이다. 치아의 중요성은 부처님의 신체적 특징을 묘사한 32상 가운데 치아와 관계 있는 항목이 세 가지나 된다는 점에서도 그 중요성을 익히 알 수 있겠다.

그 세 가지란, 부처님은 치아가 사십 개이며, 치아가 희고 가지런하고 빽빽하며, 송곳니가 희고 크다는 것이다. 치아 수효가 사십 개나 된다는 점이 특이하다. 보통 사람이 서른두 개 안팎인 것과 비교하면 여덟 개쯤이나 더 많다.

예부터 덕德이 높은 사람은 치아의 수효가 많다고 여겼다. 설화에 따르면, 신라 제2대 왕인 남해왕이 죽으면서 아들 유리와 사위 탈해에게 왕위에 대한 유언을 남겼다. 그 유언에 따라 두 사람은 떡을 깨물어 난 치아 자국을 보고서 치아 수효가 더 많은 유리가 왕위에 올랐다. 그래서 유리왕 때부터 왕호를 '이사금尼師今'이라고 불렀는데 '이사금'이란 말이 '이슨금'으로, '잇금'으로 바뀌었다가 '임금'으로 되었다고도 한다.

달마 대사의 별명이 '판치노한板齒老漢'이다. 판치는 판대기 모양의 치아이니 앞니를 말한다. 왜 이런 이름을 붙였는지를 짐작하게 해 주는 동산 선사의 문답이 전해 온다.

"어떤 것이 친절한 한 구절입니까?"
"달마의 앞니가 없었느니라."

달마 대사는 앞니가 없는 까닭에 남 앞에서 입을 벌리기가 쑥스러워서 구 년 동안 면벽한 것인가? 이걸 근거로 삼는다면 판치노한은 '앞니가 없는 노장'이라는 뜻이 되겠다. 한편, 백스무 살까지 장수한 조주 선사도 살면서 가장 불편한 것은 부실한 치아였다.

진부왕鎭府王이 물었다.
"선사는 높으신 연세에 치아가 몇 개나 남았습니까?"
"어금니 한 개뿐입니다."
"그럼 음식을 어떻게 씹으십니까?"
"한 개뿐이지만 차근차근 씹지요."

그런 조주 선사였기에 그 유명한 화두 판치생모板齒生毛의 주인공이 되었던 것이다.

"어떤 것이 조사께서 서쪽에서 오신 뜻입니까?"

"판치생모板齒生毛니라. 앞니에 털이 났다."

어느 환자가 치과 의사에게 와서 '판치생모板齒生毛를 물었다.

"3·3·3입니다. 하루에 3번, 공양 후 3분 안에, 3분 이상 양치 잘하면 해결됩니다."

경전을 불사르다

불교계의 스테디셀러인 「간화선」은 삼 년 동안 여러 사람의 인연이 모여 각고의 노력 끝에 상재上梓한 책이다. 조계사 법당에서 고불식을 마치고 선림의 면면을 빛내고 있는 어른 스님들을 모시고 몇 마디 이야기를 나누었다. 그 중 한 마디가 뒤통수를 서늘하게 후려쳤다.

"불조佛祖께 엄청난 누를 끼쳤음을 참회 드립니다."

영원히 살아 있는 활구活句여야 할 간화선을 시대적 요청으로 어쩔 수 없이 선원 수좌회가 찬술자가 되어 문자화시키기는 하였지만, 결과적으로 선원장 스님들의 본디 뜻과는 상관없이 사구死句로 만들어 버린 허물이 적지 않음을 통감한 한마디라고 하겠다.

송나라 때에, 공안에 대한 "주석을 버리라"는 내용을 담은 「벽암록」의 주석까지 암송하고 다님으로써 수행자들이 선의 본령을 해치는 폐단을 보다 못해, 대혜 종고 선사가 「벽암록」을 가차 없이 불살라 버린 심정을 이해할 것도 같다. 이미 사구가 되어 버린 공안을 활구로 되살려 내고자 하는 선사의 처절한 몸부림이었던 것이다.

선종사에는 그처럼 책을 태우는 이야기가 심심찮게 나온다. 가장 극적으로 책을 태운 사람은 '덕산방'의 주인공인 덕산 스님일 것이다.

덕산 스님은 본래 「금강경」의 대가였다. 자신의 저술인 「금강경소초」에 대해 하늘을 찌를 듯한 자부심을 갖고 있던 덕산 스님은 평범한 노파에게서 교외별전敎外別傳에 의거한 질문을 받고서 그만 무릎을 꿇고 만다. 그리고 그 순간 문자의 한계를 절감하고 용담 숭신 선사를 찾아간다. 선사를 만나 저간의 이런저런 이야기를 오랫동안 나눈 뒤 방문을 나섰다. 이미 바깥은 깜깜하여 제 신발조차 찾을 수가 없었다. 할 수 없이 다시 방 안으로 들어갔다.

"왜 다시 들어왔는가?"

"문 밖이 어둡습니다."

그러자 용담 스님은 종이에 불을 붙여(원문은 '지촉紙燭'으로 표현하고 있다) 덕산 스님에게 건네주었다. 덕산 스님이 그 불을 받으려는 찰나 용담 스님은 '후!' 하고 그 불을 꺼 버렸다. 그 순간 덕산 스님은 활연히 깨쳤다.

문 밖이 어둡다는 말은 나의 무명을 인정하는 말이다. 이 고사에서 지촉紙燭이라는 말이 예사롭지 않다. 지紙는 종이(경전)이고 촉燭은 불을 붙였다는 말이니, 용담 선사가 경전 한 쪽을 태움으로써 무명에 가득 찬 덕산의 눈을 이미 밝혀 주었다는 것을 상징하기 때문이다. 이는 복선이다. 아니나 다를까, 이튿날 아침 덕산 스님은 애지중지하던 자신의 주석서인 「금강경소초」를 끄집어 내어 법당 앞에 쌓아 놓고는 횃불을 높이 들고서 이렇게 외쳤다.

"현묘한 변론을 다하여도 넓은 허공에 터럭 한 오라기를 둔 것이요, 세간의 가장 중요한 것을 갖추었다고 하더라도 이는 큰 바다에 물 한 방울을 던지는 것과 같다."

말을 마치고는 다비장에서 거화炬火하듯 비장한 표정을 지으며 그 소초에 불을 붙였다.

사구死句는 기존의 어록 해설에 의거하여 드는 공안이며, 활구活句는 수행자 자신의 사무침에 의하여 드는 화두이다. 조주를 찾아간 수행자에게 '뜰 앞의 잣나무'가 활구였다면, 「조주록」을 펼치는 또 다른 수행자에게 '뜰 앞의 잣나무'는 사구이다. 그렇다고 해서 맨 처음 시원만 활구의 가치를 지니라는 법은 없다. '뜰 앞의 잣나무'가 조주를 찾아간 어느 수행자의 눈에 비친 잣나무처럼 그렇게 누군가에게 다가올 때 그것은 여전히 활구다.

성철 선사께서 "문자를 보지 말라"고 한 것은 어록의 사구화를 경계한 말이다. 사구가 되느냐 활구가 되느냐 하는 것은 문자 자체의 허물이 아니라 이를 받아들이는 사람의 문제이다. 설령 사구라 할지라도 그것을 활구로 바꾸어 놓는 것이 진짜 정법안을 갖춘(正法眼藏) 선지식의 역할이 아니겠는가.

목숨을 담보로 게임을 하는 러시안 룰렛은 당사자도 당사자이려니와 옆에서 보는 사람으로 하여금 더 손에 땀을 쥐게 한다. 탄알이 한 발 든 6연발 권총의 실린더를 돌린 뒤 번갈아 자신의 머리에 대고 방아쇠를 당기는, 목숨을 걸고 승부를 가리는 도박이다. 19세기 말 러시아 귀족들이 이 게임을 즐겨 했다고 한다. 미친 짓 같은데도, 무엇인지는 몰라도, 그래도 뭔가 있어 보인다.

그런데, 놀라지 마시라. 선종사에서는 8세기 무렵에 이미 러시안 룰렛에 버금가는 사건이 있었다. '모 아니면 도'는 '부처 아니면 중생'이라는 선종의 깨달음관觀과 연결되면서 극단적인 승부사 기질을 부추기는 토양이 되었다.

구봉 도건 선사는 석상 경저 선사에게서 인가를 받았다. 스승에 대한 신뢰는 시봉으로 이어졌다. 열심히 시자 소임을 보는데 얼마 되지 않아 스승이 갑자기 열반하고 말았다. 구봉 개인으로서는 의지할 한 스승이 없어진 것일 뿐이지만, 총림으로서는 방장 스님을 다시 모셔야 하는 큰일이었다. 대중이 젊은 구봉의 법력을 알 턱이 없었다. 관례대로 당중의 제일좌에 있던 수좌를 천거하여 방장으로 모시고자 한 것은 당연한 수순이었다.

그러나 구봉은 이것을 도저히 묵과할 수 없었다. 앉은 순서대로, 법랍대로, 서열대로 자리를 차지한다는 것은 젊은 공부인의 기개로 볼 때 정말 웃기는 이야기였다. 태어나는 것에 순서가 있다고 해서 죽는 일까지 순서대로 될 수 없듯이, 출가야 순서가 있지만 깨달음이 순서대로 오는 것은 아니지 않은가. 그러나 아무리 그렇더라도 대중 처소에서는 대놓고 대들 수도 없었다.

구봉은 제일좌 수좌를 뒷방으로 불렀다. 단둘이 있을 때 단도직입으로 물었다. 요즘 아이들 말대로 이른바 '맞짱'을 뜬 것이다.

"내가 질문을 하나 할 터이니 열반하신 스승의 뜻에 맞게 분명히 대답하신다면 제가 스승께 하던 대로 똑같이 시봉하겠습니다."

깨친 안목으로 제대로 답변한다면 스승으로 모시겠다는 말이다. 그 수좌는 자신 있게 당당한 표정을 지으며 마음대로 물으라고 하였다. 구봉이 물었다.

"스승께서 '쉬고 쉬어라(休去歇去). 한 생각이 만 년이다. 식은 재와 마른 나무같이 하라' 하였는데, 이것은 무슨 일을 밝힌 말씀입니까?"

제일 수좌가 곧바로 대답했다.

"그건 일색변사一色邊事(절대 평등한 경지의 세계)를 밝힌 것이지."

구봉의 안목으로 보기에 그 답변은 결코 깨친 소리가 아

니었다. 그러자 그 수좌가 구봉이 쥐고 있던 향을 달라고 하였다.

"그대가 나를 인정하지 않는단 말이지. 좋아! 그럼 뭔가를 보여 주지. 내가 열반하신 방장 스님과 마음이 계합되지 않았다면 이 향이 다 탄 뒤에도 내가 살아 있을 거야."

그렇게 말하고는, 놀랍게도, 향불을 피운 지 얼마 되지 않아 앉은자리에서 그대로 입적해 버렸다. 그런데 이 과정을 지켜보던 구봉의 태도가 더 입을 벌어지게 한다.

눈 하나 깜짝하지 않고, 열반한 수좌의 등을 어루만지면서 구봉이 말했다.

"앉아서 죽든지 서서 죽든지 죽는 것은 어려운 일이 아니다. 설사 앉아서 죽었다고 할지라도 스승의 뜻은 꿈에도 보지 못한 것이다."

어쨌든 둘 다 대단한 경지이다. 방장 자리에 연연해하지 않고 좌탈坐脫로써 자기의 공부 경지를 보여 준 제일 수좌나 또 그것을 보고도 인정에 끄달리지 않고 좌탈 자체가 깨달음의 증표가 될 수 없다는 자기 안목을 다시금 확인시킨 구봉 선사나 모두 난형난제라 하겠다. 이 정도는 되어야 진짜 도박꾼이다.

깨달음은 무가보無價寶이니 어찌 몇 푼 판돈에 비하겠는가. 이런 기상이 선풍을 오늘까지 면면히 이어지게 한 저력일 것이다. 법은 인정으로, 나이로, 친소親疎로 주거니 받거니 할 수 없다. 그것은 모두가 망하는 길이요, 모두가 죽는 길일 따름이다.

비구니 때문에 깨친 구지 선사

홍선 대원군이 살던 운현궁 언저리에서 복지관 일을 하는 비구니 스님이 조계사에 볼일이 있어 온 김에 들렀기에 차를 한 잔 나누었다. 복지 관련 일의 이런저런 어려움을 이야기하다가, 비구니比丘尼의 자기 정체성에 관한 것으로 이야기가 옮겨 갔다. 니尼는 출가자이면서 여성과 모성을 함께 소유한 존재이다. 이야기를 주고받던 끝에, 비구니는 너무 여자 같아도 안 되고, 그렇다고 해서 남자인 양 해도 안 된다는 쪽으로 이야기 매듭을 지었다.

이 문제에 관해서는 이미 오래 전에 임제종의 관계 지한 선사와 말산 요연 비구니와의 문답이 정리된 바가 있다.

관계 선사가, 말산에서 법을 펴고 있는 요연 스님이 비구니인 줄 알고서 한번 보자고 하였다. 그랬더니 "남녀의 상은 아니다(非男女相)"란 대답이 돌아오는 게 아닌가. 어쭈! 이것 봐라. 그래서 관계 선사는 호기 있게 '할!'을 하면서 큰 목소리로 말했다. "어째서 변하지 않는 거요(云何不變去)?" 그랬더니 "귀신도 아닌데 무엇으로 변하리오(不是鬼神 變什)?" 하고 대꾸했다. 결국 선사는 비구랍시고 비구니 회상에 가서 한마디 했다가 남녀라는 분별상에 빠져 있는 자기를 발견하게 된 것이다. 그 순간 관계 선사는 한 생각돌이키게 되었고, 그에 대한 수업료로 삼 년 동안 그곳에서 농장을 돌보는 원두 소임을 자원하였다.

구지 선사 또한 비구니 덕분에 깨친 경우라 하겠다. 그가 천태산의 보굴에서 혼자 정진하고 있던 어느 날이었다. 해가 뉘엿뉘엿 넘어갈 무렵, 실제라는 비구니가 찾아와 삿갓을 쓰고 석장을 든 채 선사 주위를 세 바퀴 돌고서는(세 바퀴 돈 것은 최고의 예우를 표한 것이다) 말하였다.

"바로 대답하면 이 삿갓을 벗겠습니다."

복색도 복색이거니와 그 내뱉는 질문도 듣는 비구로서는 괘씸하게 느꼈을 것이다. 그런데 그 비구니는 같은 말을 세 번이나 되풀이하는 것이었다. 기분은 고약했지만, 비구, 비구니를 떠나, 마음을 추스르고 '법답게' 한마디 해야만 했다. 그런데 도무지 입이 떨어지지 않았다. 그러자 비구니가 그냥 가려고 하였다. 안목 없는 비구 옆에 더 있어 보아야 시간 낭비라는, 실망한 표정이 삿갓 속에 감추어져 있었을 것이다. 어쨌거나, 그런 것은 모두 접어 두더라도, 날도 저물었는데 밤길을 가겠다고 하니, 비구이기에 앞서 '싸나이'로서 한마디 하지 않을 수가 없었다.

"날이 어두워졌으니 내일 해가 밝으면 떠나시지요."

그래도 실제 비구니는 똑같은 말만 거듭 되풀이할 뿐이었다.

"바로 일러 주시면 하룻밤 묵고 가겠습니다."

'망신살 뻗치네.'

꿀 먹은 벙어리처럼 가만 있으니 그 비구니는 뒤도 돌아보지 않고 가 버렸다. 구지 선사는 그날 뒤로 얼마나 분심이 났던지 이를 악물고 용맹 정진하였다. 얼마 뒤 큰 선지식 천룡 선사가 그곳을 지나가게 되었다. 구지 선사는 천룡 큰스님에게 자초지종을 이야기하고 '한마디' 청하였다. 그랬더니 천룡 선사는 아무 말 없이 손가락 하나를 치켜세울 뿐이었다. 그 순간 구지 선사는 깨쳤다.

아마 일전에 다녀간 이가 비구니가 아니라 비구였다면 같은 상황이 벌어져도 그만한 분심을 일으키지는 못하였을 것이다. 어쨌거나 삿갓 쓰고 석장 짚고 느닷없이 나타나 스트레스만 잔뜩 안겨 주고 사라진 그 비구니 덕분에 다시 크게 발심해 안목이 열렸으니, 이는 제대로 된 만남인 셈이다.

뭐니뭐니 해도 '비구니 어록'의 압권은 동산 양개 화상의 회상에서 있었던 일일 것이다. 선방 앞에 웬 비구니가 와서 큰 소리로 말했다.

"이렇게 많은 무리가 다 내 자식들이다."

아마 그 자리에 있던 '마초' 성향의 비구들은 그 소리에 혈압이 좀 올라갔을 것이다. 만일 신라 땅에서 유학 온 성질 급한 '경상도 비구'가 그곳에 있었더라면 순식간에 좌복을 박차고 죽비 들고 쫓아 나갔음직한 어투였다.

그런데 문제는 그 회상의 어느 누구도 이에 대하여 즉답을 하지 못했다는 사실이다. 묵묵부답. 결국 동산 선사가 대신 한마디를 해야만 했다.

"나도 그대에게서 태어났다."

출가자는 만인의 연인

열반한 어느 노장님한테서 들은 이야기다. 스님은 해방 전에 출가했는데, 그 시절에는 일본 불교 영향으로 절 바깥에 나갈 때는 양복을 입기도 했다. 하루는 도반들과 뭉쳐서 '용하다'는 점술가를 찾아가, 모두 승려라는 신분을 숨기고 사주를 보았다. 마지막으로 그 스님의 차례가 돌아왔다.

"거 참 이상하네. 저렇게 멀쩡하니 생겼는데 장가를 못 가겠네."

'당연하지.' 스님은 속으로 키득키득 웃었다.

"그런데, 에에, 이게 뭐야. 여자가 없어서 못 가는 게 아니라 너무 많아서 못 가겠네."

'정말 신통하네. 어떻게 알았지?'

출가자는 혼자 살아서 주인(?)이 없다. 동시에 모두가 주인이다. 이른바 '만인의 연인'이다. 출가자의 존재 의미는 정법을 오래도록 머물게 하기 위한 것이다. 그러려면 모든 사람을 평등하게 대해야만 하는 '등거리 외교'가 처신의 기본이다. 같은 얘기로, 오래 전 한 일간지에 유명한 시인 수녀님의 인터뷰 기사가 실렸는데, 스스로를 '실속(?) 없이 바쁘기만 한, 만인의 연인'이라고 표현한 것이 그럴듯했다.

산중도 결국은 사람 사는 곳이다 보니 가끔 사람 냄새 나는 '로맨스'류의 이야기를 선어록에서 양념처럼 발견하는 것도 쏠쏠한 재미다. 그 가운데 가장 유명한 사건으로 태전 선사와 기생 홍련 사이의 이야기가 있다.

큰 문장가요 선비로 명망이 자자했던 한퇴지는 불교를 비방한 일 때문에 좌천을 당했다. 중앙에서 밀려나 조주 땅으로 내려와 분심을 삭이고 있던 중이었다. 그는 화풀이 삼아 당시 그곳에서 유명세를 타고 있던 태전 선사의 스타일을 구기게 할 목적으로 고을에서 제일가는 기생 홍련에게 모종의 임무를 맡겼다. 기생에게 맡긴 임무라면 뻔하다. 그런데 작업을 개시한 지 백 일이 되어도 태전 선사는 꿈쩍도 하지 않았다. 결국 홍련은 선사의 고매한 인격에 반해 선사를 애인이 아니라 스승으로 모시게 되었다. 거기까지는 좋았다. 작전을 성공시키지 못한 일로 홍련은 혹여 자기가 화를 입지나 않을까 하여 노심초사하는 것이었다. 그래서, 선사는 그 문제를 해결할 방편으로 홍련에게 시를 한 수 지어 주었다. 도력뿐만 아니라 글 실력으로도 자신의 살림살이를 보여 줌으로써 한퇴지와 한 판 승부를 가릴 심산이었다.

축융봉 내려가지 않기를 십 년
색을 보고 공을 보매 색 그대로 공이네
어찌 조계의 물 한 방울을
홍련의 잎사귀에 떨어뜨릴 수 있으랴

결국 이 시 한 수로 홍련도 살고 한퇴지는 불교에 귀의하게 되었다. 실용적인 힘까지 겸비한 멋진 선시禪詩가 아닐 수 없다. 시의 내용 또한 의미심장하다. 구절구절마다 두 가지 뜻을 함축하고 있는 것이 기생 황진이가 벽계수를 꼬실 때 읊었다는 시 "청산리 벽계수야……명월이 만공산하니……"를 떠올린다. 여기에서 벽계수와 명월(황진이의 호)은 문자 그대로의 뜻도 품으면서 동시에 두 인물을 상징한다. 태전 선사의 시에서는 미모의 기생을 보고서도 담담한 경지를 '색즉시공'이라 했다. '홍련의 잎사귀'와 '조계의 물 한 방울' 또한 남녀의 성을 아름답게 승화시켜 표현한 것으로 대단한 안목이다. 그리고 이 시를 종이가 아니라 홍련의 흰 비단 속치마를 펼쳐 놓고 그 위에 일필휘지로 써 내려갔다 하니, 그 상황도 상상만 해도 멋이 넘친다. 해인사 큰법당 뒤쪽에 가면 외벽 한 켠에 이 장면이 벽화로 남아 있다.

혹시나 닥칠지도 모를 이런 일을 대비해서라도 이 시는 반드시 외워 두어야 할 것 같다. 글자 몇 개만 바꾸면 얼마든지 응용이 가능하다. 더불어 시간 날 때 붓글씨 연습도 좀 해 두어야 할 것 같다. 글자꼴을 제 아무리 궁서체로 한들 컴퓨터에서 프린트로 뽑아 주어서는, 홍련은 몰라도 한퇴지 같은 뛰어난 교양인까지 교화시키기는 어렵지 않겠는가.

절집의 또 다른 보배 동자승

흔히 '동진 출가자'로 불리는 스님네 가운데 중 노릇 반듯하게 하는 이들을 보면 정말 '승보僧寶'라는 생각이 든다. '인간문화재 승려 부문'이라도 만들어 국가적으로도 보존할 만한 무형문화재감이다. 어른들에게서 절집의 풍습과 역사를 온몸으로 익히고 체현한 그분들은 염불, 간경, 좌선, 불사는 말할 것도 없고 시시콜콜한 것에 이르기까지 어느 것 하나 기울거나 빠지는 데 없이 여법하다. 하지만 세월이 갈수록 이런 인재들은 보기 힘들어질 것이다. 한 집안에 아들이나 딸 하나씩밖에 낳지 않으니 어느 집안인들 선뜻 독자獨子를 절집에 내놓겠는가. 티베트에서는 싹수 있는 '놈'을 '린포체'라고 하여 어릴 때부터 지도자로 특별히 키운다고 한다. 이렇게 교육받은 인재들이 세계 불교화의 주축이 됨은 당연한 결과이다.

선어록에 나오는 꼬마 사미나 동자승은 아직은 미완성이지만 언제든지 천진불天眞佛로 진입할 수 있는 천재들이기도 하다. 구지 선사와 똑같이 엄지손가락을 치켜올리는 흉내를 내던 동자승도 마찬가지다.

구지 선사의 암자에 선사를 시봉하는 한 동자승이 있었다. 동자승은 늘 납자들이 구지 선사에게 와서 묻고 대답하는 것을 옆에서 듣고 보았다. 그런데 스승은 누가 오든지 늘 손가락을 치켜세우는 법문만 하는 것이었다. 서당개 삼 년에 풍월을 읊는다고, 이 동자승도 손가락을 세우는 선법禪法을 배우게 되었다. 드디어 스승이 출타하여 자리를 비울 때는 찾아온 납자를 자기가 손가락 법문으로 제접하는 수준에까지 이르렀다.

동자승의 그런 모습을 지켜보던 한 납자가 구지 선사에게 말했다.

"선사시여! 저 동자승은 참으로 천재입니다. 그도 불법을 알아서 누구나 동자승에게 물으면 화상처럼 손가락만 세웁니다."

구지 선사가 이 말을 듣고 난 뒤 어느 날 가만히 칼 한 자루를 소매 속에 넣고는 동자를 불렀다.

"가까이 오너라. 듣건대, 너도 불법을 안다는데 사실이냐?"

"네! 그렇습니다. 스승님."

"어떤 것이 불법인고?"

이에 동자승은 자랑스럽게 스승이 평소 하던 대로 손가락을 치켜세웠다. 동자승이 손가락을 세우자마자 선사는 그 손가락을 칼로 끊어 버렸다. 동자는 비명을 지르면서 도망갔다. 이에 선사가 애틋한 목소리로 동자를 부르니 도망가다 말고 그 자리에 서서 돌아보았다.

"어떤 것이 불법인고?"

동자는 자기도 모르게 끊어진 손가락을 세웠다. 그러나 손가락이 보이지 않았다. 이에 크게 깨쳤다.

이제는 부처님 오신 날 연등 축제 무렵이나 되어야 동자승을 볼 수 있는 시절이다. 그것도 이벤트의 하나인지라, 단기 출가 형식으로 데리고 있다가 행사를 마치고 나면 저희

집으로 돌려보내야 한다. 해마다 이 동자승 행사를 하는 사찰이 늘어나고 있다. 비록 행사를 위한 것이지만 이 동자승들은 범불교 집안의 '성골' 또는 '진골'이라 할 만하다. 언젠가 자신의 뜻에 따라 출가하는 인연까지 이어질 수 있도록 지속적으로 관리하는 것도 인재 불사라고 하겠다.

독자를 둔 가정이 대세이다 보니, 누가 출가하여 이 불법

문중을 지켜 나갈지 그것도 걱정이다. 앉아서 출가자를 기다리는 시대는 지난 것 같다. 그래도 현재 출가자들 중에는 장남과 독자가 생각보다 많은 것을 보면 그것도 아이러니다. 수행 생활이 주는 매력이 집안 걱정을 상쇄하고도 남음이 있다는 반증일까?

처음처럼

한때 '처음처럼'이라는 제목 아래 늘 한결같은 자세로 살아가야 함을 이미지로 강조한 공익 광고를 보면서 잔잔한 감동을 받은 기억이 새롭다.

「화엄경」의 '초발심시변정각初發心是便正覺'은 처음 마음같이 늘 한결같을 수만 있다면 깨달음은 이미 따 놓은 당상堂上이라는 말이다. 얼마 전 어느 대학 총장이 취임하면서 '무월급으로 사 년을 재직하겠다'고 주변에 선언한 것은 초심을 스스로 잃지 않겠다는 자기 다짐이라고 했다. '작심삼일'이라고 하던가? 그래도 그게 어디인가. 보통 근기는 삼 일에 한 번씩 새롭게 작심하면 될 터이니 말이다. 하근기는 잘해야 '작심 세 시간'이 아닐까. 사람들이 얼마나 자기와의 약속을 스스로 기만하면서 살아가는지!

성철 선사는 '불기자심不欺自心'을 강조했다. 자기를 속이지 말라는 말이다. 연초에 다짐한 계획들을 한 해가 반쯤 지났을 때 돌이켜보라. 얼마나 지켜 왔고 또 지키고 있는지? 그게 두려워서 아예 계획 자체를 세우지 않는다고 누군가는 말했다. 하지만 아무런 다짐을 하지 않겠다는 것도 하나의 다짐이다. 어찌 보면 가장 못난 다짐일지도 모르겠다.

한 해를 시작할 때의 결심은 말할 것도 없고 한 분야에 오랫동안 종사하다 보면 누구랄 것 없이 거개가 저도 모르게 요령만 늘기 마련이다. 대부분 '적당히' 스타일이 되기 십상이다. 그게 현실인지라, '뭐 그까이꺼 대충……'이라는 유행어에 모두가 쓴 웃음을 지으면서도 공감할 수밖에 없었다. 출가인인들 예외이겠는가? 그래서 옛 어른들은 아침마다 삭발한 맨머리를 만지면서 자기의 본분을 잊지 않도록 수시로 확인하라고 후학들에게 가르쳤다. 처음 출가할 때의 그 마음을 정말 얼마나 견지하고 있는지 스스로에게 물어 볼 일이다.

천목 중봉 선사의 회상에서 있었던 일이다.

한 남자가 진지한 표정으로 물었다.

"지난 날 세속에 있을 때는 「법화경」 일곱 권 중 네 권을 외웠습니다. 출가한 뒤 나머지 세 권도 반드시 외우겠노라고 서원하였습니다. 그러나 그 뒤로 이십 년이 지났는데도 나머지 세 권을 외우기는커녕 이미 외우고 있던 네 권마저 잊어버렸습니다. 도대체 그 까닭이 무엇이겠습니까?"

보나마나 그 까닭은 방편이라는 미명 아래 적당히 현실과 타협하면서 살았거나, 중도中道라는 명분으로 원칙을 적당히 포기한 데에 연유할 것이다. 누구든지 이 남자가 한 것과 같은 질문의 칼끝이 자기를 겨누어 오면 마음 편할 사람은 없을 것이다. 중봉 선사의 답변도 이와 다르지 않았다.

"집에 있을 때는 세속을 벗어나야겠다는 기대가 있었기 때문에 번번이 뭔가 부족함을 느꼈던 것이다. 그래서 그 생각에 아침저녁으로 네 권이라도 외울 수 있었다. 이윽고 출가의 목적이 이루어지자 마음이 방일해져 외웠던 것까지 모두 잊어 버린 것이다."

사실이 그렇다. 하지만 출가 그 자체가 목적이 될 수는 없다. 다만 집을 나오는 것이 목적이라면 그것은 출가가 아니라 가출이다. 모든 것은 출가 뒤의 역할로 평가받는다. 세상 사람들에게는 수행자가 필요한 것이 아니라 '수행자의 역할'이 필요한 것이다. 출가자로서 처음과 같은 초심을 유지할 수만 있다면 이십 년 세월에 「법화경」 일곱 권이 문제가 아니라 더 나아가 모든 선어록을 거꾸로 외우고도 남았을 것이다.

타의에 의해 '국립 선원'에서 오래 수행한(?) 신영복의 시 '처음처럼'은 현대판 선시라 하겠다.

처음으로 하늘을 만나는 어린 새처럼
처음으로 땅을 밟고 일어서려는 새싹처럼
우리는 하루가 저무는 저녁 무렵에도
아침처럼 새봄처럼 처음처럼
다시 새날을 시작하고 있다.

진짜 무서운 아줌마 선지식들

삼사십 년 전 처음으로 삼천배 수행법이 나왔을 때만 해도 대단한 아줌마 보살들 말고는 감히 어느 누구도 도전해 볼 생각을 하지 못했다. 하지만 요즘은 '삼천배 보살'은 보통이고 '일만배 보살'도 심심찮게 볼 수 있다. 여자는 약하지만 어머니는 강하다고 했던가. 어머니의 강한 힘은 물론 자식 사랑에서 나온다. 하지만 그 강한 어머니도 지나치게 '내 새끼'한테만 집착하여 체면 깎일 일도 마구 한다면 그 순간 남들한테서 손가락질당하는, 얼굴 두꺼운 아줌마의 나락으로 떨어지게 된다.

선어록에는 무서운 아줌마들(어록에서는 '노파'라고 했지만)이 많이 나온다. 물론 수행력이 만만찮아 수행 납자들을 버겁게 하는 아줌마들이다. 그 가운데서 덕산 선감 선사의 「금강경」 답변이 시원찮자 돈을 준다는데도 떡을 팔지 않고 쫄쫄 굶긴 뒤 인연 있는 선지식인 용담 숭신 선사까지 지정하여 찾아가게 한 떡장수 아줌마가 가장 유명하다. 또 토굴에서 수십 년 동안 한 납자를 시봉하다가 어느 날 그의 공부경지가 별 볼 일 없음을 확인한 뒤 인정사정없이 내쫓고 암자에 불을 지른 열혈 아줌마도 그 못지않다.

가는 곳마다 한 소식 한 아줌마들 때문에 선종 승려들은 공부를 하지 않고는 만행은 물론 탁발조차 마음놓고 할 수가 없었다. 언제 강적(?)을 만나 얼굴 붉히는 무안을 당할지 알 수 없었기 때문이다.

뭐니뭐니 해도 가장 무서운 아줌마는 암두 전활 선사가 만난 보살일 것이다.

그 무렵 암두 선사는 회창 법난을 피하여 한양에서 속복 차림으로 뱃사공 노릇을 하며 차안此岸에서 피안彼岸으로 모든 사람을 건네주는 것을 수행으로 삼고서 살고 있었다. 강 양안에 세워 놓은 나무 판자를 두드리는 것이 뱃사공을 부르는 신호였다. 그것은 시대의 목탁이 되어 늘 깨어 있어야 함을 스스로에게 경책하는 또 하나의 방편이기도 했다. 어느 날 한 아줌마가 아이를 안고서 강을 건너가려고 나무 판자를 두드렸다. 그 소리에 선사는 움막에서 노를 흔들면서 춤을 추며 나왔다. 난세이긴 하지만 그래도 날마다 좋은 날이라는 자기 표현이기도 했다. 그런데 그때 추상 같은 아줌마의 목소리가 들려왔다.

"(되지도 않는) 춤은 그만두고 묻는 말에나 대답하시오. 이 애는 어디에서 왔습니까?"

물론 '부모미생전父母未生前'의 본래 소식을 묻는 질문이다. 어랍쇼! 이게 뭐야. 뭘 알고서 묻는 거야? 암두 선사는 무시하듯 가볍게, 성의 없이, 형식적으로 노를 가지고 뱃전을 두드리는 것으로써 답변을 대신하였다. 그러나 아줌씨가 보기에 그건 아니었다. 소문 듣고서 뭐 좀 아는 줄 알고 왔더니 맹탕이구나 하는 표정이 역력하였다. 순간 암두 선사는 긴장했다. 다시 그 아줌마가 진지한 표정으로 물었다.

"내가 일곱 아이를 낳았는데 여섯 명을 이미 물 속에 던져 버렸습니다. 이 아이가 온 곳을 답변하지 못하면 이 아이마저 물 속으로 집어던져 버릴 것입니다."

하지만 그 순간 암두 선사는 앞뒤가 꽉 막혀 버렸다. 이는 남전참묘南泉斬猫,' 곧 남전 선사가 고양이를 베어 버린 그 일보다도 한 차원 더 업그레이드된 것이다. 깜깜.

그 모양을 보더니 그 아줌마가 말했다. "내가 일곱 번째도 지음자知音者를 만나지 못했으니 이놈 하나도 살리지 못하겠구나" 하고는, 아이를 바로 물 속에 던져 버렸다. 암두 선사의 얼굴빛은 보나마나 새하얗게 백지장이 되었을 것이다. 무서운 아줌마 선지식은 납자들의 공부를 위해 토끼 같은 자식마저도 과감하게 내놓았다. 그것도 하나둘도 아니고 자그마치 일곱 명이나…….

남전참묘에 대한 조주 선사의 답변은 짚신을 머리에 이고 방을 나가 버린 것이다. 그렇다면 이 경우에는 어떻게 해야 일곱 번째 아이를 살릴 수 있었을까?

대답은 각자에게 맡겨야겠지.

별명은 또 다른 선가의 문화

별명은 그 사람의 개성이 가장 잘 드러나는 이름이다. 절집도 사람 사는 곳이라 별명으로부터 자유로울 수 없다. 부처님의 별명은 무엇인가. '여래 응공 정변지…… 어쩌구' 이렇게 나간다면 별로 재미없다. 부처님의 별명은 '잔소리쟁이'였다. 허구한 날 "……는 하지 말라"고 똑같은 소리를 지겹도록 되풀이해 대니 발란타 비구가 호기롭게(?) 그 별명을 붙여 주었다.

선가도 예외는 아니다. 속가의 성씨가 별명으로 불리는 경우가 많다. 남전 선사는 성씨가 왕씨인 까닭에 '왕노사'라고 자칭하였고, 도일 스님은 마씨인 까닭에 '마조'라고 불렸다. 목주 도명 선사는 만년에 짚신을 삼아 팔아서 노모를 봉양하고 나머지는 대문 앞에 걸어 두고서 길 가는 사람들에게 나누어 준 까닭에 '진초혜陳草鞋'라고 불렸다. 우리말로 풀면 '진짚신'이 된다. 「금강경」의 대가 덕산 선사는 '주금강'이라고 불렸다. 이렇게 출가한 선사에게 속가의 성씨를 붙여 이름을 부르는 것은 모두 핏줄을 중시하는 중국 유교의 가족주의의 영향이다. 하긴 지금 우리나라에서도 이름 좀 떨치는 유명한 스님들에게는 종친회에 참석하라는 공문도 오고, 본사 주지급이 되면 족보에도 올려 준다는 말을 들었는데, 사실인지 아닌지는 확인하지 못하였다.

신체적 특징이나 습관이 별명이 된 경우도 있다. 달마 대사는 날이면 날마다 벽만 쳐다보고 있으니 '벽관壁觀 바라문'이라고 불렸다. 6조 혜능은 '갈료(남방의 오랑캐)'라고 하였다. 디딜방아를 찧을 때 몸무게가 모자라서 허리춤에 돌을 매달고 있었다 할 만큼 체격도 왜소한 데에다, 남아 있는 등신불로 미루어 짐작컨대 얼굴도 볼품 없었던 것에서 기인했을 것 같다.

명주 땅의 계하 덕광 선사는 인품이 강직하여 쓸데없는 말을 하는 법이 없고 좀처럼 웃지도 않아 '철면鐵面'이라는 별명이 붙었다. '철면피'라고 하면 좀 상스러웠을 텐데 '철면'이라고 하니 같은 말이라도 듣기에 조금 낫다. 아무리 별명이지만 이 정도 배려는 필요하다. 귀종 지상 스님은 눈빛이 붉어 '적안赤眼 귀종'이라고도 불렸다. 눈이 붉은 까닭은 늘 약수로 눈을 씻었기 때문이라고 한다. 철분이 많은 약수터의 경우 주변이 붉다. 그렇다면 귀종 스님이 즐겨 드신 약수에 철분이 많았나? 글쎄다.

앞에서도 말했듯이 조주 선사는 선종사에서 가장 언어구사력이 뛰어난 사람이었다. 말로 표현하기 힘든 깨달음의 경지도 언어로 훌륭하게 풀어 보이곤 하던 조주 선사는, 그래서, '구피口皮'라는 별명을 갖게 되었고 그의 선풍을 '구피선口皮禪'이라고 했다.

맹수에 빗댄 별명도 있다. 호랑이와 사자가 대표적이다. 장사 경잠 스님은 별명이 '대충大蟲'이다. 대충은 호랑이란 뜻이다. 앙산 선사와 법 거량 하면서 스승을 냅다 걷어차서 쓰러뜨린 일이 있어, 그런 대단한 기개를 보고 스승 앙산이 붙여 준 이름이다. 호주 땅에 있는 서여사西余寺의 정단 선사는 사자춤을 보다가 깨치고 나서, 항주 용화사龍華寺에 머무는 제악 선사를 찾아가 만나자마자 몸을 뒤집으며 사자춤 흉내를 내보였다. 그것을 보고 제악 선사가 그를 인가하였다. 사자춤을 통해 깨치고 또 인가받은 인연으로 총림에서는 그를 '단사자端獅子'라고 불렀다.

우리나라 송광사의 효봉 선사는 정진 때 꼼짝도 하지 않아 별명이 '절구통 수좌'였다. 언젠가 깊은 삼매에 들었을 때 얼마나 오래 있었던지 피부가 짓물러 엉덩이에서 방석이 떨어지지 않은 적도 있었다. 현재 조계종 종정이며 해인사 방장인 법전 선사도 좌복 위에서는 미동도 않는 것으로 제방에 호가 나 있다.

요즘 입담 좋은 스님들은 좋게 표현하면 '지대방 방장'이라 한다. 거꾸로 핀잔 섞어 부를 때는 '개구開口 뻥'이라고도 한다. 이는 '입만 열면 허물'이라는 선어록의 '개구즉착開口卽錯'을 패러디한 것이다.

아무튼 모든 별명에는 그 사람의 특징, 품격과 사상 그리고 문화가 알게 모르게 스며들기 마련이다.

지대방 한담은 성역이 없다. 위로는 불조 방장으로부터 아래로 행자까지의 야사를 다루며, 정치 경제 사회 문화를 전방위로 터치하다가 사이사이에 우스갯소리로 양념도 친다. 잡담은 머릿속을 어수선하게 만들기도 하지만 때로는 진솔한 대화를 통해 서로의 삶의 방식을 이해하고, 또 법담으로 이어질 때는 그 자리에서 살아 있는 선어록이 만들어지기도 한다.

해제 뒤 마음 맞는 도반끼리 함께 만행 길을 나서는 것은, "벗이 수행의 전부"라는 부처님 말씀을 빌리지 않더라도, 출가 생활의 큰 즐거움이다. 하지만 '죽고 못 사는' 사이라서 좀처럼 떨어질 줄 모르던 두 도반이 인도로 배낭 성지순례를 같이 갔는데 "나갈 때는 함께 가더니 들어올 때는 따로 오더라"는 이야기도 심심찮게 들린다. 척박하고 낯선 환경 속에서 서로 배려하고 마음을 맞추어 가며 긴 시간을 함께 다닌다는 것이 어찌 녹록한 일이겠는가.

덕산 선사 밑에서 공부한 설봉 의존 스님과 암두 전활 스님, 흠산 문수 스님은 곧잘 함께 다녔다. 어느 겨울날 폭설을 만나 외딴 암자에 갇혀 오도 가도 못하고 꼼짝없이 며칠 밤을 같이 지냈다. 고지식한 설봉 스님은 내내 꼿꼿이 앉아 좌선을 하고, 느긋한 암두 스님은 만날 누워서 잠만 잤다. 암두 스님의 꼴을 보다 못한 설봉 스님이 "흠산 스님과 행각할 때도 곳곳에서 누를 끼치더니, 이번에도 잠만 자면서 나를 번뇌롭게 한다"고 투덜거렸다. 그러자 암두 스님은 "만날 참선한다고 폼만 잡고 있으니 뒷날 사람들 꽤나 홀리겠다"고 덜 깬 목소리로 한마디 하였다. 도반의 지청구에 못 이겨 자다가 일어나 눈을 비비며 하품 속에서 내뱉은 말이었겠지만 언중 유골言中有骨이다.

그러던 어느 날 세 사람은 객실에서 묵으면서 이런저런 이야기 끝에 각각 원하는 바가 무엇인지 말하게 되었다

먼저 암두 선사가 말하였다.

"조그마한 나룻배를 하나 얻어 낚시꾼과 함께 앉아 한평생을 보내고 싶다."

별다른 욕심도 없고 은둔자적인 기질이 다분하다. 아니나 다를까, 암두 스님은 뒷날 법난을 만났을 때 속복 차림으로 악저호에서 뱃사공 노릇을 하였다. 어쨌거나 타고난 품성 자체가 소박한 것 같다.

이어서 흠산 선사가 말하였다.

"큰 도시에 살며 절도사에게서 스승의 예우를 받으면서 비단옷을 입고 화려한 평상에 앉아서 금 그릇, 은 그릇에 담긴 밥과 찬을 먹으면서 한평생을 지내고 싶다."

누군들 이런 마음이 없겠는가. 그러나 선종의 '무소유'라는 가풍 속에서 이런 불온한(?) 마음을 솔직하게 드러낼 수

있는 흠산 선사는 어찌 보면 자기의 본마음을 굳이 감추지 않겠다는 그 순수함이 오히려 돋보이는 면도 있다.

마지막으로 설봉 선사가 말하였다.

"네거리에 선원을 세우고 대중을 법답게 공양을 시키겠다. 만일 어떤 납자가 길을 떠나면 내가 바랑을 메고 지팡이를 들고서 문 밖까지 잘 전송하고, 그가 몇 걸음을 내디디면 '아무개 스님' 하고 부르고 나서 고개를 돌려 쳐다보면 '먼 길에 조심 하십시오' 라고 인사하리라."

그 말대로 그의 회상은 융성한 총림을 이루었고 많은 납자를 제접하면서 살았다.

이 세 선사의 수다를 종합한다면 '슈퍼 승려' 상像을 나누어 표현한 것이라 할 수 있겠다. 때로는 도가적인 은둔자풍으로도, 때로는 유가적인 벼슬살이풍으로도, 때로는 불가의 청정 승가 구성원으로서 조금도 손색이 없어야 한다는 말이다.

다양한 중생 세계 속에서 어떤 곳에 살더라도 수처작주隨處作主해야 함을 저마다 에둘러서 표현한 것이리라.

용과 뱀이 함께 사는 곳

원수는 외나무다리에서 만난다는 말이 있다. 그러니 서로 척지고 살지 말라는 말이다. 사랑하는 사람과 헤어지는 것도 고통이지만, 미워하는 사람을 날마다 봐야 하는 것도 그 못지않은 고역이다. 외나무다리에서 만난 원수는 한 번 맞닥뜨리는 것으로 끝나지만, 대중 조직의 테두리 속에서 어쩔 수 없이 날마다 미운 사람을 봐야 하는 것은 언제나 인내심을 발휘해야 하니 늘 외나무다리 위에 서 있는 격이라 하겠다.

선가는 '부모 말도 듣지 않고 집을 나온,' 개성 강한 다양한 구성원들로 이루어져 있다. 그래서 흔히 '용사혼잡龍蛇混雜'이라고 한다. 이 말은 무착 문희 선사가 오대산 금강굴에서 문수 보살을 만나 나눈 대화에서 기인한다. 무착 선사가 "그곳 대중은 어떻게 사십니까?" 하고 물으니, 문수 보살은 "범부와 성인이 같이 살고, 용과 뱀이 함께 섞여 있소"라고 답한다. 무착 선사가 또 묻는다. "수행자는 얼마나 삽니까?" 이에 문수 보살은 그 유명한 공안 "전삼삼前三三 후삼삼後三三"으로 답변한다. 그 뒤부터 '전삼삼 후삼삼'은 오늘까지 수선자修禪者들에게 커다란 의심덩어리를 던지고 있다.

행동거지가 울퉁불퉁한 괴각들과 함께 사는 것을, '역경계 선지식'을 모시고 산다고 생각하여 '그러려니' 하고 살아야지, 못마땅하다고 미워하는 마음을 일으키면 결국 그 마음을 일으킨 사람이 살지 못하고 걸망을 싸기 마련이다. "무거운 절 떠나라고 하느니 가벼운 중 떠난다"는 말이 딱 맞다. 정작 가야 할 놈은 계속 살고, 살아야 할 사람은 가 버리는 일이 비일비재한 것이 사바세계다.

칼 같은 선사들은, 그래서, 대중을 위하여 그런 일이 없게 하려고, 말썽꾸러기는 몽둥이를 휘둘러 가차없이 쫓아내 버리든지, 개과천선改過遷善하게 하든지 양단 가운데 하나를 선택해야 했다. 반대로 한두 명을 뺀, 나머지 대중 전체가 보기 싫을 때는 그 회상을 파破해 버리는 수밖에 없었다.

분양 선소 선사는 데리고 살 수 없는 대중을 목소리 돋우지 않고도 제 발로 걸어 나가게 만드는 데 고수였다.

하루는 대중을 모아 놓고 "간밤에 돌아가신 부모님이 나타나서 술과 고기 그리고 지전紙錢을 찾았다. 그러니 속가 법식대로 제사를 모셔야겠다"고 했다. 곳간을 열고서 제물을 마련하여 위패를 모시고 술잔과 고기를 올리고 마지막으로 종이돈을 불살랐다. 절집에서 유교식으로 제사를 모셨으니 대중이 말이 많을 수밖에 없다.

어른이 제사를 주관하니 참석이야 했겠지만 이맛살을 있는 대로 찌푸렸을 것이다. 그런데 한술 더 떠 제사를 마친 뒤 사판의 대표격인 도감과 이판의 대표격인 입승을 제사상 앞으로 오게 했다. 그러고는 소반에 남아 있는 술과 고기와 함께 음식을 주었다. 하나같이 수행자가 이런 것을 먹을 수 없다고 손사래를 쳤다. 선사는 빙그레 웃으며 혼자 가운데 자리에 앉아 태연히 고기를 먹고 술을 마셨다. 대중은 큰 방에서 술과 고기를 먹는 '땡초'를 어떻게 스승으로 모실 수 있느냐면서 모두 걸망을 지고 떠나 버렸다.

그래도 스님을 믿고 따르는 석상 자명과 대우, 곡천 같은 스님 몇 분은 끝까지 남아 있었다. 그날 선사는 법상에 올라 이윽고 본심을 털어 놓았다.

"수많은 잡귀신 떼를 고기와 술 한 상과, 종이돈 두 뭉치로 모조리 쫓아 버렸다. 남은 대중 가운데 가지와 잎은 없고 오로지 진짜 열매만 남아 있구나."

분양 선소 선사의 진정한 뜻은 죽은 귀신을 보내려는 것이 아니라 산 귀신을 쫓아 버리는 데 목적이 있었다. 그러한 스승의 본래 의도를 모르고 작전에 제대로 걸려든, 어리석은 산송장 같은 대중을 보내 버리려고, 제사상의 술과 고기가 또 다른 할과 방이 되었던 것이다.

떡

백결 선생은 명절인데도 떡을 만들 쌀이 없는 부인을 위하여 대신 거문고로 떡방아 소리를 들려주었다고 한다. 예술 한답시고 쌀독도 채워 주지 못하는 능력 없는 지아비가 그 절박한 상황을 예술로 승화시킨 것이 '방아타령'이다.

떡은 명절에는 말할 것도 없고 여느 때에도 여염의 먹을거리로 오랫동안 사랑받아 온 친근한 물건이다. 그리고 그것은 산중의 대중 사이에서도 크게 다르지 않다. 선가에 보면 떡과 관련한 일화가 제법 있다.

용담 숭신 선사는 출가 전에 떡장수였다. 떡 파는 노파가 용담 선사에게 덕산 스님을 안내해 준 것이 어쩌면 그런 인연 때문이 아니었을까? 같은 직업에 종사한 적이 있었던지라 이미 서로 알고 있었거나, 그 바닥에 떠도는 소문을 통해서 이름을 들었거나, 아니면 뒷날 그 회상에서 공부를 하고 있었거나, 셋 중의 하나일 것이다. 물론 세 번째 설이 가장 유력하지만.

운문 선사는 호떡이나 떡을 가지고도 많은 납자를 제접하였다. 어느 날 공양을 하면서 떡을 먹다 말고는 한 납자에게 물었다.

"발우 속에는 떡이 몇 개나 있으며, 떡 속에는 발우가 몇 개나 들었느냐?"

"……." 남자가 아무 말 없이 있다가 마침내 알았다는 듯이 떡을 번쩍 들어올렸다.

그러자 운문 선사가 한심하다는 듯 말했다.

"차라리 노파에게 물어 보거라."

묻는 말에 떡을 머리 위로 들어올리는 것으로 나름대로 답변을 했는데, 운문 스님 보시기엔 그 대답이 시원찮았던 모양이다. 그래서 떡장수 노파의 안목에도 미치지 못했음을 질책한 것이다.

그 노파는 「금강경」의 대가인 주금강(뒷날 덕산 스님)이 어느 날 허기를 면하려고 떡을 달라고 한 떡장수 노파이다. 이때 노파는 떡을 주는 대신 도리어 질문을 던진다. 물론 제대로 답변하면 떡을 거저 주고, 답변을 하지 못하면 돈을 줘도 떡을 팔지 않겠다는 으름장과 함께. 이쯤 되면 노파가 아니라 납자를 제접하는 선사나 진배없다.

"금강경에 마음이라고 하는 것은 실체가 없는데(과거심불가득 현재심불가득 미래심불가득過去心不可得 現在心不可得 未來心不可得) 스님께서는 어떤 마음을 밝히시겠다(點心)는 것입니까?"

점심點心은 간단한 요깃거리라는 의미도 있지만, '점등點燈'에서 보듯 '점'은 '밝힌다'는 의미도 있다. 물론 출출함에다가 점심시간이라는 의미를 중첩시키고, 거기에 마음을 밝힌다는 의미까지 함께 아우른 질문이다.

어쨌거나 운문 선사의 '발우 속의 떡' 물음에 대한 답으로 납자가 떡을 들어올린 것이 그 노파의 경지만도 못하다는 말이렷다.

또 어느 날이었다. 운문 선사가 이번에는 떡을 들더니 그것을 가지고 다른 납자에게 말했다.

"너에게 이 떡의 절반을 나누어 줄까 한다."

부처님이 늦게 온 가섭에게 당신 자리의 절반을 나누어 준 '다자탑전 분반좌多子塔前分半座' 일화를 연상시킨다.

운문 선사는 말은 그렇게 하고도 정작에는 주려고 하지도 않고 가만히 있었다. 당연히 그 납자가 의아하여 물었다.

"왜 나눠 주지 않습니까?"

기다렸다는 듯이 운문 선사가 말했다.

"네가 썩은 나무등걸이나 두드리고 있기 때문이다."

옳은 나무라야 소리가 날 텐데 썩은 나무를 두드리고 있다는 말이다. 답변을 제대로 못한 까닭에 떡을 얻어 먹을 자격이 없다는 뜻이다.

공부를 완전히 마친 뒤 인가를 하면서 스승이 만들어 주는 떡을 파참재罷參齋라고 한다. 성철 선사가 파계사 성전암에서 법전 스님에게 파참재 떡을 해 주겠다고 하니, 법전 스님은 "싫다"고 했다. 그 까닭은 단지 떡을 싫어해서였다.

선사들의 안타까운 최후

사리는 여러 가지 모습으로 나타난다. 하지만 뭐니뭐니 해도 전신全身 사리가 사리 중의 백미이다. 왜냐하면 온몸 그 자체가 사리이기 때문이다. 온몸 그 자체가 사리라는 말은 선사가 살아온 과정 그 자체가 모두 사리라는 의미이다. 그래서 운문 선사는 "날마다 좋은 날"을 부르짖었던 것이다. 따라서 혹 '이상적인' 열반 모습에 집착한다면 그것은 그 선사의 진면목을 보는 데 오히려 방해가 될지도 모른다.

달마 대사는 독살당하였다고 한다. 그것도 율종 승려인 광통 율사에 의해서! 율사가 어찌 살생을 할 수 있냐고 정말 펄쩍 뛸 일이지만 그래도 그런 기록이 남아 있다. 사실 여부는 차치하고라도, 이는 당시의 기득권 종파인 율종과 신흥 종파인 선종 사이의 알력을 상징적으로 표현한 것으로 보인다.

독살당했다는 달마는 관 속에 신발 두 짝만 남기고 서역으로 돌아갔다고 한다. 마지막에 관 속에 짚신 사리를 남겨두고서 표표히 고향으로 돌아가는 모습이 참으로 인상적이다. 뒷날 6조 혜능 선사가 등장하여 달마를 다시금 살려 놓았다. "달마가 서쪽에서 온 까닭은?"이란 뜻의 '조사서래의祖師西來意'는 지금도 살아 있는 공안이다.

인도 24조인 사자 존자는 정치권과의 갈등으로 희생된다. 모양은 법담의 형식이지만 내용은 취조 그 자체다.

계빈국의 왕이 칼을 빼 들고 물었다

"스님께서는 몸이 공空하다는 경지를 증득하셨습니까?"

당연히 증득했다고 대답해야 한다. 그러나 애초부터 수행의 수준을 가늠하기 위한 물음은 물론 아니다.

"몸이 실체가 없다는 것을 알았다면 생사를 여의었습니까?"

"여의었습니다."

옳거니. 이제 제대로 걸려들었다. 바야흐로 본색을 드러낸다.

"스님의 머리를 베고자 하는데 주시겠습니까?"

어차피 원하는 것이 무엇인지를 알고 있으니 다른 말은 해 봐야 소용 없다.

"몸도 내 것이 아니거늘, 머리를 아끼겠습니까?"

이때 왕이 목을 치니 흰 젖이 한 길이나 뿜어 올랐다. 이런 왕에게 과보가 없을 리 없다. 그 자리에서 왕의 두 팔이 저절로 땅에 떨어졌다.

암두 전활 선사는 사회적 불안이 원인이 되어 열반한 경우라 하겠다. 임종하던 그해에 중원 땅에 도적이 크게 일어났다. 절에 있던 사람들은 모두 도망가고 오직 선사만이 남아서 홀로 절을 지켰다. 그러던 어느 날 마침내 도적들이 절에 몰려왔다. 뭔가 가져가야 하는데 집채 외에는 아무 것도 가져갈 게 없었다. 그래서 가진 것이 없다는 이유로 선사를 칼로 찔렀다. 선사는 태연한 얼굴로 앉아서 칼을 받았다. 동시에 큰 소리로 외마디 비명을 지르고는 그 자리에서 열반하였다. 그때 그 소리가 수십리 밖까지 들렸다고 한다. 오백년에 한 사람 날까 말까 하는 고승도 이렇게 도적의 화를 입어야 하는 게 중생계의 현실이다.

사회와 교단과 정치의 영향으로부터 자유로울 수 있는 수행자가 현실적으로 존재할 수 있을까? 없다. 그런데도 선사들은 늘 그 속에서도 언제나 몸과 마음이 현실 경계에 걸리지 않으려는 삶을 추구해 왔다. 조계종 총무원장을 지낸 인곡 법장 대종사 또한 비록 지병인 심장 장애로부터 자유로울 수 없었지만 마지막 법구法軀를 흔쾌히 생명 나눔으로

회향하시어 만세의 모범을 보여 주었다. 남겨 놓으신 '바랑'은 입적하신 그 자리에서 전신 사리가 되어 후학들에게 법을 설하고 있다. 먼훗날 누군가 다시 이 걸망을 지고서 천하를 만행하리라.

나에게 바랑이 하나 있는데
주둥이도 없고 또한 밑바닥도 없다.
담아도 담아도 넘치지 않고
주어도 주어도 비워지지 않는구나.

(법장 스님이 늘 애송하던 글이다.)

노파가 암자를 태우다

고려의 진각 혜심 국사가 편집한 「선문염송」은 일천사백 개가 넘는 공안(화두)을 수록해 놓은, 선종 최고-최대의 공안집이다. 「벽암록」, 「종용록」, 「무문관」, 「송고백칙」 등 중국 선사들이 편집한 공안집이 많지만 하나같이 백 개를 넘기지 않으니, 「선문염송」의 분량은 타의 추종을 불허한다. 흔히 '일천칠백 공안'이라고 하는데, 내용이 분명하지 않거나 진각 선사가 열반한 뒤에 나온 공안을 빼고는 거의 모든 공안을 망라해 놓은 '백과사전적 공안집'이라고 할 만하다.

「선문염송」은 한국 선가의 저력인 동시에 자부심이다. 그리고 선가의 살림살이의 결집이기도 하다. 그런 면에서 백장 선사가 신라의 도의 국사에게 "마조의 불법이 모두 해동으로 가 버렸다"라고 말했듯이, 조사선의 정통을 잇고 있는 한국 조계종의 긍지는 지금도 변함이 없다.

「선문염송」의 마지막은 '고목枯木'이라는 화두가 대미를 장식하고 있다. 맨 끝이라는 위치상의 의미 부여와 이야기 자체가 지니는 흥미진진함으로 인해 예로부터 많은 사람들의 입에 오르내렸다. '고목'은 보통 '파자소암婆子燒庵' 곧, '노파가 암자를 태우다'로 더 잘 알려져 있다.

옛날에 한 노파가 토굴에서 공부하는 납자를 이십 년 동안 시봉하였다. 열심히 밥도 짓고 빨래도 해 주고 청소도 게을리하지 않았다. 노파는 오로지 그 납자가 공부를 마치고서 자신의 눈을 열어 주기를 바랄 뿐이었다. 그러던 어느 날 시봉 공덕 덕분인지 노파에게 먼저 잔잔하게 공부의 경계가 나타났다. 그러자 노파는 그 납자를 시험해 보고 싶은 장애가 일어났다. 그날은 밥을 딸에게 들려 보내면서 일렀다.

"스님을 꼭 껴안으면서 '이때는 어떠합니까?' 하고 물어본 뒤에 그 대답을 나에게 전해다오."

딸은 어머니가 시키는 대로 공양을 마치자 슬며시 그 납자에게 안겼다. 그러고는 교태를 떨면서 어머니가 시키는 대로 물었다. "스니임! 지금 느낌이 어떠세요?"

뜻하지 않는 돌출 행동을 만났지만 납자는 평소와 같은 담담한 어조로 말했다. "마른 나무(枯木)가 찬 바위에 기대니, 한겨울에도 따스한 기운이 없도다."

물론 마른 나무는 그 딸을 가리키고 찬 바위는 스님 자신을 가리킨다. 이런 경지를 일러서 선가에서는 전통적으로 고목선枯木禪이란 부정적인 표현을 쓴다. 정情(마음)이 끊어지면 공부 또한 제대로 할 수 없기 때문이다.

어쨌거나 그 딸은 스님의 반응을 액면 그대로 어머니에게 전했다. 노파는 공부 경지를 고목선으로 판단하였음이 분명하다. 이에 그만 화가 나서 "내가 이십 년 동안 속인을 시봉하였구나" 하고 통탄하면서 암자로 달려가서 그 납자를 쫓아내고 토굴도 불질러 버렸다.

어설픈 공부 경계가 조금 나타났다고 해서 이십 년 묵은 납자를 들었다 놓았다 해 보아야 그것 또한 하찮은 중생의 경계에 불과하다. 물론 고지식하게 원론만을 죽어라고 고수한 그 납자에게도 큰 허물이 있다. 젊은 딸에게는 그 답변이 맞다. 하지만 딸에게 한 법문을 그 어머니는 자기에게 한 법문으로 이해한 것이 잘못이다. 만일 그 어머니가 와서 안겼더라면 천동 함걸 선사처럼 당연히 그 납자도 이렇게 답변하였을 것이다.

"한 줌의 버들가지를 거둘 수 없어서 바람과 함께 옥난간에 달아 두노라."

「선문염송」 제1칙은 부처님 탄생에 관한 것이니 선택의 여지가 없다. 책의 배열 자체가 조사의 법맥 순으로 되어 있으니 시대별로 정리할 수밖에 없다. 그런데 주인공을 알 수 없고 시대도 애매한 공안들은 어찌할 것인가? 당연히 맨 뒤로 돌려지기 마련이다. 이 부분에 이르면 편집자의 안목을 고스란히 반영할 수 있는 융통성을 지니게 된다. 처음 못지않게 마지막도 그만큼 중요하다는 뜻이다. '파자소암'이라는 마지막 공안을 통하여 우리는 또 다른 공안을 발견하게 된다.

진각 선사께서 '파자소암'을 「선문염송집」 맨 끝에 두신 까닭은?

영국이나 일본 같은 나라들이 지금의 민주국가 체제 속에서도 '군림하되 통치하지 않는 군주'를 그대로 유지하고 있는 것에서 자기 나라의 역사적 정통성을 지켜 가려는 국민의 지혜를 발견하게 된다.

대중부가 상좌부를 보고서 '소승'이라며 아무리 폄하하여도 그 정통성의 우위를 부정할 수 없다. 선종은 전등 법계를 통하여 부처님으로부터 전해 오는 법맥의 정통성을 확립하였다. 이와 마찬가지로 공안 또한 교리의 역사에서 정통성을 담보하고 있다면 그 생명력은 더욱 빛나기 마련이다.

흔히 괴각으로 알려져 있는 보화 선사의 '전신탈거全身脫去' 공안을 보면서 부처님의 사문유관상四門遊觀相을 떠올렸다. 부처님이 태자 시절에 카필라 성의 동서남북 네 곳의 문(四門)으로 나갔다가 차례로 늙은 이, 병든 이, 죽은 이를 보고 마지막 북문에서 환한 표정과 당당한 걸음걸이의 수행자를 발견하고서 출가할 마음을 일으키게 되었다는 것이 사문유관상의 줄거리다.

그 사문의 가르침은 보화 선사에게 그대로 이어져 한 차원 더 승화된다. 보화 선사가 어느 날 길거리에 나가서 보는 사람마다 붙잡고 장삼을 하나 달라고 하였다. 그런데 정작에 신심 깊은 단월(절이나 스님에게 재물을 바치는 사람)들이 옷을 해 줄 때마다 거절하였다. 임제 선사가 그 뜻을 눈치채고서 원주를 시켜서 나무 장삼, 곧, 관을 사 오도록 하고는 보화 선사를 불렀다.

"내 그대를 위하여 나무 장삼을 마련해 두었네."

그러자 보화 선사는 그것을 짊어지고 나가서 온 거리를 돌면서 외쳤다.

"임제 선사가 장삼을 만들어 주었다. 나는 이제 동문으로 가서 열반하리라."

그 말에 성 안의 사람들이 따라가니, 선사가 말하였다.

"오늘은 가지 않겠다. 나는 내일 남문으로 가서 세상을 떠나리라."

그러나 남문에서도 열반하지 않았고, 그 다음 날은 또 서문으로 갔으나 아무 일이 없었다. 사흘을 이렇게 하니 아무도 선사의 말을 믿지 않게 되어 그 뒤로는 아무도 따라가지 않았다. 보화 선사는 마지막 날 혼자 북문 성 밖으로 나가 관 속에 들어가서는 길 가는 사람에게 뚜껑에 못을 쳐 줄 것을 부탁했다. 이 진기한 사건은 삽시간에 말이 퍼져 사람들이 구름처럼 모여들었다. 얼마 뒤에 누군가 관을 열어 보니 몸은 이미 빠져나가 버렸고, 공중에서 요령 소리만이 은은하게 울릴 뿐이었다.

보화 선사가 동문을 나설 때 뒤따르는 사람들은 자기의 늙어 감을 발견하여야 했다. 남문에서는 자기의 병들어 감을, 서문에서는 자기가 죽어 감을 알아차려야 하였다. 그것도 모르고 남의 생로병사만 구경 삼아 뒤쫓아 다니고 있으니 보화 선사는 맨 처음 나간 동문에서 죽고 싶어도 죽을 수가 없었다. 목숨을 걸고서 가르쳤는데도 그것을 알아듣지 못하는 중생의 어두운 눈은 어찌할 방법이 없었겠지만 그래도 마지막까지 최선을 다하였다.

이 가르침은 '조주사문趙州四門' 공안으로 그대로 이어진다.

조주 선사에게 어떤 남자가 물었다.

"어떤 것이 조주입니까?"

"동문, 서문, 남문, 북문이니라."

동문에서 서·남·북문을 모두 볼 수 있을 때, 또 서문에서 동·남·북문을 다 볼 수 있을 때, 동문과 서문은 모두 무문無門이 된다. 남문, 북문도 마찬가지다. 똥인지 된장인지 모두 꼭 먹어 보아야 알 수 있는 것은 아니다. 네 문은 알고 보면 모두 무문인 것이다. 태어남 속에 이미 죽음이 내포되어 있음을 알아야 한다는 도리이기도 하다.

'환란 시대'의 '공삼 선사(김영삼 전대통령)'는 늘 '대도무문大道無門'을 외쳤고 또 이 말을 즐겨 휘호로 썼다. 하지만 그것은 그 말의 이치를 정치적으로만 해석한, 정통성도 안목도 없는 자의적인 견해에 불과했다.

법은 마음에서 마음으로 전하지, 언어나 문자를 세워 말하지 않는다 하여 선종은 '불립문자不立文字'를 내세운다. 그러나 그 말도 따지고 보면 문자려니와, 총림의 방장으로서 어록 한 권 남기지 않으면 선사 축에 제대로 낄 수 없는 것이 오가칠종五家七宗의 분위기였으니 아이러니가 아닐 수 없다.

그렇게 많은 선어록을 대량생산시키고도 눈 하나 깜짝하지 않고 '불립문자'를 외칠 수 있는 그 강심장들을 열거한 것이 「전등사傳燈史」이다. 경, 율, 론 삼장에 이어 선어록을 선장禪藏이라고 한다. 모두를 합해서 사장四藏이라고도 부른다. '잔소리쟁이' 싯다르타 고타마 선사도 열반하시면서 "한마디도 한 적이 없다"고 딱 잡아뗐으니 그 스승에 그 제자들이라고 하겠다.

2차원 세계의 문자가 3차원 세계에서는 말로 바뀐다. 말솜씨라고 해서 어디 빠지겠는가. 선종사에서 가장 말 잘하는 선사는 조주로 알려져 있다. 하지만 나머지도 그 못지않다. 차라리 말솜씨 없는 선사를 골라내는 편이 더 빠르겠다. 설사 반딧불을 모아서 수미산을 밝히고 표주박을 들고서 바닷물의 양을 헤아려 보겠다고 할지라도, 언어 문자 이외에는 법을 표현할 수단이 없으니까 차선으로 '문자반야文

字般若'라는 절묘한 중도적 표현이 등장한다. 그래도 늘 진짜는 있기 마련이다. '짝퉁 선사'를 골라내는 것이 선지식의 가장 큰 의무이기도 하다.

약산 유엄 선사가 석실 고사미의 잔머리를 간파한 이야기가 있다. 고사미가 약산 유엄 선사에게 하직 인사를 하려고 왔다.

"어디로 가는가?"

"강릉으로 계戒를 받으러 갑니다.

가만히 있을 유엄 선사가 아니다. 곧바로 거량으로 들어갔다. "어떤 사람은 계도 받지 않고 생사를 여읜다고 하는데 너는 알고 있느냐?"

아직 이 질문을 받을 만한 그릇은 못 되었던 듯, "그렇다면 부처님께서는 왜 250계를 제정하신 것입니까?" 하고 고사미가 교과서적인 답변으로 응하자, 유엄 선사가 할喝을 했다. "예끼 이놈! 말 많은 사미가 아직도 입술과 치아만 놀리고 있구나."

선사의 질문에 안목이 열리지 않아 답변을 제대로 하지 못한 바람에, 그동안 흉내만 내고 있던 고사미의 살림살이가 들통 난 것이다.

육조 혜능 스님을 대외에 알린 일등 공신이라 할 수 있는 하택 신회 선사는 '요설사미饒舌沙彌(말 많은 사미)'라는 말의 원조다. 열세 살 때 혜능 스님과의 첫 대면에서 이 말을 듣게 된다. 장황하지만 「조계대사전曹溪大師傳」을 그대로 인용한다.

"나에게 한 법法이 있는데 이름도 없고 말로 할 수도 없고, 보여 줄 수도 없다. 안팎도 없고 색깔도 없다. 유무有無도 아니고 인과因果도 아니다."

그러고는 대중에게 물었다.

"이것이 무슨 물건인고?"

대중들은 서로 쳐다보기만 할 뿐 감히 대답하지 못했다. 그때 열세 살이던 사미 신회가 말했다.

"그것은 바로 부처의 본원本源입니다."

"무엇이 본원인가?"

"본원이란 모든 부처의 본성입니다."

"나는 이름도 없다고 했는데 너는 어찌 불성佛性이라고 이름을 붙이느냐?"

"불성은 이름이 없지만 회상이 질문을 했기 때문에 이름을 붙인 것입니다, 정말 이름을 말할 때는 이름이 없습니다."

이에 선사는 사미를 몇 대 때리고는(방榜) 말했다.

"대중은 모두 나가고 요설사미만 남도록 하여라."

본래 대승경전에서 요설饒舌은 '중생이 원하는 바에 맞

추어 하는 설법'을 의미했다. 그런데 선가에서는 요설饒舌을 '말재주 피우는 놈'이라는 뜻으로 즐겨 썼다. 곧, 제대로 알지도 못하면서 말로써 흉내만 내는 것을 말한다.

안목 없이 선지식 노릇을 하고 있다면 이 요설에도 십중팔구 속아 넘어가기 쉽다.

임제 선사의 눈을 열어 준 고안 대우 선사는 '요설노파饒舌老婆'라는 극언으로 표현되었다. '쓸데없는 말을 중언부언 늘어놓는 할망구 같은 놈'이란 말이다. 임제 선사가 눈이 열려 "황벽의 불법이 너절하지 않구나"라고 하면서 '불법을 알았다'고 하니, 선배인 대우 선사가 "이 오줌싸개 같은 어린놈이 뭘 알고 그러느냐"고 했다. 이에 임제가 대우 선사의 옆구리를 세 번 쥐어박은 사건에서 연유한다.

'오줌싸개 같은 놈'이란 잠자리에서 대소변을 가리지 못하는, 다시 말해 '똥오줌도 못 가리는 어린놈'이라는 뜻이다. 이 말 때문에 고안 대우 선사는 뒷날 '요설노파'라는 말을 들어야 했다.

대우의 영향을 받은 임제 선사의 과격한 표현은 이미 정평이 나 있다. 그는 '똥'이란 말을 즐겨 썼다. 심지어 「임제록」에서는 경전을 '똥을 닦은 휴지'라고도 했다. '똥'이란 말도 계속 가지치기를 해 나간다.

선어록에서 가장 먼저 만나는 '똥'이란 문자는 '똥 막대기'다.

운문 문언에게 어떤 납자가 물었다.
"부처란 무엇입니까?"
"마른 똥 막대기니라."

원래 선문답이란 동문서답이라서 별소리를 다 하지만, 필자가 이 공안에서 일으킨 의심은, 다른 게 아니라, '똥 막대기'라는 말의 사전적 의미였다.

청명한 가을날이었다. 도반들과 산에 갔다가 갑자기 대변이 마려워 몰래 숲 속 큰 나무 뒤에 가서 실례를 했다. 워낙 갑자기 생긴 사건이라 휴지를 미처 챙기지 못했다. 주머니를 뒤져 보니 손수건이 나왔다. 바로 닦으면 손수건마저 버려야 하겠기에, 손 닿는 곳에 있는 풀잎으로 먼저 대충 닦고 나서 그 손수건으로 마무리했다. 손수건은 호주머니 속에 다시 넣었다가 절에 돌아와서 바로 세탁을 했다.

며칠 후 다시 그 코스로 산행을 했다. 갑자기 그 똥이 궁금해져 그 자리를 다시 찾아갔다. 날씨가 건조했던 탓인지 그야말로 '똥 막대기'가 되어 있는 게 아닌가. 이게 운문 선사가 말한 그 똥 막대기인가???

나중에 알고 보니 그게 아니었다. 당송 시대에는 휴지가 없던 시절이라 변소에서 나무 막대기를 사용했다. 곧, 대변을 보고 나서 막대기를 이용하여 대충 털어 내고서 뒷물을 했다고 한다. 그리고 사용한 똥 막대기는 곁에 있는 다른 통에다 옮겨서 따로 두면, 뒤에 변소 청소 담당이 똥 막대기에서 마른 똥을 털어 내고 씻어 말린 다음 다시 새로운 통에 담아 두어 다음 사람이 이용할 수 있게 했다.

그러니까 내가 그 큰일을 당한 순간에 사용한 그 손수건이 똥 막대기 역할을 한 셈이다.

위의 보기와는 반대로, 변소는 포장된 언어로 미화시켜 놓았다.

선가에서는 변소를 동사東司라고 한다. 뒷간을 늘 동쪽에 두었기 때문이다. 칙칙하기 십상인 곳을 항상 밝음을 의미하는 동쪽에 둔 안목도 탁월하거니와 그곳의 소임자를 정두淨頭라고 부른 것도 대단하다. '깨끗하게 만드는 사람'이라는 의미다. 동시에 변소를 정랑淨廊이라고도 했다. '반드시 깨끗하게 해야 할 집'이라는 말이다.

요즘 고속도로 휴게소의 공중 화장실은 거의 호텔급 수준이다. 휴게실마다 화장실을 영업의 승부처로 삼아야 할 만큼 사람들이 청결함을 추구하는 시절인지라, 깨끗함을 상품화시킨 것이다. 어느 휴게소의 화장실은 강이 내려다보이고 창가에 대나무가 심어져 있다. 그래서 '참으면서까지' 그 '정랑'을 자주 이용하곤 한다. 그곳은 유리창으로 동사의 밝음까지 꾀했다.

더러울 수밖에 없는 변소를 밝고 깨끗한 집인 '정랑'이라고 부른 것도 따지고 보면 선종의 요설이다.

'마삼근麻三斤'의 주인공인 동산 수초 선사는 운문 스님을 만나기 전까지는 거의 건달로 제방을 설렁설렁 다닌 탓에 운문 스님한테서 '식대자食袋子' 소리를 들었다. 식대자는 '밥을 눌러 넣는 자루' 그러니까 '밥통 같은 놈'이라는 말이다. '밥통 같은 놈'이란 '밥만 축낸다'는 의미에 초점을 두고 있다—밥은 곧 똥이 생기는 원인이다.

대우의 '오줌싸개'가 임제의 '똥 닦은 휴지'로 그 영향을 미치더니, 운문의 '똥 막대기'로 연결되었다. 운문은 또 양개에게 '(똥이 만들어지기 전의) 밥통 같은 놈'이라고 하였으니, 오줌이나 똥이나 밥통이나 그 말이 그 말이다. 똥이 곧 밥인, 불이不二의 경지인 것이다. 이것뿐만이 아니다. 몸을 '똥자루'나 '고름 주머니'로 표현한 과격한 요설로써 '사대四大가 공空하다'는 것을 드러낸 예가 선어록 도처에 널려 있다.

그러나 초조初祖인 달마 대사는 반대로 침묵 그 자체였다. 그는 박해를 받아 앞니가 부러진 까닭에 '결치도사缺齒道士 또는 결치노호缺齒老胡'라고 불렸다.

달마 대사는 치아가 빠져 보기 싫어 입술을 언제나 꾹 다물고 있은 모양이다. 얼굴 모습도 서역인이라 좀 그런데 앞니까지 없었으니 사람들이 놀릴까 봐 말을 하고 싶어도 할 수 없는 지경이었다. 문제는 그게 아니었다. 양치질하는 것조차 잊어버리고 삼매에 빠져 늘 벽만 바라보고(벽관壁觀) 있었으니 치아가 더 지저분해질 수밖에 없었다. 판치생모板齒生毛는 이빨에 곰팡이가 필 지경이라는 말이다. '벽관 바라문'으로 얼마나 침묵을 지키고 있었던지 그 결과로 인한 것이라 하겠다.

설사 '달마의 침묵'이라고 할지라도 이걸 놓친다면 조주는 구피口皮 선사로서 자격이 없는 것이다. 침묵의 '불립문자'를 설舌로써 '문자반야'로 전환시키는 순간이다.

"조사께서 서쪽에서 오신 뜻이 무엇입니까?"

"앞니에 털이 돋았다(板齒生毛)."

재미있는 간화선, 행복한 간화선

조계종과 전국선원수좌회가 공동으로 「간화선」이라는 수행 지침서를 출간해 폭발적인 호응을 얻었지만, "여전히 어렵다"는 평가가 적지 않았다. 그래서 진짜 왕초보와 청소년까지 두루 읽을 수 있는 2차 대중화 작업을 진행했다. 하지만 그 작업을 위한 회의는 여전히 딱딱하고 심각하고 원론적인 말만 난무하는, 참으로 지난함의 연속이었다. 쉬는 시간에 커피를 마시며 농 삼아 나눈 몇 마디가 오히려 회의 때 나온 말보다 훨씬 감동적이고 정신이 번쩍 들게 했다.

"재미있는 간화선, 행복한 간화선이란 제목은 어때요?"

그 자리에서 바로 대구가 튀어나온다.

"대중화된 간화선, 민주화된 간화선, 세계화된 간화선도 괜찮을 것 같은데요?"

"그럼 귀족화된 간화선, 독재화된 간화선, 국수주의 간화선도 있다는 말이 되는데……."

그 말에 터져 나오는 웃음소리. 하기는 본디 '코 만지기보다도 쉬운' 간화선이 언제부턴가 '최상승 대근기'를 위한 것이라는 반反간화선적 분위기가 퍼지면서, 화두 수행은 대부분의 보통 사람들로부터 멀어져만 갔다.

그러는 사이 웰빙 바람을 타고 '마음 다스리기'를 내건 제3의 수행법들이 마구잡이로 들어와 간화선의 종주국임을 자처하는 이 땅에서 활개를 치고 있다. 그 바람에 그런 현상에 대한 경계심이 발동하여 역으로 간화선의 본래 모습인 대중성을 회복하자는 흐름이 나타나게 되었으니, 이런 것을 전화위복이라고 하는 모양이다. 어쨌거나 시장은 냉정하다. 수요자의 근기 탓만 하는 것은 책임 회피의 또 다른 모습일 뿐이다.

'재미있는 간화선, 대중화된 간화선!'이라. 이 말은 당나라의 반산 보적 선사에게 딱 어울린다.

어느 날 선사가 장터를 어슬렁거리고 있었다. 장날인지라 여기저기 구경거리가 많아 돌아다니다가, 어쩌다 보니 푸줏간 앞을 지나게 되었다. 한 선비가 고기를 사러 가게 안으로 들어서더니 주인에게 한마디 하였다.

"깨끗한 것으로 한 근 주게나."

사러 오는 사람이야 신선하고 맛있고 정결한 부위를 원해서 그리 말했겠지만, 파는 사람 입장에서는 신선하지 않고 맛있지 않고 정결하지 않은 고기가 있다고 여길 턱이 없다. 푸줏간 주인은 선비의 그 말에 불쾌해져 칼을 내던지고 팔짱을 끼고서 말하였다.

"도대체 어느 곳이 깨끗하지 않습니까?"

그 선비는 차별심을 버리지 못했고, 푸줏간 주인은 평등심으로 말한 셈이다. 선사는 먼발치에서 그 광경을 지켜보다가 크게 깨친 바가 있었다.

이쯤 되면 장터가 법당이요, 그 선비는 납자이며, 푸줏간 주인은 선지식이 되는 '재미있는 간화선' 현장인 것이다. 나주 불회사 인근에 '중장터'라는 지명이 남아 있다. 아마 그곳은 예전에 장날이면 스님네가 몰려나와 자기 살림살이로 '행복한 간화선'의 거량을 했을 것이다.

반산 선사에게는 확실히 '길거리 표'의 면모가 있었다. 어느 날 선사는 상여가 나가는 광경을 보게 되었다. 선소리꾼이 요령을 흔들면서 구성지게 가락을 뽑았다.

"지는 해는 결정코 서쪽으로 지거니와, 오늘의 혼령은 어디로 가시는고?"

그러자 뒤따르는 상여꾼들이 그 소리에 후렴을 붙였다.

"애哀~ 애에야아~. (슬프구나! 슬프구나!)"

그 순간 선사의 몸과 마음이 가뿐해지더니 눈이 환히 열렸고, 그리하여 스승인 마조 도일 선사에게서 인가를 받았다. 선소리꾼의 게송 한마디와 향도들의 후렴이 반산 선사에게는 바로 깨침의 언어였던 것이다. 이런 법문이 바로 '재미있는 간화선, 행복한 간화선'이 아닐까.

행주좌와行住坐臥 어묵동정語默動靜 속에서 늘 공부하는 사람에게는 어디든, 누구의 한마디든 깨침의 인연으로 연결되는 법이다. 그것을 확인시켜 준 반산 보적 선사의 예리한 기지는 그래서 더욱 빛나 보인다.

'쇠맷돌', 비구니

정말 황당한 일을 당했을 때 '어처구니가 없다'는 말을 한다. '어처구니'는 맷돌의 윗돌 가장자리에 달려 있는 나무 손잡이를 말한다. 아랫돌의 가운데 부분에서 윗돌과의 중심을 잡아 주는, 쇠로 된 중심 축은 '중쇠'라고 부른다. 어처구니와 중쇠는 맷돌이 제 역할을 하는 데 필수불가결한 장치다. 그런데 중쇠는 고정되어 있어 분실할 염려가 없지만, 그렇지가 못한 어처구니는 잃어버리기 십상이다. 부엌에서 급히 맷돌을 써야 하는데 어처구니가 사라지고 없다면 그야말로 '어처구니없는' 상황이 벌어진다.

총림의 살림살이에서도 맷돌을 사용할 일이 잦았을 것이다. 그러다 보니 맷돌마저 법 거량의 도구가 되는 경우가 당연히 생기기 마련이다. 선문답에서는 중쇠는 움직이지 않기 때문에 체體의 의미로, 어처구니는 언제나 돌기 때문에 용用의 의미로 종종 사용된다.

귀종 지상 선사 회상에서 있었던 일이다. 한 납자가 울력 시간에 맷돌을 돌리고 있었다. 귀종 지상 선사가 이것을 보고 한마디 던졌다.

"맷돌은 네가 돌릴 수 있지만, 중쇠는 그렇지 않다. 한마디 일러라."

그러나 납자는 한마디도 대꾸하지 못했다. 손으로는 맷돌의 어처구니를 쥐고 있었지만 선사의 물음에 대답을 못했으니 그 상황이야말로 진짜 어처구니없는 일이 된 셈이다. 당연히 얼굴이 화끈거렸을 것이다. 당시 중국에서는 중쇠를 '중심수자中心樹子'라고 했다. '가운데 있는 나무'라는 뜻이다. 쇠가 보편화되기 전에는 중쇠를 나무로도 만들었던 모양이다.

그러자 옆에 있던 보복 종전이 대신 말하였다.

"지금까지는 맷돌을 돌렸으나 이제는 못 돌리겠군."

맷돌을 수행 삼아 돌려야 했는데 단지 노동에 그쳤기 때문에 제대로 된 맷돌질을 하지 못하였다는 평가라 하겠다.

맷돌이라는 의미의 법명을 쓴 스님도 있었다. 바로 '철마鐵磨' 비구니다. 철마라 함은 '쇠로 된 맷돌'이라는 뜻이다. 속가의 성이 유씨인지라 총림에서 '유철마'라고 불리며 제법 도인으로 이름이 알려졌다.

자호 이종 선사가 그 비구니의 소문을 듣고 와서 대뜸 물었다.

"그대는 유철마가 아닌가?"

무쇠 맷돌은 어떤 경우에도 깨지지 않을 뿐 아니라 모든 것을 갈아 버릴 수 있는 힘이 있다는 의미이니, 이름을 빌어 그 비구니의 수행 경지를 추어올린 말이다.

"부끄럽습니다(不敢)."

칭찬을 듣고서 철마 비구니가 자기를 낮춰 겸손하게 대답했다. 그러나 이렇게 싱겁게 끝날 턱이 없으니, 엉뚱한 질문이 튀어나와 상황을 대번에 반전시킨다.

"그대 이름이 쇠로 된 맷돌인데 오른쪽으로 돌리는가, 왼쪽으로 돌리는가?"

철마가 비구였다면 아무리 이름이 그렇다고 할지라도 이런 질문을 던지지는 않았을 것이다. 맷돌은 물레방아와 더불어 알게 모르게 성性적인 이미지가 투영되어 있는 말이다. 그러니 그 질문은 일종의 음담패설인 동시에 선문답인 것이다. 아니, 격조를 갖추었으니, 음담패설이 선문답이 된 것이라고 해야 맞을 것이다.

암튼 그 말에 철마 비구니는 그만 여자라는 장애를 일으키고 말았다.

"화상께서는 망상을 부리지 마십시오(莫顚倒)."

얼굴이 붉어졌는지 그 순간에 미迷해졌는지, 대답은 이미 속제俗諦로 떨어져 버렸다.

자호 선사는 그럴 줄 알았다는 듯 한 방 때리고는 말했다.

"멀리서 듣기에는 공부 좀 한다고 하던데, 가까이 와서 보니 듣던 바와 같지 못하구나."

그 사건 뒤로 철마는 위산 영우 선사의 회상에서 더욱 용맹정진하여 안목이 완전히 열렸다. 이에 위산 선사는 철마 비구니를 '노고우老牯牛(늙은 검은소)'라고 불러 주었다. 위산 선사가 자신을 '수고우水牯牛(검은 물소)'라고 불렀으니, 철마가 자기만큼의 경지에 이르렀다는 뜻으로 붙여 준 별명일 터렸다.

인절미 파는 여인

납자와 당당하게 겨룬 노파로는 앞에 나온 떡장수 노파 말고도 인절미 파는 여인네도 있다. 두 노파 모두 선종사의 한 페이지를 당당하게 차지하고 있다. 이것은 근대 중국의 오경웅 박사 표현대로 '선학의 황금 시대'에는 일상적으로 있던 일이다. 화두선은 이처럼 머리 길이도 상관 없고 장소에 구애받지도 않으며 남녀노소의 차별도 없는 대중성을 갖춘 까닭에, 중원의 기존 종교 사상계를 일거에 평정하면서 새로운 주류로 등장하여 한 시대를 풍미할 수 있었다.

금릉 땅에 어느 인절미 장수가 있었다. 살림 형편이 넉넉하지 못하여 시골 장터에서 인절미를 팔아 겨우 생계를 이어 갔다. 유도파(兪道婆 또는 有道婆)라는 이름으로 알려진 여인이었다. 이름이라기보다는 별호가 더 유명해지면서 뒷날 그대로 이름이 되어 버린 경우이다. 그 이름대로 '도에 응답한 노파' 또는 '도가 있는 여인네'였다. 임제종 양기파의 낭야 계 선사를 친견한 적이 있다고 선림에 전해지며, 위산 선사의 상당 법문에도 나오는 인물이다.

인절미를 팔면서 발심하여 일구월심으로 부지런히 화두 공부를 지어 나가던 어느 날 저잣거리에서 거지가 부르는 연화악蓮華樂(지금으로 치면 유행가 한 소절쯤 된다)을 들었다.

유의가 편지를 전하지 않았는데
무슨 일로 동정호에 왔는가
不因柳毅傳書信
何緣得到洞庭湖

이 노래를 듣고 홀연히 느낀 바가 있어 저도 모르게 껄껄 웃으며 팔던 인절미를 던져 버리니 시장 바닥 아이들이 앞다투어 주워 갔다. 이를 보고 남편이 화를 내면서 말했다.

"당신 미쳤어?"

그러자 유도파 노파는 손뼉을 치면서 말하였다.

"이건 당신이 알 수 있는 경지가 아니오."

같이 살아도 서로 이해할 수 없는 일이 제법 있다. 그런 부분은 서로 건드리지 않는 것이 화평을 위한 불문율일 터.

유도파는 그때부터 안목이 열려 스님네가 시장 앞을 지나가기만 하면 불러 세워서 한마디 던지곤 했다. 하루는 한 납자가 지나가는데 유도파가 갑자기 "아가야!" 하고는 불러 세웠다. 그런데 이 납자도 보통은 넘었던 모양이다.

"어머니! 아버지는 어디에 있소?"

그 말에 유도파가 몸을 돌려 길가의 돌기둥에다 절했다. 그러자 납자는 기다렸다는 듯이 유도파를 걷어차서 넘어뜨리고는 말했다.

"난 또 뭐 대단한 것이 있는 줄 알았더니……!"

누가 더 안목이 있는지 그 내면의 살림살이까지는 알 수 없지만, 걷어챈 뒤 별다른 답변이 없는 걸로 봐서 납자의 판정승으로 보인다. 하지만 그 뒤의 다른 사건에서는, 그새 내공(?)을 쌓았는지, 유도파가 마지막에 결정타를 날린다.

어떤 납자가 인절미를 파는 유도파 앞을 지나갔다.

"스님은 어디서 왔소?"

"오조사에서 왔습니다."

"오조사 노장님도 내 아들이오."

그러자 그 납자가 바로 되물었다.

"할머니는 누구의 아이요?"

유도파가 대답했다.

"이 노파가 스님이 묻는 말에 선 채로 오줌을 싸겠소."

쏴아아, 쏴아아!

누더기 옷과 이불

삼의일발三衣一鉢. 승가의 무소유를 상징적으로 표현한 말이다. '삼의'는 옷 세 벌이 아니라 속옷과 겉옷과 가사로 구성된 수행자의 옷 일습을 말한다. 말은 삼의三衣지만 실질적으로는 한 벌인 셈이다. 따라서 '삼의일발'은 정확히 말하면 발우 하나와 옷 한 벌을 이르는 말로, 수행자의 청빈함을 표상한다.

그리고 그 옷이란 것도 시체를 쌌던 것이나 버려진 천을 주워서 기워 입었다는 뜻의 분소의糞掃衣였다. 선종의 시대로 오면 납의衲衣로 표현이 바뀐다. '납衲'은 기웠다는 뜻이니, 납의는 세상 사람들이 쓸모가 없어 내다 버린 여러 낡은 천을 누덕누덕 기워 만든 누더기를 말한다.

삼의일발을 강조한 구담瞿曇(부처님, 고타마의 음역) 선사의 '훈령'보다 한 술 더 뜬 경우가 있었다. 종이옷으로 몸을 간신히 가리고 지낸 형악 곡천 선사가 그 한 보기이다. 종이로 만든 옷에 견주면, 납의는 비록 누더기일망정 그래도 헝겊으로 지었으니 멀쩡한 옷 축에 들겠다.

형악 곡천 선사의 별명은 '지의도자紙衣道者'였다. '종이옷을 입은 도인'이란 뜻이다. 그는 분양 선소 선사의 법을 이은 뒤 형산에 은거하면서 세수도 하지 않고 때 묻은 얼굴로 지내면서 반쯤은 실성한 차림으로 종이옷을 입고 다니면서도 이런 게송을 흥얼거렸다.

"미친 승려가 꿰맨 곳 없는 종이 적삼을 입고서 한 철을 넘기자는 것일 뿐. 누에 치는 고생에 애쓰는 단월들을 차마 눈 뜨고 볼 수가 없구나."

그런 너절한 형색으로 다니는 이유는 단 하나, 시주물 받는 것이 참으로 두려운 일인 줄 알았기 때문이다.

형산에서 오는 날 허름한 그의 모습을 보고서 탐장 스님이 물었다.

"어떤 것이 종이옷 속의 일인가?"

"옷 하나 겨우 몸에 걸치면 만사가 모두 여여합니다."

검박하기가 곡천 선사 못지않은 서산 양 선사는 종이 이불을 덮고 살았다. 노숙자의 신문지를 떠올리면 될 것 같다. 천성이 고고하고 검소하여 평생토록 추우나 더우나 같은 종이 이불 한 장으로 지냈는데 그마저도 멀쩡한 데가 없었다. 보다 못한 시자가 선사 몰래 명주 이불로 바꾸어 놓았다. 선사가 깜짝 놀라면서 그를 불러 꾸짖었다.

"나는 복이 없는 사람이다. 평생 동안 단 한 번도 비단옷을 입은 적이 없다. 더구나 나와 삼십 년을 함께 지내 온 이 종이 이불을 어찌 버릴 수 있겠는가?"

일본의 다꾸앙 선사도 옷이라고는 몸에 걸치고 있는 승

복 한 벌이 전부였다.

하루는 도반과 신도 집을 방문하여 축원해 주기로 약속했다. 갈 시간이 되어 도반이 왔으나, 다꾸앙 선사는 방문을 닫아건 채 얼굴도 내밀지 않고 "먼저 가라"고 했다. 도반은 투덜거리면서 혼자 떠났다. 사실은 그럴 수밖에 없는 속사정이 있었다. 신도 집에 가려고 전날 저녁 한 벌밖에 없는 옷을 빨았는데, 마침 날씨가 나빠 옷이 채 마르지 않았다. 어쩔 수 없이 속옷 차림으로 방에서 좌선을 하며 옷 마르기를 기다리고 있었으니, 같이 가고 싶어도 한 걸음도 옮길 수 없고 방문도 열 수 없는 상황이 되어 버린 것이다.

가끔 젊은 여인들로부터 이런 말을 듣는다.

"스님들은 참 좋겠어요. 오늘은 무슨 옷을 입을까 하는 고민은 없을 것 아니에요."

그건 그렇다. 요즈음은 분소의나 납의 수준은 아니지만 모두 회색 옷이니 그냥 손에 잡히는 대로 입으면 된다. 뉴스나 일기예보를 전하는 아나운서를 보면 날마다 옷을 바꾸어 입고 나온다. 그쯤 되면 '오늘은 어떤 옷으로 나가지?' 하는 것도 화두일 것 같다.

갑자기 날씨가 쌀쌀해진 어느 날 아침, 벽장문을 열어 보니 승복이 켜켜로 쌓여 있다.

"가만, 가을 옷을 지난해에 어디에 두었더라."

첩자와 자객

결제 때는 보름마다 자기의 잘못을 반성하고 참회하는 포살布薩 의식을 갖는다. 비구계(사미계)와 보살계 포살을 번갈아 하는데, 보살계는 6부 대중이 모두 모여서 해도 무방하지만 비구계 포살은 4부 대중을 엄격히 나누어서 한다. 또 계목이 대외비(?)인 까닭에 포살을 행하는 법당이나 큰방 앞에는 죽비를 비껴 메고서 외부인의 접근을 막는 소임자를 반드시 세워 놓는다. 사실 비구/비구니 율장은 비구/비구니 말고는 열람할 수 없다. 요즈음은 율문까지 개방화된 시대인지라 이 조항이 거의 사문화되다시피 했지만 그래도 그 보안 의식은 아직까지 상징적으로 남아 있다.

부처님을 개금改金하거나 가사를 만들 때 반드시 줄을 치고 '금란방禁亂榜'이라고 써 붙여 놓는 것도 부정한 사람과 나쁜 기운의 개입을 막으려는 일종의 안전 장치다. 따라서 훔칠 대상이 비단 물건뿐만 아니라 정신 자산으로까지 넓어졌다. 불법도 마찬가지다.

당나라 육조 혜능 선사의 법은 당시 선종의 근간을 뒤흔드는 획기적인 이론이었다. 따라서 그 법을 훔치려는 시도가 더러 있었다. 훔친다기보다 그 이론이 가진 장점과 단점을 파악하여 기존 이론을 방어할 수단으로 사용하기 위함이었다. 그뿐만 아니라 반대파가 선사의 몸에 위해를 가해 그 교세를 꺾으려고 한 사건들도 「단경」은 물론 그밖의 여러 어록에 나온다. 그때 이미 지적 소유권 때문에 많은 충돌이 있었고 세력 팽창을 위한 경쟁이 치열한 나머지 첩자와 자객까지 등장했다. 사실 여부는 차치하더라도, 적어도 남종선 사상의 독자성과 창조성이 그만한 가치를 지닌 지적 자산임을 반영한 사건이라고 보아야겠다.

기득권자인 '점수漸修' 교단의 오너인 신수 대사는 어느 날 남방에서 혜성같이 등장한 '벤처 선사' 혜능의 '단박에 깨친다'는 돈오頓悟라는 새로운 이론에 대한 정보를 수집하기 위해서 제자인 지성을 돈수頓修 교단에 잠입시킨다. 대사는 지성을 보내면서 이렇게 당부한다.

"그대는 총명하고 지혜가 많으니 나를 위해 조계산으로 가도록 해라. 혜능의 처소에 가서 그의 설법을 잘 듣기만 하라. 내가 보냈다고 하지 말고, 다만 그의 설법을 듣고서 그 의미를 잘 기억하고 있다가 돌아와서 이야기해 주기 바란다. 속히 돌아오도록 하라. 그리하여 나의 이러한 의도를 눈치채지 못하도록 하라."

첩자는 먼저 재발라야 하고 총명하고 지혜로워야 한다. 그리고 무엇보다 신속함이 생명이다. 꼬리가 길면 그 흔적이 드러나기 쉽기 때문이다. 그래서 빨리 돌아오라는 말을 잊지 않았다. 또 첩자를 파견한 사람에게 피해가 오면 절대로 안 된다는 말도 덧붙였다.

하지만 첩자 지성은 '돈오'의 가르침을 듣다가 거기에 매료된 나머지 자신의 신분을 밝히고 귀화해 버렸다. 그때 혜능 선사는 '첩자'라는 말로써 지성을 평가한다.

"그대가 신수 선사의 처소에서 왔다면 분명히 첩자(細作)임에 틀림없으렷다."

"말씀 드리기 전에는 그렇습니다만, 이미 말씀을 드렸으니 이젠 그렇지 않습니다."

첩자를 뜻하는 '세작細作'이란 말은 엄밀하고 비밀스럽게 그러면서도 섬세하게 일을 처리하여 모두에게 이익이 되도록 해야 한다는 뜻을 품고 있다. '음지에서 양지를 지향'하는 셈이다.

지성이 세작(정보원)이라면, 지통은 자객에 가깝다. 물론 둘 다 나중에는 혜능의 십대 제자가 되었다. 「전등록」 5권에 지통의 이야기가 나온다. 그는 북종선의 보적 선사의 부탁을 받고서 칼을 품고 혜능 선사의 방으로 침입했다. 그리하여 선사를 해치려고 칼을 세 번이나 내리쳤지만 선사는 조금도 다치지 않았다. 이에 감동한 나머지 마음을 돌이켜 출가하여 혜능의 제자가 되었다.

선지식의 법력은 정보원과 테러리스트까지도 감동시켜야만 하는 냉엄한 현실을 우리에게 몸소 보여 주고 있다.

혜홍 각범 선사의 「선림승보전」은 애초에는 선사 백 명의 행적을 수록했다. 그런데 대혜 종고 선사가 책이 나오기 전에 먼저 읽고서 그 가운데 열아홉 명의 기록을 가려내어 불태워 버렸다. 의아하게 생각한 각범 스님은 황벽사의 지 스님에게 편지를 보내 "무슨 까닭으로 종고 선사가 그렇게 했는지 모르겠다"고 넋두리를 했다. 하지만 불쾌한 마음을 접고 대혜 스님의 뜻을 따라 열아홉 명을 뺀 채로 책을 출간했다. 대혜 스님의 안목과 고언을 기꺼이 받아들인 결과다. 이와 같은 감수자 대혜와 저술자 각범의 태도를 높이 평가한 이가 명나라의 무온 서중 선사다.

무온 선사는 임제종 양기파의 축원 묘도 선사의 법을 이었다. 선승이면서 역사에 대한 안목을 가진 시대의 지성이기도 했다. 선사는 언어가 직설적이었다. 한 시대를 같이 사는 승려들에게 하기 쉽지 않은 말도 거침없이 내뱉었다. 세상에 나가기를 싫어했고, 행각과 안거로 일관한 삶을 산 까닭에 인정에 끄달리지 않고 할 말을 할 수 있었을 것이다. 특히 선사는 당시에 만연하던 안목 없는 어록의 무차별적인 간행에 대해 가차 없는 일갈을 던졌다.

곧, 당시의 대표적 '어록 생산가' 삼인방으로 사명 땅 출신 소천 강 화상, 천태인天台人 원직 지 화상, 양주 사람인

혁휴암 화상을 그 이름까지 구체적으로 지목하고 있다. 더 심한 것은 이 세 사람에 대한 가혹하리만치 냉정한 인물평이다. 그들 셋을 일러 온갖 번뇌에 얽힌 범부에 불과하고 안목 없는 머리 깎은 외도일 뿐이라고 했다. 자질이 함량 미달이라는 것이다. 공부한 바가 없으니 불조 화두의 근본 뜻이 어디에 있는 줄도 모르면서 현학적인 말로 어리석은 해석을 잘못 붙여 놓고는 '제 마음대로' 어록이라는 이름을 붙였다는 그의 지적은 모골을 송연하게 만든다. 한 술 더 떠 간행 비용을 신도에게 떠넘기고 있다는 말도 빠뜨리지 않았다.

그의 직설은 성역이 없었다. 보나마나 그들 무리는 당시의 세력가였을 것이다. 그들을 바로잡아 주어야 할 법상 위의 큰어른들까지 그들을 칭찬하고 심지어 어떤 조실은 엉터리 어록에 서문과 발문까지 써 주었다고 당시의 흐름을 개탄했다. 모두가 선문禪門에 끼친 죄로 인하여 함께 지옥에 떨어질 일이라고 통탄해 마지 않았다.

이처럼 비분강개하던 어느 날이었다. 드디어 방棒을 가차 없이 날릴 기회가 왔다. 소천 강 화상의 제자인 휘 장주스님을 만난 것이다. 휘 장주 또한 「금강경」을 조목조목 분석하고 제멋대로 송頌을 붙여 간행 배포한 전력을 가진 인물이었다. 그가 무슨 일인지 무온 선사가 주석하는 동곡사桐谷寺에 찾아왔다. 새 책을 얼렁뚱땅 한 권 만들어 감수라도 받으러 왔는지 모르겠다. 그렇잖아도 벼르고 있었는데 제대로 딱 걸렸다. 무온 선사가 단도직입적으로 물었다.

"어떻게 이 경에다가 제목을 붙였으며, 무엇으로 종지를 삼았는가?"

덕담은 고사하고 예기치 못한 서릿발 같은 질문에 아연해진 휘 화상은 묵묵부답 좌불안석이었다. 덕산 선사가 곁에 있었다면 몽둥이 삼십 방이 아니라 아예 찜질을 했을 것이다.

그러고 보니 이건 명나라 시대 이야기가 아니라 오늘날에도 여전히 유효한, '귀담아' 들어야 할 이야기다. 어떤 어록이든 간행된 뒤에 눈 밝은 임자를 만나면 가차 없는 평가가 뒤따르기 마련이다. 괜히 선지禪旨도 없는 엉뚱한 소리 어설프게 늘어놓았다가 세세생생 등줄기에 식은땀 흐르는 일일랑은 짓지 않는 것이 또 다른 '불립문자'일 것이다.

겨울산에 눈꽃이 피니

금강산은 겨울이면 이름마저 개골산皆骨山으로 바뀐다. 살점은 모두 없어지고 뼈만 남아 있다는 뜻이다. 어디 금강산뿐이랴. 겨울은 모든 산이 그 진면목을 드러내는 계절이다. 꾸밈 없이 수수한, 있는 그대로의 모습에서 또 다른 아름다움을 본다.

이를 운문 선사는 '체로금풍體露金風'이라 했다. 한 납자가 "나뭇잎이 시들어서 바람에 떨어지면 어떻게 됩니까?" 하고 물으니 "앙상한 모습을 드러낸다(體露金風)"라고 대답한 것에서 기인한다.

찬바람에 잎이 지고 나면 나무들은 비로소 그 몸을 드러낸다. 산도 나무도 군더더기 하나 없는 겨울산의 단아한 기품은 선종 집안의 가풍과 더없이 잘 어울린다. 그래서인지 선사들의 이름에 '설雪' 자가 많다. 뼈만 남긴 산과 나무 위로 눈이 가득 내린 설산은 아무리 멀리 떨어져 있어도 손에 잡힐 듯하다. 정신은 더욱 명징해지고 두 눈 또한 청안淸眼이 된다.

무주 땅의 명초 덕겸 선사가 매우 추운 날 법상 위에 올라갔다. 선사는 왼쪽 눈을 실명하여 '독안獨眼'이라고도 불렸다. 대중을 교화하는 수단과 예리한 선기는 당시에 대적할 자가 없었다고 한다. 법당에 모인 대중들에게 오랜만에 흐뭇한 표정을 지으며 말하였다.

"날씨가 차니 여기는 그대들이 몸과 마음을 둘 곳이 아니로다. 모두 따뜻한 방에 가서 참구하도록 하라."

대중은 '좋아라' 하면서 방으로 옮겨 갔다. 그러나 좌선에 드는가 싶더니 얼마 뒤 모두 꾸벅꾸벅 졸기 시작했다. 아니나 다를까, "따뜻한 곳에 오자마자 졸기 시작하는구나" 하며 선사는 주장자를 휘둘러 모두 추운 법당으로 다시 내쫓아 버렸다.

선사가 자비로움으로 추위를 피하도록 배려한 것까지는 좋았다. 그런데, 대중 건강이 염려되어 옮겨 주었더니, 앉아서 모두 졸아 버리는 엉뚱한 결과가 문제였다. 결국 수마睡魔보다는 동장군이 공부에 훨씬 낫다며, 모조리 두들겨패서 다시 냉방으로 쫓아 버렸다.

하지만 냉기는 감기를 수반하기 마련이고, 지나친 기침 소리는 주변의 공부까지 방해한다. 그래서 선사들은 대중에게 감기 들지 않도록 조심하라고 신신당부한다. 하지만 그 결과까지 보장받을 수 있는 것은 아니다. 몸이 허한 납자들은 한철 내내 감기로 몸살을 앓는 경우가 비일비재하다. 늘 목에는 흰 명주 목도리가 둘러져 있고 잔기침을 콜록거린다.

하지만 기침도 기침 나름이다. 고산 문하의 한 납자의 기침은 그 의미가 예사 기침과는 차이가 있었다.

고산 선사가 대중을 보며 말하였다.

"고산 문하에서는 기침咳嗽을 하지 못하느니라."

한 납승이 나와서 기침을 한 번 하니 선사가 말했다.

"이게 무슨 짓이냐?"

"감기(傷寒)가 들었습니다."

그러자 선사가 말했다.

"감기라면 어쩔 수 없지."

대중 처소에서는 인정과 원칙이 적절하게 조화를 이루어야 한다. 너무 원칙만 앞세우면 살기가 팍팍해지고, 그렇다고 인정에 지나치게 끄달리면 도심道心마저 성글어진다. 두 선사의 자비심과 원칙론의 조화는 겨울 대중살이의 중도적 측면을 소박하게 드러낸다.

흰 눈이 내리는 날, 방문을 활짝 열고 좌복 위에 앉아서 바라보는 선경은 화두마저 저만치 놓아 버리게 한다. 그래도 공부하는 이는 있기 마련이다.

눈 오는 날 안주 땅 대안산大安山 숭교 능 선사 회상에서 오고간 문답이다.

"어떤 것이 한겨울의 경계입니까?"

모든 산이 우뚝함을 더하고, 온갖 나무에는 눈꽃이 피었느니라(千山增秀色 萬樹開銀花).

양의 머리를 걸어 놓고 개고기를 팔다

양두구육羊頭狗肉은 쇼윈도에는 양고기를 걸어 놓고 실제로는 개고기를 판다는 말이다. 한우라고 써 붙여 놓고 수입 쇠고기를 파는 것과 같다. 명분과 내용물이 일치하지 않기는 마찬가지니 말이다.

석두 희천 선사는 진금포眞金鋪라고, 마조 도일 선사는 잡화포雜貨鋪라고 불렀다. 순금만을 파는, 다른 것이 섞이지 않은 순일하고 고고한 선풍을 자랑하는 진금포인 호남 땅보다는, 이것저것 여러 가지 방편을 갖춘 잡화포인 강서 지방에 더 많은 사람이 들끓었다. 하지만 자세히 살펴보면 그 저변 가풍은 같다. 곧, 같은 금방인데 가공해 놓은 금제품의 다양성에 차이가 있다는 말이지 잡화포라고 해서 금제품도 없이 은제품이나 동제품을 취급한다는 것은 아니었다. 앙산 혜적 선사는 「전등록」 11권에서 진금포와 잡화포를 나름대로 다시 정리하였다.

"어떤 사람이 한 가게에서 갖가지 물건과 금과 보배를 판다는 것은 오는 이들의 경중에 따르려는 것과 같다. 그러므로 말하기를 석두는 진금포요, 나(앙산)는 잡화포라 한다. 어떤 사람이 와서 쥐똥을 찾아도 나는 주고, 어떤 사람이 순금을 찾아도 나는 준다."

쥐똥을 줄 때는 주더라도 순금은 가지고 있어야 한다. 중

요한 것은 쥐똥이 있다는 것이 아니라 언제나 순금을 가지고 있다는 사실이다. 다시 말해, 금방으로서의 정체성을 절대로 잃지 않았다는 점이다.

얼마 전 「일본의 오래된 가게(老鋪) 이야기」라는 책을 읽었다. '노포老鋪'라는 말을 대하면서 진금포, 잡화포를 떠올렸다. '오래된 가게'의 공통점은 기본에 충실하다는 것이다. 전통을 지키면서도 대신 자기 변화를 게을리 않는 마조의 잡화포와 일맥상통한다. 오래된 가게의 장수 비결은 '아무아무 가게'라고 불릴 만한 정체성을 유지하면서 변화를 꾀한 데에 있다. 곧, '우리 가게만이 갖고 있는 우리다움'이라는 근본 기조를 소중히 지키면서도, 시대에 영합하지 않고 거꾸로 시대가 필요로 하는 가게가 되기 위해 끊임없이 애써 온 것이다.

해동 땅의 오래된 가게들은 '선종'이라는 간판을 내걸고 있다. 주인은 가게를 찾는 종도들이 선종이라는 순금을 찾는 사람보다도 잡화를 찾는 사람이 더 많다는 것을 알았다. 게다가 금보다는 잡화가 더 잘 팔리니 잡화품에만 신경을 썼다. 그러다 보니 세월이 지나면서 금은 구석으로 밀려나 먼지를 뒤집어쓰고 있거나, 아예 진열조차 되지 않은 곳도 있다. 어쩌다가 금을 찾는 사람이 와도 잡화를 권하는 지경에 이르렀다. 그 가게들의 공통점이래야 다만 조계종 본점에 주인의 승적과 사찰이 등록되어 있다는 '형식적' 사실뿐이다.

이것은 오래된 가게의 제대로 된 모습이 아니다. 이런 식이라면 결코 오래 갈 수도 없거니와 설사 오래 간다 한들 무슨 존재 가치가 있겠는가. 지금 같은 '잡종'으로써 선종을 표방한다면 이는 '양두구육'이다. 양두구육을 진금포, 잡화포 개념으로 받아들인다면 그것은 어불성설이다. 이는 수천 명 대중이 수백 곳 선원에서 하루에 수십 시간 앉아 있다고 해서 해결할 수 있는 문제도 아니다.

선종의 정체성에 걸맞는 사상과 교육 체계의 확립과 아울러 명자名字와 일치하는 교판教判과 율장의 정비가 뒤따라야 한다. 아울러 종도들의 가치관을 함께 바꾸어야만 가능한 지난한 작업이다. 만일 '통불교'가 실질적인 종지라 생각한다면, 모두 "계급장 떼고" 허심탄회하게 한바탕 논의해 보자. 그리하여 차라리 가게 이름을 바꾸는 편이 훨씬 더 양심적일 것 같다.

형과 아우가 뒤바뀌니

언젠가 풍수지리에 관한 책을 읽다가 한반도는 장남보다도 둘째가 더 능력을 발휘하는 땅이라는 대목에서 고개를 끄덕인 적이 있다. 하지만 그것은 사실 풍수 문제가 아니라 가족 구조의 특성에서 기인하는 바가 더 크다고 하겠다. 장남은 태어나면서부터 이미 기득권자가 된다. 분배 순위에서 늘 우선이다. 그러다 보니 현실에 안주하기 십상이다. 하지만 둘째는 언제나 형의 것을 빼앗아 와야 한다. 그러다 보니 진취적이 될 수밖에 없다.

한때 「이 땅에서 장남으로 살아간다는 것은」이라는 책이 장안의 화제가 된 적이 있다. 장남만이 가지는, 차남들은 알 수 없는 어려움을 잘 짚어 내 많은 공감을 이끌어 냈다. 결국 '형만한 아우 없다'고 하는 말은 장남에게만 쏟아지는 부모의 열정과 관심, 그리고 가문을 이어 가야 한다는 막중한 책임감에서 기인한다고 보아야 할 것이다.

절집에 형과 아우가 같이 출가하는 경우가 더러 있다. 친한 경우가 아니면 드러내 놓고 이야기하지 않기 때문에 한참 뒤에 풍문으로 듣고 고개를 끄덕이는 경우가 대부분이다. "어쩐지 누구랑 닮았더라"고 하면서 말이다. 멀리 갈 것도 없이 내 바로 위 사형과 한참 밑의 사제가 형제간이다. 이런 경우는 "그런가 보다" 할 수 있는데, 문제는 동생이 먼저 출가하고 형이 나중에 입문하는 경우다. 그렇게 되면, 법랍 순으로 앉는 자리가 결정되니 속가에서의 형과 아우 관계가 절집에서는 뒤바뀌게 된다. 그래서 같은 스승 밑으로 형제가 함께 출가하는 경우는 드물다. 그리고 형은 이름이 알려져 있는데 동생이 묻혀 있거나, 동생의 유명세에 형이 미치지 못하거나 하는 경우도 더러 있다.

당나라 때 도오 화상과 운암 담성 선사도 형제 출가자였다. 운암은 동산 양개의 스승이다.

도오 화상은 마흔여섯 살에 출가하였다. 그야말로 완전한 늦깎이였다. 운암 선사는 도오의 친동생으로 아주 어려서 출가하였고 형이 출가할 무렵에는 백장 선사의 시자로 있었다. 그 무렵 형인 도오는 보탐관報探官이란 벼슬자리에 있었다. 어느 날 출장을 나와 진종일 걷게 되었다. 그러다가 우연히 백장산의 농막에 이르렀다. 배가 너무 고파서 염치불구하고 밥을 좀 달라고 하였다. 이때 마침 운암이 농막에 볼일이 있어 내려갔더니 장주莊主(농장 책임자)가 운암에게 손님 접대를 부탁했다. 그런데 대면한 나그네가 무척 낯익은 얼굴이었다. 그래서 수인사를 마치고 긴가민가하며 물었다.

"장군은 어디 사람이오?"

"강서성 종릉 건창 출신이외다."

"성은 뭔가요?"

"왕 가요."

운암은 그 말 끝에 바로 친형임을 알고서는 손을 덥석 잡고서 물었다.

"어머니는 잘 계신지요?"

"동생(운암) 생각에 너무 울다가 한 쪽 눈을 잃으시더니, 이제 아주 별세하셨소."

둘은 가족사의 아픔이며 이런저런 이야기를 나누었을 것이다. 운암은 형을 출가하라고 꼬드긴 끝에 마침내 그날로 백장 선사에게 형을 데리고 가서 뵙게 하였다.

"제 형인데 출가를 하고 싶어합니다."

"나는 제자로 받을 수 없다."

"그럼, 어찌해야 합니까?"

"나의 사형인 약산 유엄 선사에게 보내라."

까닭이 무엇인지 분명하지는 않지만 형제를 동시에 한 문중에서 거느리기가 부담스러웠을 것이다. 그래서 운암은 형을 데리고 약산 사숙에게 갔다. 그러고는 앞뒤 사정을 자세히 이야기했다. 백장 선사가 보내서 왔다고 하니 약산 선사는 그의 출가를 허락했다. 행자 생활을 야무지게 했을 것이다. 그 뒤 운암은 형이 서울에서 계를 받을 수 있도록 친히 데리고 갔다. 무사히 수계식을 마치고 다시 백장산으로 함께 돌아오는 여정이 남았다. 절집의 '왕초보'인 형을 위해서 동생이 해야만 하는 일이기도 했다. 그리고 이제 형과 아우의 위치가 바뀐 상태였다. 수계식을 마쳤으니 법명을

'도오'라고 받았다. 이제 정식으로 동생인 운암이 사형이 되고 형인 도오가 사제가 되었다.

오다가 길에 앉아서 쉬고 있는데 형인 도오가 동생인 운암에게 큰절을 하고는 정중하게 예의를 갖추어 앉았다.

"무슨 일이요?"

운암은 정색하고 얘기하는 형 도오의 진지한 표정에 조금 긴장하면서도 법랍에서 오는 위엄을 잃지 않으려고 애쓰면서 되물었다. 형의 물음은 의외였다.

"이 몸이 껍질을 벗어 버리면 뒤에 어디서 우리 둘이 다시 만날 수 있을까요?"

우리 형제가 이렇게 다시 만났는데, 이제 혹여 서로 인연이 다하게 된다면 언제 어디서 무엇이 되어 다시 만날 수 있을 것인가 하는 '눈물이 핑 도는' 피붙이로서의 물음인 동시에 '부모로부터 태어나기 이전의 본래 소식'을 묻는 법담이기도 한, 이중의 뜻을 지닌 질문이었다.

동생은 '장래의 큰스님'으로서 근엄하게 법대로 한마디 하였다.

"불생불멸하는 곳에서 만나리다."

인정은 무시하고 도심으로만 대답하였다.

사실 형만한 아우가 없다. 출가야 늦었지만 소견머리야 형이 나을 수밖에 없다. 동생의 대답은 형식적인 것에 그친 느낌이 없지 않다. 형식에 사로잡히면 말이야 맞지만 건조해서 듣는 사람은 감동이 떨어지기 마련이다. 그러니 형으로서 동생의 대답에서 뭔가 미진함을 느꼈을 것이다. 보탐관이란 직업 의식이 발동하여 꼬치꼬치 따지니 "속물이 덜 빠져서 그렇다"는 답변이 돌아왔다.

"사형은 그런 말 마시오. 불법에는 승속이 없습니다."

"그럼 사제(도오)의 견해는 어떠시오?"

"불생불멸하는 곳도 아니요, 또 만나기를 구할 것도 아니외다."

듣고 보니 형의 말이 맞았다. 법랍만 믿고 짬밥 경력으로만 지나치게 승속을 나누고 법에 치우쳐 있는 자기를 일깨워 주는 선지식이었던 것이다.

"이 몸이 껍질을 벗어 버리면 뒤에 어디서 우리 둘이 다시 만날 수 있을까요?"라는 질문에 "불생불멸하는 곳에서 만나리다"라는, 묵은 승려의 답변보다는, "불생불멸하는 곳도 아니요, 만나기를 구할 것도 아니외다"라는 새 출가 수행자의 말이 훨씬 더 근본 살림살이에 충실하다. 그래서 이 법은 승속도 없고 노소도 없다고 했던 것이다.

법랍 높은 운암이 이제 갓 계를 받은 도오의 손을 잡으면서 형제가 아니라 도반으로서 이렇게 말을 마무리지었다.

"안목이 분명하군요. 당신(속가 형)의 안목이 그리도 뛰어나니, 같이 산으로 돌아가거든 서로 이끌어 제도하십시다!"

차가운 겨울 보름달 뜬 밤에

대학 캠퍼스를 담 하나 사이에 두고 있는 절에 머물 때였다. 달 밝은 날이면 함께 사는 스님네들과 학생회관으로 가서 우동도 한 그릇 먹으면서 보름밤을 완상하곤 했다.

마조 선사도 무척이나 보름밤을 좋아했던 모양이다. 제자들을 데리고 함께 달밤에 밤마실 나간 것을 정리해 놓은 "마조가 달빛을 감상하다"는 '마조 완월馬祖玩月'이라는 공안이 당시의 분위기를 생생하게 전해 준다. 삼경인 아홉시가 지나면 모든 큰방 대중이 불을 끄고 잠자리에 들어야 한다. 마조가 유명한 제자 삼인방을 달밤에 몰래 불러내어 데리고 나갔던 모양이다. 달을 바라보다가 말고 마조 선사가 바로 한마디 던졌다.

"이렇게 달 밝은 밤에는 무엇을 하면 가장 좋겠는가?"

삼인방은 느긋하게 달을 보면서 흥에 젖어 있다가 갑자기 일격을 당한 것이다. 하지만 서당 지장, 백장 회해, 남전 보원이 어디 보통 인물들인가. 서당 지장이 가장 먼저 반격에 나섰다. 서당이라는 이름에서 보듯 동당의 주인인 마조에 버금가는 위치를 가진 지장이 가장 먼저 말하는 것은 정해진 수순이다. 물론 삼인방 중에서 나이도 가장 많다.

"공양을 하는 것이 가장 좋겠습니다(正好供養)."

그렇다면 지금 우리처럼 야참을 즐기면서 달을 보는 게

제격이란 말이지. 우리가 바로 서당 지장의 가풍을 그대로 이어받은 적통의 제자가 되는 거지. 아! 그렇구나.

그런데 고지식한 율사 기질을 가진 백장 회해가 표정을 정돈한 다음 목소리를 가다듬어 말했다.

"수행을 하는 것이 가장 좋겠습니다(正好修行)."

어휴! 숨 막혀. 그러니까 백장청규나 만들고 있지. 그 모습이 눈에 선하다. 꼬장꼬장한 그 품새 말이다.

이를 곁에서 듣고 있던 남전은 소매를 뿌리치며 '쌩' 하고 바람 소리를 내며 가 버렸다. (혼자 따로 시킨 스파게티 잘못 먹고 설사 났나?)

그런데 남전은 이번뿐만 아니라 늘 그랬다. 본래 좀 괴각 기질이 있었다. 대답을 듣자 하니 전부 "수준 이하라서 상종 못할 놈들 (스승인 마조는 빼고)'이라고 구시렁거리면서 사라졌을는지도 모르겠다.

그런데 스승인 마조는 모두의 답변에 흡족해했다. (고슴도치의 제 새끼 감싸 안기는 아니겠지.)

이 선문답에서 가장 마음에 든 선사는 서당 지장이다. 달밤에 무슨 얼어죽을 도 타령이며, 마음에 들지 않는다고 또 가 버릴 건 뭔가. 그저 맛있는 것 먹으면서 음풍농월을 읊는 것이 제격인데. 그런데 가만히 생각해 보니 그 '공양'이란 말에 뭔가 깊은 뜻이 있는 건 아닐까?

부처님이 인행因行 보살 시절에 나무 밑에서 깊은 선정에 들었다. 그때 나무 위에 있던 원숭이들은 뭔가 좀 '튀는' 공양물을 올리고 싶었다. 궁리를 하다가 마침내 물 속에 비친 보름달을 발견한다.

"그래! 바로 저거야."

그리하여 원숭이들은 손에 손을 잡고 아슬아슬하게 연못으로 내려갔다. 마침내 맨 끝의 원숭이가 달을 잡으려고 물속에다 손을 넣었다. 그러나 그 순간 물결이 흔들리더니 달이 없어져 버렸다. 조금 뒤 잔잔해지니 또 달이 나타났다. 그래서 달을 건지려고 또 물속에 손을 집어넣었다. 이렇게 수십 번, 수백 번 달을 건지려고 애쓰는 모습 그 자체를 뒷날 선가에서는 '노월撈月'이라고 불렀다. 감상적인 '완월玩月'에서 방일하지 말라는 '노월撈月'의 경지까지 끌어올린 것이다.

하긴 '월천담저수무흔月穿潭底水無痕'이라 했지.

"달이 못 밑을 뚫어도 못 위에는 흔적이 없는 법이다."

스승보다 뛰어난 제자

청출어람青出於藍이라는 말이 있다. 스승보다 뛰어난 제자를 가리키는 말이다. 또 스승과 제자는 가르치고 배우는 수직적인 관계인 동시에 가르치는 것이 곧 배우는 것이므로 수평적인 관계가 되기도 한다. 그래서 교학상장敎學相長이라고 했다. 가르침과 배움을 통하여 서로 커 간다고나 할까. 때로 스승과 제자는 긴장 관계가 되기도 한다.

내 경우도 젊은 학인들과 함께 선어록을 볼 때 미심쩍은 부분이나 미처 확인하지 못한 부분에서 질문이 들어와 당황하곤 했던 경험이 적지 않다. 그때 모르는 건 같이 모르고 아는 건 같이 안다는 사실을 새삼 깨달았다.

마조 선사의 '너무 잘난 제자' 서당 지장과 백장 회해는 스승과 어떤 관계를 유지하면서 한공간에서 같이 지냈을까? 제자들의 공부가 일취월장하면서 마조 또한 후학이 버거울 때가 있었을 것이다. 두 제자 또한 스승이 마뜩찮았을 때도 있었을 것이다. 그런 관계를 보여 주는 일화가 '마조백비馬祖百非' 공안이다.

어떤 남자가 마조 선사를 찾아와 물었다.

"사구四句와 백비百非를 떠나서 조사가 서쪽에서 오신 뜻을 곧바로 보여 주십시오."

이는 언어를 빌리지 말고 진리의 당체當體를 바로 보여 달라는 정형화된 선문답이다. 조사께서 서쪽에서 오신 뜻이 무엇인가 하는 질문에 대한 대답은 '똥 막대기'와 '뜰 앞에 잣나무'가 가장 잘 알려져 있다. 대답을 해 주려다가 말고 그 순간 마조는 '번쩍' 하고 떠오르는 게 있었다. 이놈들이 '남들의 칭찬만큼' 공부를 하기는 하고 있는지 자기 눈으로 확인해 보고 싶었던 것이다. 그래서 그 납자에게 이렇게 말했다.

"내가 오늘 심기가 불편하니 지장에게 가서 물어라."

공안이 문답에는 이 말밖에 없지만 내심으로는 이렇게 더 주문했을 것이다.

"그리고 그 녀석이 한 대답을 그대로 나에게 와서 전해 다오."

그 납자는 시키는 대로 지장에게 갔다. 건너편 지장은 방장실에 들어갔던 납자가 자기 방 쪽으로 오는 것을 발견했다. 무슨 일인가 의아한 생각이 들었다. 그랬더니 그 납자는 마조 선사께서 '조사서래의'를 지장에게 가서 물으라고 했다는 것이다. 단박에 노장이 자기를 떠보려고 하는 짓이라는 것을 눈치챘다. 그렇게 궁금하면 직접 질문을 던질 일이지 왜 남에게 시키누. 괜히 배알이 틀어졌다. 아무리 스승이지만 이런 식은 곤란하지. 내가 속마음을 보여 줄줄 알고. 그래서 핑계를 댔다.

"나는 오늘 두통 때문에 말을 할 수가 없다. 저쪽에 있는 백장에게 가서 물어라."

그러면서 손으로 머리를 쥐어짜는 흉내를 냈다. 백장이 가만히 보니 웬 납자가 스승의 방에서 나와 지장의 방을 거쳐 자기에게로 오는 것이 아닌가? 뭔가 심상치 않음을 느꼈다. 그래서 그 납자에게 전말을 물었다. 어쭈 이것 봐라. 내 살림살이까지 확인해 보려는 것이란 말이지. 그렇다고 해서 내가 내놓을 줄 알고, 어림없는 소리 말아라.

"나는 모른다."

영문도 모르고 대답도 듣지 못하고서 경내를 '다리만 아프게' 한 바퀴 빙 돈 그 납자가 마조에게로 갔다. 그리고 그 과정을 하나도 남기지 않고 보고했다. 마조는 '이것들을 그냥' 하는 표정을 짓고는 총평을 내렸다.

"장두백藏頭白이요, 해두흑海頭黑이로다, 지장 머리는 희고 백장 머리는 검다."

옛사람이 '문수의 머리는 희고 보현의 머리는 검다'고 했던 바, 마조는 결국 두 제자 모두에게 문수와 보현의 경지라고 후하게 인가를 한 셈이다. 정말로 고슴도치의 제 새끼 감싸안기는 아닌지 모르겠다.

부산 일광에 있는 묘관음사는 향곡 선사가 열반한 곳이라서 선사의 영정이 모셔져 있다. 절친한 도반이었던 성철 선사의 '향곡을 보내며(哭香谷兄)'라는 조사弔詞는 역설의 미학의 경지를 잘 보여 준다.

슬프다! 종문의 흉악한 도적놈아
천상천하에 너 같은 놈 몇이나 되리
인연이 다하여 손을 털고 떠났으니
동쪽 집의 말이 되었는가, 서쪽 집의 소가 되었는가
쯧쯧. 갑을병정무기경甲乙丙丁戊己庚이로다.

묘관음사의 조사전에는 다른 선원에서는 보기 드문 특이한 영정이 모셔져 있다. 마조 선사와 남전 보원, 백장 회해 세 선사를 함께 모셨다. 그런데 그 화면 구성이 고개를 갸웃거리게 한다. 맨오른쪽 끝에 마조 선사가, 가운데 남전 보원, 왼쪽에 백장 회해가 앉아 있다. 역사적으로 마조의 3대 제자는 서당 지장, 백장 회해, 남전 보원으로 알려져 있다. 스승이 오른편 구석에 보처補處처럼 앉아 있는 것도 이상하거니와 제자인 남전 보원이 가운데 우뚝하게 자리잡고 있는 것도 의아하다. 조사 탱화의 기본 구도에 대한 미술적 안목도 없으면서, 애써 모셔 놓은 남의 절 조사 영정을 가지고 왈가왈부할 것은 아니지만, 추측컨대 뭔가 좀 오해가 있었던 것 같다. 탱화를 완성하자 마지막 찰나에 긴장이 풀린 불모가 그 이름을 잘못 기록했을는지도 모르겠다. 곧, 세 선사의 이름을 잠깐 혼동한 것 같다. 짐작으로는 서당 지장을 마조 도일로 잘못 적은 게 아닐까 싶다. 만일 멀쩡한 정신이었다면 더 깊은 뜻이 있을는지도…….

비록 그 영정에서는 푸대접받고 있지만 서당 지장은 한국 선종사에서 참으로 중요한 인물이다. 한국 조계종 종조인 도의 국사의 스승이기 때문이다. 도의 국사는 속가의 성이 왕씨이고 북한군北漢郡(지금의 서울) 출신으로 선덕왕 5년 784년에 당나라로 건너가 사십여 년을 그곳에서 살았다. 그때의 이름은 '명적明寂'이었다.

오대산 문수 도량을 참배한 뒤로 「육조단경」 설법처인 보단사寶壇寺에서 다시 계를 받았다. 선종 승려가 되었다는 말이다. 그때는 각 종파마다 승복 색깔이 달랐다. 그래서 종파를 바꾸는 것을 '옷을 바꾸어 입었다'라고 표현한다. 그리고 조계산으로 가서 6조의 영당을 참배하였다.

여기서 기이한 경험을 하게 된다. 영당 입구에 명적이 서자 그 문이 저절로 열렸다. 참배하고 나오니 역시 저절로 닫혔다. 때마침 바람이 두 번이나 불어서 그렇게 된 것은 아니었을 것이다. 6조께서 당신의 적손嫡孫으로 인정한다는 강력한 메시지 전달이었다. 하지만 그때 이미 6조와 마조는 열반한 뒤였다. 마조가 활약했던 강서 지방 홍주 개원사에는 그의 제자인 서당 지장 선사가 마조 가풍대로 법을 펴고 있었다. 명적은 서당 지장의 문하에서 안목이 열렸고 스승의 인가를 받으면서 '도의'라는 법호를 받는다.

서당 지장은 도의를 인가하면서 "참으로 이 사람이 아니고서 그 누구에게 법을 전한단 말인가"라고 하였다. 육조 혜능 선사도 남방 출신이라 중원 사람들에게 오랑캐 소리를 들었는데 신라 변방 사람이야 더 말해 무엇 하랴. 선어록 곳곳에 나오는 "화살이 신라를 지나가 버렸다"는 속담은 '이미 늦었다', '턱도 없는 소리'라는 뜻이다.

그런 풍토 속에서 스승에게 이런 찬사를 받았으니 그 사람됨의 출중함은 짐작하고도 남음이 있다. 백장 회해 또한 그를 보고서 "마조의 선맥이 모두 동국으로 가는구나"라고 한마디 거들었다. 이 언급처럼 신라 구산 선문의 대부분은 마조 계열이다. 곧, 마조 도일의 법맥이 해동 조계종의 원류이다. 그래서 해동 선종의 최초 전법지인 설악산 진전사 조사전에 마조와 서당 지장의 영정을 함께 봉안해야 하는 당위성이 도출된다.

도의 국사가 지장 선사에게서 인가를 받은 홍주 개원사는 지금 강서성 남창南昌 우민사佑民寺다. 2008년 가산 지관 대종사는 손수 지은 도의국사비를 세워 법의 은혜에 보답하였다.

설날에 쇠만두를 빚다

선종 집안은 설빔이 따로 없어 예나 지금이나 설날에도 회색의 먹물 옷 차림이다. 다만 새해 첫날인 만큼 깨끗하게 빨아 빳빳하게 풀을 먹여서 새 옷처럼 손질해 입는다.

선어록에 나오는 설 음식은 어땠을까? 물론 각 산중의 가풍에 따라 달랐다. 담주 땅의 북선 지현 선사는 설날에 대중에게 이런 설 상차림을 해 주었다.

"여러분과 함께 설을 쇠면서 기장쌀밥을 짓고 나물국을 끓여서 온 대중이 화롯가에 둘러앉아 마른 가지로 불을 피워 놓고 노래를 부르리라. 그 까닭은 남의 집 문 앞을 기웃거리거나 남의 담 밑에 기대거나 하여 의심받는 소리를 듣지 않게 함이라."

갓 집을 떠나온 초심자들이 혹여 속가 생각을 할까 봐, 또는, 정월 초하룻날 나무하러 간다는 말처럼, 진짜 납자랍시고 "묵은해니 새해니 분별하지 말게……" 운운하는 학명 선사의 게송을 읊조리며 새해 첫날부터 탁발하러 나설까 봐, 쌀밥에 벽난로를 피우고 놀이까지 더함으로써 양극단의 대중을 함께 아우르려는 자비심이 빛나 보인다.

아닌 게 아니라, 정월 초하룻날부터 걸식하거나 운수객으로 떠돌아다닌다면, 아무리 신심 있는 단월이라 할지라도 잘 봐 주기 어려울 것이다.

개암 붕 선사는 설날이면 만두를 빚었다. 그런데 그 만두가 쇠만두이다. 쇠고기 만두가 아니라 철로 만든 만두였다. 만두피와 소를 모두 쇠를 썼다고 하니 대단한 기술의 경지가 아닐 수 없다.

"무쇠콩으로 소를 만들고 무쇠로 만두피를 만든 무쇠만두를 가져다가 여러분과 함께 설을 쇠려고 한다."

본래 만두는 「삼국지」에서 제갈공명이 노수라는 강의 수신水神을 달래려고, 밀가루 반죽 속에 소고기, 양고기를 다져 넣어 사람 머리 모양처럼 빚어 만든 것을 사람 머리 대신에 제물로 사용한 데서 기원한다.

개암 붕 선사가 빚은 만두는 쇠만두라니 그저 놀랍기만 하다. 전생에 대장장이였을까. 아니, 어쩌면 그 과보로 지금 포스코에서 설도 쇠지 못하고 쇳물이 벌겋게 나오는 고로高爐 곁을 지키고 있지나 않을까. 그러다 심심하면 남은 쇳물로 만두 모양을 빚으면서 무료함을 달래고 있을는지도 모르겠다. 그러나 그것도 만두피라면 모를까, 소까지는 만들 수 있을 것 같지는 않다.

"그런데 그 만두는 씹어서 입 안에서 터뜨릴 수 있다면 백 가지 맛이 구족되어 향기가 입 안에 가득하겠지만, 만일 그러지 못하면 이만 상하게 될 터이니 조심하거라."

시니컬한 표현은 선사들의 또 다른 기질이기도 하다. 냉소적인 듯하면서도 그 속에는 또한 '깊은 뜻'이 담겨 있다.

여기에서 안목이 있느냐 없느냐에 따라 단순한 히스테리성 비틀기인지, 아니면 선지가 있는 법문인지가 판가름 난다.

"고개 위의 구름을 가늘게 썰고 못 속의 달을 얇게 저며, 반듯하게 모나게 각을 세워 가득히 담아 격식을 따지지 않고 차려 내겠다. 모두의 주린 배를 채우게 하여 영원히 굶주림을 면하게 하리라."

이는 바닥 없는 솥에다가 불 없는 장작을 피워서 차린 것 없이 차린 공양이었을 것이다. 이 선사야말로 선종 집안 최고의 설 음식 요리사가 아닐까 싶다. 선종의 근본주의, 원리주의에 가장 충실한 설 음식이라고 하겠다.

원칙론은 지당하신 말씀이기는 한데 보통 사람에게는 감동을 주지 않는다는 것이 한계라고 하겠다. 물론 느낌이 각별하여 알아들을 수 있는 사람에게는 더없이 좋지만.

남전 선사, 병 속의 새

김성동의 소설 「만다라」는 책으로도 베스트셀러였을 뿐만 아니라 영화까지 만들어져 '대박'을 터뜨렸다. 그리하여 그때(1970년대)까지 사람들에게 생소한 개념이던 화두를 '병 속의 새'라는 표현을 빌려 대중화하는 데 크게 기여했다. 이 공안 하나로 소설 한 편을 만들었으니 가장 긴 착어着語(해설)라 하겠다. 그것도 모자라 시청각 교재(영화)까지 남의 손을 빌려 만들게끔 했으니, 안이비설신의眼耳鼻舌身意를 모두 만족시킨 불후의 공안 해설서가 된 셈이다.

이 공안은 남전 선사와 육긍 대부의 선문답에서 기원한다. 육긍 대부는 남전산이 있는 지양 땅의 행정 책임자인 태수 신분으로 자주 남전 선사를 찾았다. 어느 날 그는 '병 속의 새'를 주제로 이야기를 나누다가 안목이 열렸다. 원문은 새가 아니라 거위이다.

"옛날에 이 병 속에다 거위를 한 마리 길렀는데, 자라면서 몸이 커져 나오지 못하게 되었다. 병을 깨뜨릴 수도 없고 거위를 죽일 수도 없으니, 어떻게 해야 꺼낼 수 있겠는가?"

유리병 속에 든 거위를 어떻게 하면 거위와 병 모두 다치지 않고 꺼낼 수가 있을까? 진퇴양난이다. 이럴 수도 없고 저럴 수도 없으며, 이리 해도 안 되고 저리 해도 안 되는 경우이다. 살아가면서 이런 상황은 비일비재하다. 정치 현장에서 이해 관계가 다른 집단들이 저마다 자기 뜻을 관철시키려고 목소리를 돋우어 집단으로 의사 표시를 하면서 관청을 압박해 올 때마다 태수 육긍은 이 화두를 떠올렸을 것 같다. 저절로 참구가 되었을 것이다. 관리에게 딱 맞는 공안인 셈이다. 그런 육긍 대부이기에 어느 날 남전 선사에게 이런 질문을 했다.

"저희 집에 큰 바위가 하나 있는데 어떤 때는 앉고 어떤 때는 눕습니다. 불상을 새기고자 하는데 되겠습니까?"

와불과 입불 모두 조성이 가능한 큰 바위였던 모양이다.

"그렇게 하시죠."

불상을 새겨도 좋다는 말 같긴 한데, 긴가민가하는 표정이 아무래도 '접대성 발언'으로 느낀 모양이다. 그래서 반대로 다시 한번 물었다.

"불상을 새기면 안 되겠지요?"

"안 되겠습니다."

"……."

아니 불상을 새겨도 좋고 새기지 않아도 좋다고 한다. 도대체 뭐가 뭔지 알 수 없고 알쏭달쏭할 뿐이다. 선지식이라면 일도양단해야 하거늘 '이래도 흥, 저래도 흥'이다. 또 딜레마다.

염일방일拈一放一이라고 했던가? 하지만 하나를 얻으려면 다른 하나를 놓아야 하는 게 세상 이치다.

예전에 원숭이를 잡을 때 이렇게 했다고 한다. 목이 잘록한 유리병 속에 갖가지 색깔의 사탕을 넣고서 그들이 다니는 숲 길목에 둔다. 아무 것도 모르는 새끼 원숭이가 쪼르르 달려와 병 속에 손을 넣고서 사탕을 쥔다. 빈손일 때와는 달리 주먹을 쥔 손은 병의 좁은 목을 빠져나올 수 없다. 이러지도 못하고 저러지도 못하고서 발버둥치고 있는데, 이윽

고 멀리서 덫을 놓은 사람들이 나타난다. 목숨이냐? 사탕이냐? 목숨을 구하려면 사탕을 놓아야 하고 사탕을 얻으려면 목숨을 버려야 한다. 그런데 어린 원숭이로서는 그 판단이 쉽지 않다. 아까운 사탕을 차마 포기할 수가 없기 때문이다. 모든 것을 다 취하려고 하다가는 모든 것을 잃기 마련이다.

출세간의 화두 해결은 그보다도 더하다. 거위도 병도 사탕도 심지어는 목숨까지도 버리고서 일체의 선입견에서 벗어나야 모든 것을 제대로 볼 수 있는 정안正眼이 열리는 법이다. 그래야 진짜 살길이 생긴다.

파타야 선사, 깨졌다, 무너졌다

할로써 죽이고 방으로써 살린다고 하였다. 무엇을 죽이는가? 물론 번뇌 망상이다. 무엇을 살리는가? 반야 지혜다. 모쪼록 죽일 것은 죽이고 살릴 것은 살려야 한다. 물론 죽이는 게 살리는 것이 되고, 살리는 것이 죽이는 것이 된다. 임제 선사는 할로써 죽일 것을 죽였고, 덕산 선사는 몽둥이로 살릴 것을 살렸다.

선가에는 할과 방이, 곧, '두들겨 패는 것'이 별명도 아니고 진짜 이름이 되어 버린 경우가 더러 있다. 파조타破竈墮 선사가 그 한 예이다. '조왕신을 패서 쓰러뜨리다'라는 뜻인데 가운데의 '조竈' 자를 빼면 '파타破墮'가 된다. 어디 조왕신뿐이겠는가? 일체의 모든 상相을 다 부수어 버린다. 방과 할을 자유자재로 구사한 경우라 하겠다.

파조타 선사가 숭악에 머물 때였다. 산 중턱에 제사를 지내려고 지어 놓은 재각이 있었는데 영험이 많다고 멀리까지 소문이 퍼졌다. 당연히 공양물을 올리는 사람이 많았다. 그런데 제사를 지내느라고 제물로 소, 돼지 따위의 산 목숨을 죽이는 일이 허다했다. 선사는 가축들이 도살당하면서 내는 울음소리를 듣다 못해 어느 날 주장자를 들고 시자 몇 명을 거느리고 재각 안으로 들어가, 조왕단을 향해 손가락질하며 말하였다.

"그대는 본래 진흙과 기왓장이 합쳐져서 이루어진 것일 뿐인데 영험은 무슨 영험이며, 또 그 영험이라는 것이 어디로부터 왔는가?"

그러고는 말을 끝내자마자 다짜고짜 주장자로 두들겨 패면서 할을 하였다.

"파야破也! 타야墮也! 깨졌다! 무너졌다!"

그러자 조왕단이 바로 무너지면서 푸른 옷에 높은 관을 쓴 사람이 나타나서 말했다.

"내가 이 재각의 조왕신인데 이제 선사의 무상 법문을 듣고 해탈을 얻었습니다."

그러더니 조왕신은 절을 두 번 하고는 사라졌다. 이 광경을 문 밖에서 보고 있던 시자들이 물었다.

"저희는 오랫동안 좌우에서 모셔도 깨달음을 얻지 못하였는데 대체 조왕신에게 어떤 법을 설하셨길래 해탈을 얻었습니까?"

"무슨 별다른 법이 있겠느냐? 다만 그에게 '진흙과 기왓장이 합쳐져 만들어진 것일 뿐인데 그 영험이 어디에서 나왔는가?' 라고 했을 뿐이다."

이것은 연기법을 조왕신의 근기에 맞게 설명한 것이었다. 그런데 시자들은 영험담으로만 받아들이고서 히히덕거릴 뿐이었다. 보다 못한 선사가 대갈일성을 하였다.

"이놈들아! 너희는 법문을 듣고도 왜 절을 하지 않느냐!"

고함 소리에 놀라 할 수 없이 엉거주춤 절을 하는데 선사가 주장자로 사정없이 머리통을 내리치면서 할을 하였다.

"파야破也! 타야墮也! 깨졌다! 무너졌다!"

그 한마디 고함 소리에 모두가 그 자리에서 깨침을 얻었다. 머리에 혹 몇 개 돋은 게 대수랴. 파조타 선사가 파타야 선사로 이름이 바뀌는 순간이다. 조왕신뿐만 아니라 제자들의 안목까지 열어 준 까닭이다.

'파야, 타야'를 줄이면 '파타야'가 된다. 그러고 보니 동남아 불교 성지순례 길에서 십중팔구 들르는 관광지 파타야Pattaya랑 발음이 비슷하다. 그런 참에, 그곳에 관광하러 가서 자연의 풍광뿐만 아니라 지혜의 빛도 함께 보면 좋으련만. 억지 춘양에다 아전인수격 해석이지만, 파타야는 번뇌 망상을 부수어 날려 버리는 곳이라는 의미로 받아들이면 좋을 것 같다. 처처處處가 법당이라고 하지 않던가. 파타야에서 놀이에만 빠지지 않고 파조타 선사를 떠올릴 수 있으면 화두 공부하는 이로서의 자격을 갖추었다고 하겠다.

중국 보타낙가산의 최초의 관음 성지는 '불긍거관음원不肯去 觀音院'이다. 지금은 이 지역 전체가 사찰로 가득한 절골을 이루고 있다. 「불조통기佛祖統紀」에 따르면 일본 승려 혜악이 오대산에서 관음상을 갖고 귀국하려 했으나 암초와 풍랑을 만나 출발하지 못하고 그 자리에 이 절을 지었다고 한다. 그러나 「불조통기」보다도 백사십 년 전인 1124년 서긍의 「고려도경高麗圖經」에는 전체 이야기는 비슷하나 주인공이 신라의 상인으로 되어 있다. 다만 앞바다에서 뱃길을 막았다는 암초 이름인 신라초新羅礁인 것은 두 책 모두 같다.

불긍거는 '가기 싫다'는 말이다. 고려 진각 혜심의 「선문염송」 1106칙 '장경무찰長慶無刹'이라는 공안 속에 "관음이 고려에는 가지 않으려고 한다(不肯去高麗)"는 말이 나온다. 어쨌거나 관음이 일본이든 해동 땅이든 모두 가기 싫다고 했다는 중국다운 발상에는 별 차이가 없다.

장경 선사에게 어떤 납자가 물었다.

"고려의 승려가 관음상을 조성하여 명주에서 배에 싣고자 했습니다. 여럿이 들어 올리려고 해도 꿈쩍 않습니다. 할 수 없이 개원사開元寺에 모시고서 헌공하고자 합니다. 그런데 관음이 몸을 나타내지 않는 국토가 없거늘 어째서 고려에는 가지 않으시려고 하는지요?"

그렇거나 말거나 우리나라 낙산사의 홍련암이 중국의 '불긍거 관음원'과 분위기가 사뭇 비슷하다.

관음 성지는 바닷가가 주 무대지만 바다에 버금가는 호수가 무대인 경우도 있다. 동정호 남쪽 지방을 일컫는 호남 땅은 당시 선종의 주 활동 무대였다. 당연히 관음과 동정호가 함께 묶인다.

운문 선사가 새로 방부를 들인 납자에게 물었다.

"관음이 왜 동정호 속으로 들어갔는가?"

"잘 모르겠는데요?"

"(멍청한 놈, 꺼져 버려!) 큰방으로 가서 정진이나 해!"

그러고는 자문자답한다. 선어록에서는 이를 대어代語라고 한다.

"(아이구, 속 터져) 내가 그런 질문을 받았다면 이렇게 대답했겠다. '선사가 관음을 물으신다면 저는 미륵으로 대꾸하겠습니다'라고."

마조 선사가 여든네 명의 선지식을 배출한 까닭에 세상 사람들은 그를 관음 보살의 응화라고 불렀다. 그곳에서 이십 년 동안 원주를 한 스님이 있었는데 절 살림을 하면서 문서를 하나도 남기지 않았다. 하루는 관리가 감사를 하는 바람에 결국 옥에 갇히게 되었다. 당시의 절들은 거의 절반쯤은 관공서 규칙에 준하여 운영된 까닭이다. 감옥에서 원주는 이렇게 생각했다.

"우리 마조 스님은 성인인지 범부인지 모르겠다. 이십 년 동안 시봉했는데도 오늘날 이렇게 고통스런 과보를 받게 되다니."

마조 선사가 그런 원망을 알게 되었고, 이어 시자에게 향을 사르게 한 다음 단정하게 선정에 들었다. 그러자 원주는 옥중에서 홀연히 마음이 열려 이십 년 동안 사용한 돈과 물건을 한꺼번에 기억해 냈다. 그리하여 그것을 줄줄 입으로 외어 서기에게 받아 적게 하니 계산이 틀림없었다. 역시 선사의 선정력과 함께 관음 화신의 가피력은 가이없다.

이제 마무리 짓자. '관음의 불긍거고려'에 대해 장경 선사는 이렇게 대답했다.

"비록 몸을, 다시 말해, 법신을 나타내는 것은 두루 하지만, 모습만 보는 이는 치우침이 있느니라."

뒷날 법안 선사는 이에 대하여 자기의 견해를 따로 피력했다. 이런 것을 별어別語라고 한다.

"너희가 관음을 알아(識得觀音未)?"

중국의 고수들이 신라 선사들을 버거워하다

경주 토박이들의 자존심을 아는 사람들은 다 안다. 경주는 천 년 신라의 수도로서 찬란한 문화 전통을 이어 오고 있거니와, 조선 시대 학풍을 드날린 영남학파의 중심지였다. 특히 이곳의 불교 문화는 부동의 주류다. 절집에서도 경주 출신 승려들은 이름만 대면 알 만한 이들이 여럿이다.

선어록에서 '경주'는 곧 '신라'였다. 그런 신라도 중국 중화주의 시각에서는 변방이었다. '전과신라箭過新羅,' 곧, '화살이 신라를 지나가 버렸다'라는 이 말은 늦어도 한참 늦었다는 비유로 종종 쓰였다. 비슷한 표현으로 '새매가 신라를 지나쳤다'거나 '눈먼 노새의 일행을 따라 신라를 지났거늘'이라는 말에서 보듯이, 신라를 멀리 떨어진 변방으로 묘사하곤 했다.

하지만 동쪽 끝에 있는 신라는 중국과 더불어 '이쪽과 저쪽'이라는 양변을 동시에 가리킬 때에도 등장한다. '당나라에서 북을 치면 신라에서 활을 쏘고'(장산 천蔣山川 선사)라고 하였고, 원오 극근 선사는 '당나라에서 북을 치니 신라에서 춤을 추고'라고 한 바 있다. '불은 신라에서 났는데 발은 여기 중국에서 데었다(해인 신海印信 선사)'나 '호남에서 발우를 폈는데 신라에서 씹으니(자명 원慈明圓 선사)' 같은 표현도 같은 맥락이다.

사실 중원에서도 신라 촌놈(?)이 그리 만만한 상대는 아니었던 모양이다. 때로는 버거워했음도 역력하다. 당나라 태종은 화살을 신라에 맞추어 두고는 "유연幽燕(요녕성에 있던 부족 이름)은 오히려 쉽지만 가장 수고로운 것은 신라다"라고 했다. 만주를 무대로 설치던 민족은 별것 아닌데 아랫쪽의 동이족 때문에 정치적으로 군사적으로 스트레스가 이만저만이 아니었던 모양이다.

항산 량이 육조 혜능을 평하면서 "죽은 뒤에 땅굴 속에 묻혔다가 신라 사람에게 머리가 깨지지 않았을 것이려니"라고 하여 신라 승려에 의한 '육조정상동래설六祖頂相東來說'을 언급한 내용도 보인다. 육조 혜능 선사가 열반하신 뒤에 등신불로 모셨는데 그 머리를 신라의 승려가 가지러 왔다는 기록이 두 나라에 모두 전하고 있다. 물론 중국 쪽 기록은 "시도하였으나 들켜서 실패하였다"라고 하여 미수에 그쳤음을 강조하고, 신라 쪽 기록은 "거사에 성공하여 쌍계사로 모시고 왔다"라고 해 「육조단경」 덕이본의 부록으로 단단히 붙여 놓고 있다. 그러다 보니 신라의 승려는 질투와 미움의 대상이기도 했다.

「선문염송」 제1082칙에서는 "점파占波 사람을 끌어다가 신라 사람과 박치기를 시키라"고 했고, 고상한 설두 중현 선사마저도 "신라의 승려를 알고자 하는가? 다만 돌기둥에 부딪친 눈먼 첨지일 따름이다(소뒷발질에 우연히 쥐 잡았다는 뜻)"라고 혹평을 했다.

그럼에도 불구하고 신라 수행자들의 안목은 선종을 빛낼 만큼 두드러지게 눈부셨다. 대혜 종고 선사는 "신라에는 밤중에도 해가 밝다"고 했고 해인 청은 "신라에는 한낮에 삼경 종을 친다"고 했다. 그리고 "신라에서는 밤에 북을 친다"고도 하여 어두운 가운데 밝음이, 밝음 가운데 어둠을 볼 줄 아는 사람들이 사는 땅으로 묘사하고 있다.

덕산 선사가 대중을 보며 말했다.

"오늘 저녁에는 질문에 대답하지 않겠다. 질문하는 놈은 삼십 방을 때리리라."

말이 끝나자마자 기다렸다는 듯이 한 납자가 나와서 절을 하니 선사가 바로 때렸다. 그러자 그 납자가 물었다.

"제가 묻지도 않았는데 왜 때립니까?"

"그대는 어디 출신인가?"

"신라입니다."

"그런 줄 알았다면 뱃전을 밟기 전에 삼십 방을 때렸어야 하는 건데."

이 말을 들은 대위 철이 이렇게 찬탄하였다나 어쨌다나.

"신라의 그 납자가 아니었다면 천고의 맑은 바람 어떻게 떨쳤으리."

운거 선사, 왕자 출신의 의천을 맞으면서

수도권 주변의 번듯한 사찰은 왕실이나 왕릉과 음으로 양으로 관계가 있는 원찰들이다. 그것도 못 되면 왕족의 위패나 하다못해 왕자의 태실이라도 봉안하고 있어야 사찰을 유지할 수 있었던 것이 조선 시대 '선불교 암흑 시대'의 실상이었다. 왕릉 앞의 사당인 정자각丁字閣이 사찰 건축에 영향을 미치기도 했다. 일테면 통도사 대웅전은 진신 사리를 모셨다는 의미를 사회적으로 되살린 정丁 자 모양 법당으로 조성했다.

외형적으로는 정치와 불교가 서로 배려하며 타협적 공생을 했겠지만, 내용적으로는 그렇지 못했을 터, 왕족이 사찰을 방문했을 때 승려의 영접 자세가 어떠했는지는 보지 않아도 눈에 선하다. 그런 가운데에서도 '좌파'(?) 사찰들은 선종의 정체성과 자존심을 유지하는 방편으로 '하마비下馬碑'나 '누각 밑을 통한 진입 계단' 등으로써 왕족이나 관리가 경내에서 예를 갖추지 않는 것에 소극적으로나마 저항하고 경책하고자 애썼다.

송나라와 고려는 형제지국으로 문치文治를 꽃피우면서 서로를 배려했다. 그때 고려 문종의 넷째 아들인 의천이 출가를 한다. 물론 출가한 뒤에도 모두가 왕자 신분으로 그를 대접하였음은 뻔한 일이다. 의천은 1085년에 송나라로 유학하여 여러 선지식을 참방하였다. 그런데 누더기를 입은 납자의 모습이 아니었다. 만행을 떠나면서 송나라 황제에게 '천하의 총림을 두루 다니면서 법을 묻고 도를 받기를 원한다'는 글을 올렸다. 송나라 조정에서는 궁중의 행사와 의전을 담당하는 관리를 붙여서 의천을 수행하도록 했다. 승려의 운수 행각인지 왕실의 행차인지 도무지 분간이 되지 않았다. 대부분의 사찰 또한 왕의 출행 의전에 준하여 맞이하고 보냈다.

그런데 선사 중의 선사, 납자 중의 납자인 운거 요원 선사가 머물던 강소성 진강부의 금산사는 달랐다. 총림의 방장인 요원 선사는 법상에 앉아서 의천 납자의 삼 배를 받았다. 당황하여 놀란 것은 의천이 아니라 황실에서 특별 파견한 수행 비서다. 조금 찢어지는 듯한 그러면서도 불쾌함이 밴 목소리로 말했다.

"왜 이러십니까?"

운거 선사는 덤덤하게 말하였다.

"내 눈에 의천 수좌는 왕자가 아니라 고려의 납자일 뿐이요. 승려가 총림에 입방을 하면 산중의 어른에게 절을 하는 게 우리 법도입니다. 총림의 규범이 이와 같으니 내가 바꿀 수가 없소. 각각의 성씨를 가지고 출가하지만 이후에는 모두 석씨일 뿐입니다. 스스로 왕씨라고 하려고 든다면 불법에 맞지 않소이다."

하지만 황제가 신신당부하면서 보낸 관리는 길길이 뛰면서 이의를 제기했다.

"왕실을 업신여기고 관례를 무시하면서 여느 절과는 다르게 대접하는 것을 법도로 삼는다면 어찌 그것이 걸림 없는 선지식의 마음이라고 하겠습니까?" (쯧쯧, 공자 앞에서 문자 쓰는 격이로고.)

그러자 운거 선사가 짧게 한마디로 대꾸했다.

"그렇지 않습니다. 도를 굽히면서까지 세속 법을 따른다면 그것은 결국 정안正眼(바른 눈)을 잃어 버리는 것이니 무엇으로써 송나라 총림의 모범을 보여 줄 수 있겠습니까?"

이상한 것은 그 어느 기록에도 당시 의천의 태도와 속마음에 대해 언급한 것이 전혀 남아 있지 않다는 것이다. 법왕의 그릇이니 "기개 있는 선지식을 이제사 제대로 만났구나" 하며 흔연히 그 가르침을 받들었을 것이다. 그가 속물이 빠진 제대로 된 승려라면 입이 열 개 있어도 당연히 할 말이 없어야 한다. 그러니 기록이 남아 있다면 안 되는 것이 도리인 것이다.

고추는 매워야 하고 소금은 짜야 한다. 왕실은 왕실다워야 하고 절집은 절집다워야 한다. 관리는 관리답게, 승려는 승려답게 행동해야 한다. 그래야 제격이고 제맛이다. 그 모든 맛을 한 혀에 접할 수 있는 이 일화는 드물게 맛보는 명요리 장면이기도 하다.

만권 거사, 귀종 선사를 찾아가다

'남아수독오거서男兒須讀五車書'라고 했다. 다섯 수레쯤은 책을 읽어야 비로소 서로 대화할 만한 상대가 된다는 뜻이다. 이 말의 어원은 장자가 자기 친구인 혜시가 가진 책의 분량을 오거五車라고 한 데서 비롯되었다. 두 사람의 수준 높은 대화는 「제자백가서」 여기저기에 언뜻언뜻 보인다. 오거는 만 권萬卷과 같은 말이니 많은 책을 말한다. 그래서 책 좀 있는 서재는 흔히 만권당萬卷堂으로 불렸다.

대구 비슬산 어귀에 있는 남평 문씨 세가에도 '만권당'이 있었다. 현재의 '인수문고' 전신이다. 이곳은 본디 인홍사라는 절이 있던 곳으로 폐사지다. 절집 기록에 따르면 고려 말의 일연 선사가 십일 년 동안 머물면서 「삼국유사」 역대 연표를 정리한 곳으로 알려진 곳이기도 하다. 이래저래 책하고 인연이 많은 터인 것 같다.

당나라 때에 강주 땅의 행정 책임자로 자사 벼슬을 지낸 이발李渤은 별명이 '만권 거사'였다. 만 권은 지금 시대에도 적은 양이 아닌데 그 무렵으로 말하면 문자로 된 모든 자료를 섭렵한 대석학, 곧, '걸어 다니는 백과사전'이라는 의미였다. 그는 박학다식하고, 수행 또한 게을리하지 않았다. 그리하여 서당 지장(마조의 수제자이면서 신라 최초의 선문을 연 도의 국사의 스승) 선사의 비문을 직접 짓기에 이르렀다. 그리고 서당 선사가 입멸하자 '대각大覺'이라는 시호를 내리도록 황제에게 아뢴 인물이기도 하다. 신심이 깊어서 당시 선종을 외호하는 단월로서의 의무 또한 게을리하지 않았다.

그는 마조 도일의 제자인 귀종 지상을 자주 찾아 뵙고 법을 묻곤 했다. 하루는 경전을 열람하다가 '수미입개자須彌入芥子'라는 말에 막혀서 귀종 선사를 찾아갔다.

"경전에 '수미산을 겨자씨 속에 넣는다(須彌入芥子)'고 했는데 이해가 되지 않습니다."

그 큰 수미산을 저렇게 작은 겨자씨 속에 들어가게 한다는 것이 어디 가당찮기나 한 일인가? 하지만 일미진중함시방一微塵中含十方이라고 하였다. 티끌 하나가 시방 세계를 포함하고 있다는 뜻이다. 당나라 때의 소설 「서유기」를 보면 손오공은 유사시에 자기 머리털을 뽑아 입으로 불어 수많은 분신을 만들어 냈다. 그리고 요즈음은 한 개의 세포를 통하여 그 사람의 모든 유전 정보를 읽어 낼 수 있는 시대에 살고 있다. 지금 생각하면 별로 어려운 말도 아닌 것 같은데 그때는 책 만 권을 섭렵한 사람도 이해할 수 없는 난해한 구절이었던 모양이다.

그러자 귀종 선사가 물었다.

"사람들은 그대가 책 만 권의 내용을 소화시켰다고 하는데 사실인가요."

"네. 그렇습니다. (으쓱! 저도 한 문자 합니다.)"

(큭큭, 드디어 걸려들었군.)

"그럼 자사는 정수리부터 발꿈치까지 길이를 합해도 야자椰子만한데 그 만 권 책의 지식이 모두 어디에 들어가 있습니까?"

"……."

만 권이라는 그 어마어마한 분량의 내용이 어떻게 그 조그마한 머릿속에 다 들어갈 수 있겠느냐는 역설적 물음에 번쩍 '아! 그렇구나' 하고 무릎을 쳤을 것이다.

선종은 구질구질한 설명을 하지 않는다. 그냥 한마디로 끝낸다. 선문답은 촌철살인 그 자체이다.

아홉 마리 용이 입에서 물을 토해 내다

천지에서 백록담까지. 한반도 전체를 가리킬 때 흔히 사용하는 상투적 표현이다. 중국에서도 천하를 가리키는 말로 강호江湖나 사해四海라는 표현을 즐겨 쓰는 것으로 보아서 물은 영토를 의미하는 또 다른 말임을 알 수 있다.

청계천 복구에 즈음해 백두산 물과 한라산 물을 한데 합친 합수식合水式 의식은 '남북이 하나임'을 동참자들에게 주지시키는 상징적인 의식이었다. 또 그 입구에는 팔석담八石潭이라는 표식이 있다. 조선 팔도에서 가지고 온 돌을 바닥에 깔고 현대식 조형미를 더하여 동서남북 모두가 물이 물에 섞이듯 화합하길 기원하는 마음을 표현한 것이다.

싯다르타 태자가 룸비니 동산의 무우수 나무 밑에서 태어나자마자 제석천왕과 사천왕들이 모두 와서 예를 올리고, 하늘에서 아홉 마리의 용이 모여들어 입으로 물을 뿜어서 태자의 몸을 씻었다는 일화에서 나온 말이 '구룡토수九龍吐水'다.

'구룡토수'도 합수와 별반 다르지 않다. 구룡이 가지고 온 물은 인도 전역의 강에서 떠온 것일 것이다. 카필라라는 작은 나라의 왕자로 태어났지만 인도 전역을 통일시키는 대업을 달성하기를 바라는 부왕의 기대 심리의 또 다른 표출이기도 했다.

그 시대 그 나라에서는 왕자가 왕위에 오를 때에 관정식灌頂式을 행했다. 곧, 왕자의 신분에서 왕으로 다시 태어나는 또 다른 탄생을 알리는 의식이었다. 그것은 글자 그대로 물을 머리에 부어 주는 의식이다. 그 물은 예삿물이 아니었을 것이다. 자기 나라는 말할 것도 없고 인근 나라의 물까지도 비밀리에 가지고 와서 섞었을지도 모르겠다. 영토에 대한 욕심은 예나 지금이나 별로 다를 바가 없기 때문이다. 그래서 국왕위를 관정위灌頂位라고도 불렀다. 그 관정위는 법왕에게도 해당된다. 깨달음을 얻어 법왕의 위치에 오른 부처님을 '천하를 진리라는 법으로 다스린다'는 전륜성왕轉輪聖王이라고 부르는 것도 마찬가지이다.

종교적 관정은 정치적 관정과는 그 의미를 달리한다. 외부의 적 백 명보다도 나라고 하는 단 하나의 내부의 적을 무찌르기가 더 어렵다. 천하를 다스리는 것 못지않게 내 마음을 다스리는 일이 쉽지 않기 때문이다. 세계를 주름잡고 호령하던 정복자들도 교만에 빠져 자기를 다스리는 일에 실패하면 그 말로는 불 보듯 뻔한 일이다. 그래서 자기를 이겨내는 마음 다스리기가 중요하다.

약산 유엄 선사의 문하에서 준 포납 스님이 의식을 담당하는 노전 소임을 보고 있었다. 마침 부처님 오신 날을 맞이하여 부처님의 이마에 물을 붓는 관욕식을 올리고 있었다. 그러자 대뜸 약산 선사가 물었다.

"그대는 '이것'만 목욕시킬 뿐이구나. '저것'도 목욕시킬 수 있겠느냐?"

이에 준 포납이 바로 대꾸하였다.

"그렇다면 '저것'을 가지고 와 보십시오."

부처님 오신 날 관욕 의식을 치르면서 목욕의 본래 의미를 서로 묻고 있다. 물론 여기에서 '이것'은 목욕시키는 탄생 불상을 의미하며 '저것'은 모양 없는 법신을 말한다. 불상은 형체가 있어서 씻을 수 있지만 법신은 형상이 없는데 무엇으로 어떻게 씻을 수 있겠느냐는 말이다.

진짜 목욕이란 관욕 의식을 하면서 나의 마음까지도 함께 씻는 일이라는 것을 다시 일깨워 준다.

불상의 광배를 잘라 거지에게 주다

불상도 시대에 따라 모습을 달리해 왔다. 불교의 전성기인 신라와 고려 시대에는 불상이 경건함과 아울러 미적인 완성도가 극치에 이르렀다. 반면에 불교의 수난기인 조선 시대에는 사각형 얼굴에 조금 움츠린 듯한 모습이다. 요즘은 풍성하고 넉넉하여 복스러운(?) 모습보다는 갸름한 미남형 불상이 뜨고 있다. 몸에 두른 가사도 날로 화려해지고 있다. 이 모두가 컬러 텔레비전이 나온 뒤로 비주얼한 것을 추구하는 시대의 흐름이 반영된 것으로 보인다.

선사들은 불상이라는 외형 속에서 '불성佛性'이라는 내면 세계를 찾아내려고 애썼다. 가끔 도를 넘은 파격적인 모습은 '기행奇行'으로 비치기도 하지만, 그 또한 선종만이 가질 수 있는 면모이다. 존경과 신성시 그리고 예배의 대상인 불상이건만 선종의 납자들에 의해 가끔 수난의 대상이 되기도 했다. '불조佛祖(부처님 같은 조사급 선사)'라는 표현에서 보이듯 때로는 '간 큰 선사'들이 있었기 때문이다.

단하 천연 선사의 이름인 '천연'은 '천진난만하다' 또는 '천연덕스럽다'라는 뜻이다. 그 이름은 마조 문하에서 공부하다가 그가 보인 기행에서 비롯된 이름이다.

선사가 마조 회상에서 공부한 지 천 일째 되는 날이었다.

무슨 견처見處가 났는지 법당에 들어가 성상聖像의 목에 걸터앉는 기행을 연출하고 말았다. 이 광경을 본 대중이 놀라서 방장인 마조 선사에게 일러바쳤다. 마조 선사가 법당으로 달려와 그 모습을 보고는 꾸중은커녕 도리어 칭찬에 가까운 말을 했다.

"천연天然스럽도다."

천진난만하다는 뜻이었다. 그러자 선사는 불상에서 바로 내려와 예배 드리며 "스님이 주신 법호法號에 감사드립니다" 하였다. 대중 모두가 어리둥절해하며 그 광경을 바라볼 뿐이었다. 그 뒤부터 '천연'이 그의 이름이 되었다. 선사는 뒷날 '단하소불丹霞燒佛'에서도 보듯 목불을 태워 사리를 찾는 '정말 과격한' 광경을 연출한 주인공이기도 하다.

한편, 그처럼 지나친 파격은 아니되, 아름답고 잔잔한 감동을 불러일으킨 일본의 명암 영서 선사의 일화는 선종만의 독특한 가풍과 함께 불상에 대한 대중의 일반적인 정서를 함께 만족시키는, 그런 한편 치우침 없는 중도의 모습을 보여 주는 참으로 인상적인 내용이다.

영서 선사가 건인사에 머물 때 일이다. 어느 날 병들고 굶주린 거지가 찾아왔다.

"보시다시피 제가 병이 들어 처자식에게 먹일 것이 없어 모두가 굶어 죽게 되었습니다. 자비를 베푸소서."

도와 줄 만한 소유물이라고는 아무것도 가진 게 없던 선사는 한참 궁리를 하더니 불당으로 들어가 부처님의 금박 광배를 잘라서 가지고 왔다.

"이것을 팔아서 쌀이라도 사시오."

그러고는 친절히 위로하고 돌려보냈다. 이튿날 불당에 들어간 대중은 난리가 났다. 급기야 대중 공사가 벌어졌고 분기탱천한 대중과 영서 선사가 맞붙었다.

"불경스럽습니다. 너무 지나친 것 아닙니까?"

그러자 선사는 단호하게 말하였다.

"무엇이 지나치단 말이오. 나는 불상을 파괴하지 않았소. 단지 부처님의 뜻을 행했을 뿐이오. 부처님도 나처럼 불쌍한 중생을 보셨다면 당신의 팔과 다리를 잘라서라도 도움을 주셨을 텐데 광배 정도가 무슨 대수입니까?"

그는 오히려 대중을 꾸짖었다. 결과는 선사의 판정승이었다. 선사는 불상이라는 상의 모양에 집착하는 대중에게 상을 떠나 부처님의 진상眞相을 보라고 방편으로 보여 준 것이었다. 거지도 거지가 아니라, 대중이 "모든 상이 상 아님을 볼 수 있다면 여래를 볼 것(若見諸相非相 卽見如來)"이라는 「금강경」의 법문을 다시금 새기게 해 준 선지식의 화현이라 하겠다.

위산 선사, 차밭에서 방망이 삼십 방을 날리다

해마다 봄이 무르익을 무렵이 되면 햇차가 '우전雨前'이라는 꼬리표를 달고 나온다. '곡우 전'에 잎을 땄다는 말이다. 한때는 우전 햇차에 집착하기도 했다. 뒷날 생각해 보니 쓸데없는 관념의 사치를 부린 거였다. 이제는 생기는 대로 먹는다.

'다선일여茶禪一如'라는 말처럼 차 마시는 것도 수행으로 연결되어야 한다. 차 마시는 일이 호사가의 취미 생활에 그친다면 차의 가치는 반감될 것이다. 추사 김정희의 명필로 전해지는 다음의 유명한 게송은 다선일여의 경지를 읊은 명구다.

정좌처 다반향초 靜坐處 茶半香初
묘용시 수류화개 妙用時 水流花開

앞의 구는 체體를 말하고, 뒤의 것은 용用의 경지를 뜻한다는 것은 글줄 깨나 읊는 이라면 다 아는 소리다. 문제는 '다반향초茶半香初'다. 흔히 '차를 반쯤 마셨는데(또는 반쯤 남았는데) 향기는 처음과 같다'고 풀이한다. 그러나 이렇게 해석하면 석연치가 않아 아무리 듣고 생각해 봐도 고개를 갸웃거리게 된다. 문제는 '반半'과 '초初'라는 글자

의미이다. 때마침 도반 모임에서 이 말이 나와 저마다 한마디씩 돌아가며 의견을 내놓았다.

"반일半日로 보면 어떻습니까? 반나절이라는 말이니까, 차를 마신 지 반나절이 지났는데도 향기가 처음 마실 때와 여전하다는 뜻으로……."

귀가 시원해졌다. 반일半日이란 전일全日이라는 말이니 결국 '영원'이란 뜻이 된다. 초初는 일여一如, 곧, '한결같다'는 말이다. 그러면 앞뒤가 맞아떨어진다. 뒷날 안목이 더 열릴 때까지 이 견해를 함께하기로 모두 합의하였다. 의미가 제대로 통하는 풀이가 있어서 그대로 옮겨 왔다.

본래심의 경지(靜坐處)에서 차를 마시는 향기는 언제나 처음 본래 그 맛.

본래심의 미묘한 지혜 작용(妙用時)은 물 흐르고 꽃피는 시절 인연과 함께 하네.

차밭에서도 체와 용의 법문이 오가야만 한다. 그래야 차를 안다고 할 수 있다. 그렇지 않으면 차를 따는 것이 수행이 아니라 노동이 되어 버린다.

위산 선사와 제자인 앙산 스님이 차밭에서 나눈 대화에서도 스승과 제자 사이의 애틋함이 느껴진다. 위산이 차를 따다가 앙산을 향해 말했다.

"종일 차를 따도 너의 목소리만 들릴 뿐 형체가 보이지 않으니 그대의 본래 모습을 보여다오."

스승의 말에 냉큼 달려올 일이지, '싸가지' 없는 제자는 여전히 모습을 숨긴 채로 차나무를 한번 흔들어 보였다. 그만 법담이 되어 버렸다. 이에 배알이 틀어진 스승이 법대로 말했다.

"네놈은 용만 얻었지 체는 얻지 못하였다."

앙산이 한 술 더 떴다.

"스승님의 모습을 보여 줄 수 있습니까?"

양구良久. 선사는 아무 대꾸도 하지 않고 가만히 있었다. 그러자 간이 배 밖에 나온 제자가 한마디 거들었다.

"스승님은 체만 알았지 용은 얻지 못했습니다."

표면적으로는 체와 용으로 한 주먹씩 주고받은 것으로 보인다. 우리나라 차밭은 차를 허리 아래께에서 편히 따도록 차나무를 다듬었지만, 중국의 차밭은 그렇지가 않다. 중국 차밭에 다녀온 사람들 말을 빌면 차나무가 밀림을 이루고 있다고 한다. 그러니 아마도 스승은 아침에 헤어진 제자가 그 사이에 보고 싶었던 모양이다. 다정多情이 병病이다. 그런데 제자는 스승의 그런 마음도 모르고, 가르쳐 준 대로 교과서적인 답변을, 그것도 분별심에 분별심을 더하여 엉뚱하게 되날린 것이다. 스승의 마지막 한마디는 당연히 몽둥이 찜질이다.

"네 이놈, 방망이 삼십 대를 때려 주리라."

"하늘에는 극락, 땅에는 항주杭州, 소주蘇州"라는 말이 있다. 항주와 소주가 물자가 풍요롭고 교통이 발달한 데다가 풍광마저 뛰어나기 때문이다. 정원과 호수가 많고 예부터 '쌀밥에 생선국 먹는 곳'이었으며 '비단의 고장'이기도 했다. 먹고 입는 것이 문제가 없으니 자연스럽게 차 문화가 발달했다. 그 유명한 용정차도 이곳이 원산지이다. 가까이에 있는 영은사靈隱寺는 임제종 양기파의 본거지였다.

영은 보제 선사는 전등 역사서의 종합판이라고 할 수 있는 「오등회원」 스무 권을 편집했다. 소동파는 항주 자사를 두 번 지냈고, 가까운 서호에 제방을 쌓은 까닭에 소제蘇堤라는 이름으로 오늘까지 전해져 온다. 그런데 제방 축조 비용을 도첩(승려증)을 만들어 판 돈으로 충당했다고 하니 역사의 아이러니라 하겠다.

언젠가 항주와 소주를 찾았을 때의 기억은 지금도 그리 유쾌하지 않다. 그 유명한 서호도 기대가 너무 컸던 탓인지 내 눈엔 그저 그런 보통 호수일 뿐이었다. 영은사 비래봉飛來峰에는 삼백여 개의 부처님이 조각되어 있었다. 고구려의 보덕 화상이 백제로 망명 올 때 당신이 정진하던 바위를 통째로 가지고 날아왔다고 해서 그것을 '비래방장飛來方丈'이라고 부르는 것이 생각났다. 석회암 덩어리인 영은사의 비래봉은 멀리 인도에서 날아온 산이라고 하는데, 이 산이 다시 인도로 날아가지 못하도록 수백 개의 부처님을 조각하여 눌러 놓았다는 것이다.

산의 비보裨補로서 조성했다는 부처님을 동굴 속을 다니며 한분 한분 찬찬히 뜯어 보고 있는데 집합 시간이 됐다고 사방에서 소리쳤다. 안내원이 재촉해 대는 통에 제대로 친견도 못하고 대충 훑어보고는 '붙들려' 간 곳이 용정차 다원이었다. 차를 팔아 주는 인연으로 생기는 구전 때문에 우리를 그렇게 다그쳤음을 나중에 알고는 씁쓰레함을 감출 수 없었다.

그런데 서호 호수에서도 그랬고 영은사에 나들이 나온 사람들의 허리춤에는 누구랄 것 없이 찻물 병이 매달려 있었다. 투명한 플라스틱 병에는 찻잎이 가라앉은 푸르스름한 찻물이 들어 있었다. 녹차를 마시는 일이 일상사가 되어 있는 그들의 모습에서 그야말로 다반사茶飯事의 한 단면을 볼 수 있었다.

남전 스님과 귀종 스님이 함께 길을 가다가 목이 말라서 차를 달였다. 불쑥 남전이 물었다.

"다른 날 어떤 이가 극칙極則(불법의 요체)을 물어 온다면 뭐라고 대답하시겠소?"

그런데 귀종 스님의 답변이 언뜻 듣기에는 동문서답이다.

"이 자리에 암자를 세우면 좋겠소."

그런데 그게 아니다. 지금 서 있는 이 자리 이 순간이 바로 불법의 요체라는 의미이다. 제대로 답변한 것이다. 거기다가 '조주의 차 한 잔'을 더한다면 금상첨화리라. 그런데 남전 스님은 그 말을 전혀 알아듣지 못했다. 귀종 스님이 무소유 납자에 어울리지 않게 '토굴 타령'을 하는 줄로 알았다. 그래서 신경질적으로 되쏘아 물었다.

"암자 짓는 일은 그만두고 극칙의 일은 어떠하오?"

말귀를 못 알아듣고 엉뚱한 소리만 거듭하는 남전이 하도 한심해서 귀종은 다관을 걷어차 버렸다. 갈수록 태산이라고, 엎질러진 차가 아까워 남전이 중얼거렸다.

"사형은 차를 마셨으나 아직 나는 먹지 못했소."

이에 귀종이 혀를 끌끌 차며 말했다.

"그런 소견머리로는 물 한 방울도 녹이지 못하겠소."

그러고는 쌩 하니 혼자 가 버렸다. 복장 터지기 전에 차라리 떼 버리고 제 갈 길 가는 게 서로를 위해 더 나은 일이다.

그런데 그 차는 어느 지방에서 나온 차였을까?

용. 정. 차?

알 수 없다.

임제 선사 탑전에서 열받다

해동 조계종의 종조인 도의 국사의 다례재를 조계사 대웅전에서 모셨다. 삭발, 목욕 재계하고 참석했다.

설악산 진전사에는 도의 국사의 부도와 탑이 남아 있다. 폐사지였던 탑전도 얼마 전에 복원을 마쳤다. 종조는 종도의 사상적 구심점이며 정체성 확립의 방편이다. 종조는 부처님과 같은 반열에 두는 것이 종문의 가풍이기도 하다. 그렇건만, 진전사에 있는 종조의 부도탑에 참배하는 인구는 손으로 꼽을 정도라고 하니, 조계종 사부 대중에게 종조가 어떤 존재로 각인되어 있는지 적나라하게 보여 주는 방증이라 하겠다.

진전사 가까이에 해동 제일의 성지로 인기 높은 봉정암이 있다. 그곳의 부처님 진신 사리탑 참배와 연계한, 도의 국사 부도탑 순례 프로그램을 마련하여, 부처님 제자로서, 또 종도로서의 정체성을 확립할 수 있는 대대적인 인식 전환 운동을 전개해야 할 시점인 것 같다.

조사 사리탑은 참배만을 위한 단순한 추모 공간이 아니다. 깨달음의 공간이다. 부도탑 참배 공덕으로 깨우친 대표적인 인물이 향엄 지한이다. 그는 키가 칠 척이나 되고 아는 것도 많아 제 잘난 맛에 살았다. 그런 그에게 하루는 스승인 위산 영우 선사가 느닷없이 질문을 던졌다.

"그대는 처음 부모의 태에서 갓 나와 동서를 아직 알지 못하던 때의 본분의 일을 한마디 일러 보시오."

말재주나 잔머리를 굴려서 대답할 수 있는 질문이 아니다. 선지가 있어야만 답할 수 있다.

기고만장하던 지한 스님은 그만 대답이 콱 막혀 고개를 숙였다. 한참 뒤에 정신을 추스리고 스승에게 답을 청했으나 돌아온 대답은 "스스로 해결하라"는 것이었다. 아무리 궁리해 보아도 진전이 없었다. 자존심도 상하고, 스스로를 원망하는 마음이 일어나 결국 걸망을 쌌다.

선사는 정처 없이 길을 다니다가 우연히 남양 혜충 국사의 사리탑을 지나게 되었다. 그곳을 참배하고 나서 탑전塔殿에서 몸과 마음을 추스려 주변의 풀과 나무들을 이리저리 정리했다. 번민을 쉬니 위산 선사가 준 화두가 저절로 참구되었다. 그러던 어느 날, 주변을 청소하다가 땅바닥에 튀어나온 기와 조각을 보고는 뽑아서 멀리 내던졌다. 그 기와 조각은 대나무에 부딪쳐 "딱" 하는 소리를 냈다. 그 소리를 듣고서 그 자리에서 홀연히 깨쳤다. 저절로 웃음이 "껄껄껄" 나왔다. 그 대답 별거 아니네.

임제 의현 선사가 달마 선사의 부도탑에 이르렀다. 그때 탑전에 사는 스님이 물었다.

"화상은 부처님에게 먼저 절하십니까, 조사에게 먼저 절하십니까?"

이게 뭔 소리야. 뭘 묻자는 거야. 내가 대웅전에 들르지 않고 곧바로 이쪽으로 온 것을 눈치라도 챈 것인가. 아니겠지. 뭘 모르고 하는 소리렷다. 어디 한번 무게나 달아 보자.

"부처와 조사 모두에게 절하지 않습니다."

질문이 하도 가당찮으니까 대답도 거기에 걸맞게 해 버린 것이다.

"화상께서는 부처님과 조사와 무슨 원수라도 졌습니까?"

내 이럴 줄 알았어, 완전 맹탕이군. 그저 탑만 지키고 있을 뿐 안목이라고는 눈곱만큼도 없는, 그야말로 '밥중'이었던 것이다. 말귀를 전혀 못 알아듣고, 묻는 말마저 동문서답이었다. 임제 스님은 어이없어 더는 묻지도 대꾸하지도 않고 열(?) 받아 참배도 그만둔 채 그 자리를 떠나 버렸다.

그렇더라도 그냥 '쌩' 하고 튀어나올 것은 뭐람. 시탑자侍塔者가 마음에 들지 않더라도 삼 배나 마치고서 떠나실 일이지. 성깔하고는……. 하긴 임제 선사가 풀 먹인 옷 칼칼하게 세우고 찬바람 내며 다니던 젊은 시절 이야기겠지. 결론은 부도탑도 아무나 지키는 게 아니라는 것이다.

금강산을 그리워한 소동파

당나라, 송나라 때에 글을 가장 잘 쓴 사람을 두고 '당송팔대가'라고 일컫는다. 그 여덟 명 중에 무려 세 사람이 소동파네 집안이다. 소동파와 더불어 역시 빼어난 문장가로 알려진 그의 아버지 소순과 동생 소철이 그 팔대가에 든다.

소동파는 「주역」과 「서경」의 주석서를 남겼고 「전적벽부前赤壁賦」라는 최고의 명문을 남겼다. 그럴 뿐만 아니라 그가 즐겨 머리에 둘러 쓴 갓은 얼마나 모양이 특이했던지 '동파건東坡巾'이라고 불렀다. 또 미식가로도 유명했던지 '동파육東坡肉'이라는 요리가 남아 있을 정도다. 동파육은 그가 항주에 살았을 때 자주 만들어 먹었다고 알려져 있다. 돼지 갈비살을 간장, 설탕, 파, 술 따위로 양념하여 은근한 불에 오래도록 끓인 것으로, 고기가 두부처럼 부드럽고 맛이 좋아 지금도 중화 요리집 메뉴판 한쪽을 당당히 차지하고 있다. 소동파는 한마디로 분야를 가리지 않는 팔방미인이었던 셈이다.

절집과의 인연도 만만찮았다. 소동파는 사천 아미산 태생으로 여덟아홉 살 때 이상한 꿈을 꾸었다. 전생 같은데, 승려의 모습으로 섬서성 오른쪽에 있는 섬우 지방을 왕래하는 꿈이었다. 그렇지 않아도 어머니가 그를 임신했을 때 눈이 하나뿐인 스님이 찾아오는 태몽을 이미 꾼 바 있었다.

운문 문언의 제자이며 오조산에서 머물던 사계 선사는 섬우 사람으로 외눈이었다. 사계 선사가 열반한 지 오십 년이 지난 때에 동파의 나이가 마흔아홉 살이었으니 사람들은 그를 오조 사계의 후신이라고 하여 '계 화상戒和尙'이라는 별명으로 부르기도 했다.

그랬건만 소동파는 젊은 날에는 불법과 크게 인연이 없었던 모양이다. 예순여섯 살이 되어서야 동림 상총 선사를 만나 불법에 귀의하였고 그 선사의 법문을 듣고서 안목이 열렸다. 동림 선사는 임제종 황룡 혜남 선사의 제자로 "마조가 다시 환생하였다"는 말을 들을 만큼 법력이 높았으며, 혜남 선사에 견주어 '소남小南'이라고 불리며 칠백 대중을 거느린 대선지식이었다. 소동파의 오도송은 동림 선사에게 보내는 편지 형식을 띠고 있다.

계곡물 소리는 그대로가 부처님의 설법이요
산색은 그 자체로 어찌 청정 법신이 아니겠는가
어젯밤 깨침으로 다가오는 팔만사천 법문을
다른 날에 어떻게 남에게 보여 줄 수 있겠는가
溪聲便是廣長舌　山色豈非淸淨身
夜來八萬四千偈　他日如何擧似人

동림 선사가 열반하자 소동파는 또 스승에게 글을 올렸다.

당당하던 상총 선사시여
출가자 중의 출가자로다
숨을 쉴 때마다 그것은 구름이 되었고
하품할 때마다 바람이 되었네
堂堂總公　僧中之龍
呼吸爲雲　噫欠爲風

소동파는 절집과 관련하여 많은 일화를 남겼다. 그 가운데 불인 요원 선사가 소동파가 관복에 걸치고 있던 옥대를 두고서 그와 내기를 하여 마침내 빼앗아 버린 일이 있다.

어느 날이었다. 불인이 방에 들어가려는데 약속도 없이 동파 거사가 불쑥 찾아왔다. 그러자 불인 선사가 그에게 한마디 쏘아붙였다.

"이곳에는 앉을 자리가 없어 거사를 모실 수 없소이다."

손님을 문 밖에 세워 놓고 들어오지 못하게 하니 가만 있을 동파가 아니다. 바로 맞받아쳤다.

"그렇다면, 잠시 스님의 육신을 자리로 빌려서 앉아 봅시다그려."

자리가 없다면 스님의 몸을 좌복 삼아 그 위에 앉으면 되지 않느냐는 말이었다. 열차나 버스에서 한 자리 표만 끊고서 어린애를 무릎 위에 앉히고 가는 풍경을 떠올리면 된다. (아이라면 모를까, 어른은 좀?) 치기 있는 역공을 당했지만 선사는 여유로운 웃음을 날리며 한마디 했다.

"이 산승이 질문을 하나 하겠소. 대답하면 앉게 해 주겠지만, 대답하지 못하면 그 옥대를 풀어 내게 주시오."

법 거량으로 내기를 하자는 것이다. 소동파는 나름대로 모든 분야에 걸쳐 두루 일가견을 갖추었다고 자부했기에 자신 있게 뭐든지 물어 보라고 했다.

"거사는 조금 전에 이 산승의 육신을 빌어서 앉겠다고 하셨는데, 육신이란 본래 공空이며, 오온五蘊 또한 있는 것이 아닙니다. 그런데 거사는 도대체 어디에 앉겠다는 말이오?"

아무리 생각해 봐도 대답이 떠오르지 않았다. 할 수 없이 옥대를 풀어 놓고 가려고 하자, 불인 선사가 좀 미안했던지 행각할 때 입던 자기 누더기를 그에게 선물했다. 벼슬을 상징하는 옥대를 버리고 수행을 의미하는 납의를 얻어간 이

일화는 시사하는 바가 크다.

사람의 처지란 언제든지 바뀔 수 있는 것이다. 소동파가 경구에 있을 때 금산사 주지로 있던 불인 선사가 경제적인(?) 문제로 강을 건너 찾아갔다. 이번에는 동파가 역공을 폈다.

"조주 스님은 왕이 찾아와도 선상禪床에서 내려오지도 않았다는데, 스님께서는 무슨 일로 강까지 건너왔소?"

속마음을 들켰을 때는 에둘러 표현하는 수밖에 없다. 글쟁이에게는 글로 대답하는 것도 좋은 방법이다. 물론 순발력은 필수다.

"그 옛날 조주 스님은 겸손이 부족하여 선상에서 내려오지 않고 두 임금을 맞았지만, 이 모든 세계를 선상으로 여기고 있는 금산의 무량한 모습만 하겠는가?"

문맥으로 보건대 뭔가 시주를 구할 일이 생겨 손 벌리러 간 것이 틀림없어 보인다. (그러니까 있을 때 잘하지 않고!)

1094년 가을, 소동파가 남화사南華寺를 찾았다. 절에 간 김에 편안히 쉴 겸해서 관복을 벗고 승복으로 갈아입었다. 변辯 장로와 이런 저런 이야기를 나누며 앉아 있는데 생각지도 않은 손님이 찾아왔다. 공무로 온 관리였다. 관복을 입고서 맞이해야만 했다. 하도 다급해서 승복을 속옷 삼아 그 위에다가 관복을 걸쳤다. 멋쩍은 표정을 지으며 변 장로에게 사과하듯 변명하듯 말했다.

"속에는 승복을 입고 겉에 관복을 걸치니 마치 양민을 억

눌러 천민을 만든 꼴입니다."

절에 와서 제대로 단월 노릇도 못하고 도리어 관료 일을 해야 하는 자신의 처지를 빗댄 말이다. 자상한 변 장로는 오히려 위로해 준다.

"외호도 적은 일이 아닙니다. 영축산에서의 부처님의 부촉을 잊지 마소서."

관리란 부침이 있기 마련이다. 잘 나갈 때야 나는 새도 떨어뜨리지만 추락할 때는 날개가 없다. 동파가 1097년 정치적인 이유로 담이국으로 귀양을 가게 되었다.

그에 앞서 1094년에 사주 대사의 초상화에 찬讚을 써 준 적이 있었다. 그 찬의 마지막 구절이 '쬐금' 지나쳤다.

"…동파의 찬을 보는 수많은 사람 모두 성불을 하리라."

유배를 떠나는데 고을 수령이 직접 와서 위로의 말을 전하면서 자기 아내의 꿈 이야기를 해 주었다.

"내 아내 심씨가 정성껏 사주 대사를 섬기는데, 하루 저녁은 꿈에 사주 대사가 이별을 고하더랍니다. 그래서 어디로 가시느냐고 물으니 72일 뒤에 소동파와 함께 간다고 하더랍니다. 그런데 오늘이 바로 72일째 되는 날입니다. 이 어찌 정해진 인연이 아니겠습니까?"

위로를 하는 것인지 염장을 지르는 것인지 알 수 없지만 이미 마음을 비운 동파가 말했다.

"세상일이란 어느 것 하나 정해진 인연 아닌 게 없습니다.

그런데도 공덕을 지은 바도 없는 내가 사주 화상과 동행하는 영광을 얻게 되었으니, 이는 전생의 인연 아니겠습니까?"

소동파가 대각 회련 선사의 비문을 짓는 일을 맡았다. 비문을 쓰려면 그 사람의 행장을 잘 알아야 한다. 드러난 공식적인 행적 말고 숨은 이야기도 수집할 수 있으면 내용이 훨씬 짬지게 된다. 그런 이야기는 남의 입을 통해야만 알 수 있다. 더구나 회련 선사는 입이 매우 무거웠다. 영종 임금이 선사에게 손수 조서를 내려 어떤 절이든 마음대로 골라서 주지를 하라고 했으나 사양하고서 작은 절에서 살았다. 하지만 그 사실을 아는 사람이 별로 없는데, 참요라고 하는 운문종 스님이 그 일을 귀띔해 주었다. 남의 말만 믿고 함부로 비문에다가 올릴 수는 없는 일, 선사에게 가서 "정말 그런 일이 있으면 비문에 한 구절 넣고 싶다"고 직접 확인했으나, 돌아온 대답은 "그런 일 없다"였다. 선사가 입적한 뒤 유품을 정리하는데 편지함 속에서 그 조서가 나왔다. 동파는 이렇게 탄식했다.

"도를 얻은 사람이 아니면 어떻게 이런 덕을 간직할 수가 있겠는가?"

동파 또한 늘 수행인으로서 절제된 삶을 살았다. 배가 고파야만 밥을 먹었고 배 부르기 전에 숟가락을 놓았다. 더불어 수식관數息觀 수행도 게을리하지 않았다. 산책으로 속이

웬만큼 비면 방에 들어가 단정히 앉아 생각을 고요히 하고는 내쉬고 들이쉬는 숨을 세었다. 하나에서 열까지, 열에서 백까지를 세어 수백에 이르게 되면 "이 몸은 우뚝해지고 이 마음은 고요해서 허공과 같아져 번거롭게 금기하고 다스릴 일이 없어진다"고 했다. 그렇게 오래 하다 보면 한 숨이 스스로 머물러 들어가지도 나가지도 않을 때가 나타난다고 그는 적었다. 이때 그 숨이 팔만사천 털구멍을 통해 구름이 뭉치고 안개가 이는 듯한 경지가 나타나면 무시 이래 모든 병이 절로 없어지고 모든 업장이 소멸된다고 했다. 그러면, 마치 눈먼 사람이 홀연히 눈을 뜨듯, 저절로 밝게 깨달아 남에게 물을 필요가 없어진다는 말로 마무리를 지었다. 그는 늘 일과 수행을 함께 한 재가 선지식이었던 것이다.

소동파는 또 우리나라 금강산을 애타게 그리워했다고 한다. "원컨대 고려국에 태어나 한번이라도 금강산을 보게 되기를……" 하고 발원했다고 하니, 지금쯤 금강산 관광단에 끼어 있을지도 모를 일이다. 아니, 이미 다녀갔을지도.

소동파의 남동생인 소철과 여동생인 소소매도 범상치가 않았다. 불인 선사가 금산사에 살면서 두 형제와 서로 자주 왕래했는데, 동생 소철이 선사에게 이런 시를 보내왔다.

굵은 모래를 시주해도 부처님은 기꺼이 받으시고
돌멩이를 공양해도 스님은 싫어하지 않는구나.

빈손으로 멀리서 오니 무엇을 요구하시겠는가
아무 것도 더하거나 보탤 것이 없구나.

철저한 무소유의 공空의 정신을 표현한 이 시를 받고서 불인 선사는 무슨 생각을 했을까? 일단 공부 경지에 대해서는 높은 점수를 주었을 것 같다. 하지만 다른 한편으로는 씁쓸함을 금하지 못했을 것이다. 재가자가 먼저 무소유를 외치니, 혹여 장맛비에 금산사의 기왓장이 무너져 큰 시주가 필요하게 되더라도 그 집에 가서 화주하겠다는 마음은 싹 사라졌을 것 같다.

소동파와 소철이 글재주에서나 불심에서 난형난제인 터에, 그 누이동생 소소매 또한 가슴이 아릴 정도로 아름답고 신심 있는 글 '관음예문'의 작가로 이름이 높다. 그는 관세음보살을 이렇게 찬탄했다.

혜매는 고해 중생 건져 주시려
연붉은 옷자락 무지개로 주옵시고
애욕으로 두 눈 어둔 중생 건져 주시려
하늘 여인 몸으로 바람처럼 오시는……

관음예문을 지은 소소매

'관음예문'은 1748년(영조 24년) 간행된 「범음집梵音集」에 실려 있다. 사실 여부와 상관 없이 소동파의 여동생인 소소매가 지었다고 전해 오는 것 자체가 그의 신심과 아름다운 마음씨를 대변해 준다. '관음예문' 속에서 수행자의 모습을 함께 읽어 낼 수 있다.

지나간 겁 동안 쌓고 지은 죄
홀연히 한 생각에 없어지이다
불꽃이 마른 풀을 태워 버리듯
하나도 남김없이 없어지이다

소소매의 선시 실력을 엿볼 수 있는 일화가 있다. 소동파와 황산곡이 정원에서 차를 마시며 놀고 있었다. 산곡 황정견은 황룡 조심 선사의 법을 이은 시인인지라 법에 대해서도 나름대로 일가견을 가지고 있었다. 그 자리에 소소매가 왔다. 둘 다 아연 긴장하였다. 왜냐하면 소소매는 심심하면 어려운 문제를 가지고서 사람 떠보기를 좋아한 까닭이다. 아니나 다를까, 소소매는 밝은 달을 잠시 바라보더니 이윽고 시를 읊기 시작했다.

산들바람에 가녀린 버들(輕風 □ 細柳)
으스름 달빛에 매화(淡月 □ 梅花)

그러고 나서 두 사람을 보고 알 듯 모를 듯한 미소를 지으며 한 수 가르침을 청했다. 빈 곳(네모칸)에 어울리는 글자를 넣어 달라는 거였다. 몰라서 묻는 게 아니라 실력을 테스트하기 위한 시험 문제를 냈다는 표현이 맞을 것이다. 먼저 황정견이 '무舞'와 '은隱'을 넣어서 답안을 작성했다.

산들바람에 가녀린 버들이 춤추고
어스름 달빛에 매화가 숨었네
輕風舞細柳
淡月隱梅花

하지만 돌아온 소소매의 평은 "너무 통속적이다"는 것이었다. 황정견이 좋은 점수를 받지 못한 것을 보고서 동파는 몇 번 잔머리를 굴린 끝에 '요搖'와 '영映'을 넣었다.

산들바람에 흔들리는 가녀린 버들
으스름 달빛에 비치는 매화
輕風搖細柳
淡月映梅花

그러자 누이동생은 더 심한 혹평을 내렸다.

"매우 실질적이군요. 이전 사람들이 상투적으로 많이 쓴 글자라 새로운 맛도 없고……."

두 사람은 서로의 얼굴을 보며 입맛을 다실 뿐이었다. 또 당했군! 그럼, 어디 네가 한번 해 보라는 표정을 지었다. 소소매는 기다렸다는 듯이 '부扶'와 '실失'을 넣었다

산들바람은 가녀린 버들가지를 붙들고
으스름 달빛은 매화를 사라지게 하네
輕風扶細柳
淡月失梅花

두 사람 모두 "절묘하다"면서 찬탄했다. 소소매가 보탠 두 글자는 보통 사람의 눈에도 소동파와 황정견의 안목보다 문학적으로, 선禪적으로 한 수 위였다. '부扶' 자를 사용한 것은 형체도 없고 그림자도 없는 바람의 모습을 드러내게 만들었고 '실失' 자로써 담담한 달빛과 매화를 하나로 만들어 버리는 솜씨를 보였다. 드러내면서 숨기는 현은現隱의 중도 법문이 영락없다.

소소매를 생각하니 우리나라의 난설헌 허씨가 떠오른다. 작은오빠 허봉은 어린 난설헌에게 글을 가르쳤고 난설헌이 시집간 뒤에는 붓도 선물하고 두보의 시집도 보내 주곤 했

다. 소설 「홍길동」의 저자인 동생 허균은 '자기보다 누나가 더 글을 잘 쓴다'고 한 바 있다.

허균은 누나가 요절하자 남아 있는 시들을 명나라 시인 주지번朱之蕃에게 보내 중국에서 난설헌 시집이 간행되었다. 1711년에는 분다이야지로(文台屋次朗)에 의해 일본에서도 시집이 나왔다. 이미 그때 아시아 문화권을 아우르는 대시인으로 인정받은 것이다. 하지만 정작 본인은 여자로 태어난 것, 조선에서 태어난 것, 그리고 지금의 남편을 만난 것을 원망하며 한 생애를 스스로 마감했다. 주변사와 가족사가 받쳐 주지 않으니 소소매처럼 여유 있는 선시까지 남길 여력은 없었나 보다.

더위를 사라지게 하는 이야기

"더위를 물리치려면 피하지 말고 더위 속으로 들어가라"는 선사들의 대갈일성은 더위 또한 마음먹기에 달려 있음을 강조한 것이다.

선어록 가운데에도 더위를 쫓기에 안성맞춤인 시원한 이야기가 없을 리가 없다. 형악 곡천 선사는 더운 여름에 어울리는 일화를 몇 건 남기고 있다. 분양 선소의 법을 받은 그는 기행을 즐긴 탓에 기인奇人으로 불리기도 했다. 그가 기인답게 형악衡嶽에서도 가장 험준한 곳에 있는 보진암에 살 때 일이다.

여름밤이 얼마나 더운지 선사는 토굴 밖으로 나가 시원한 큰바위 위에 앉아서 좌선을 하고 있었다. 그 옆에 큼직한 뱀이 똬리를 틀고 함께 앉아 있었다. 아무래도 느낌이 이상해서 눈을 떴다. 뱀을 발견한 선사는 가만히 허리띠를 풀었다. 단전에 땀띠가 나는 것 같았는데 허리띠를 풀어헤치니 온몸이 시원했다. 그 허리띠를 장난삼아 뱀의 허리를 묶어 놓았다. 그런데 얼마 뒤 선정에서 깨어 보니 뱀이 없어졌다. 단단히 묶어 놓았는데 한밤중에 어디로 사라진 것일까?

그러나 선사에게는 뱀이 사라진 것이 문제가 아니었다. 하나밖에 없는 허리띠가 없어진 것이 사실 더 큰일이었다.

이튿날 아침에 한 손으로는 지팡이를 잡고 다른 한 손으로는 승복의 허리춤을 쥐고서 온 산을 헤매었다. 생각만 해도 저절로 웃음이 나오는 풍경이 아닐 수 없다. 그렇게 애써 찾아다닌 끝에 드디어 허리띠를 발견했다. 허리띠는 마른 소나무에 걸려 있었다.

짐작컨대 그 뱀은 소나무 정령精靈이었던 모양이다. 뱀 이야기와 귀신 이야기가 합쳐진 것이긴 하지만 더위를 물리치기에는 좀 썰렁(?)하달까, '2퍼센트가 부족하다.' 하지만 다음 이야기는 등골까지 오싹하게 만든다. 거의 식인 상어 '죠스'와의 싸움을 연상하게 한다.

선사가 어느 때 도오산道吾山에 살고 있는 자명 초원 선사를 만나러 갔다. 두 선사는 한판 멋지게 법 거량을 마친 뒤 가까이에 있는 커다란 연못 옆을 나란히 걸어갔다. 마침 너무 더워서 온몸이 땀으로 뒤범벅이 되어 목욕을 하지 않으면 안 될 형편이었다. 그런데 그 못에는 독룡毒龍이 살고 있었다. 그놈이 얼마나 예민한지 수면에 나뭇잎이라도 떨어질라치면 뇌우를 일으켜 비가 계속 퍼붓도록 만들었다. 그러니 지나가는 사람마다 입을 막고 발꿈치를 들고 조용조용 지나가야만 했다. 숨소리조차 크게 낼 수가 없었다. 이 지역 사람이라서 이 사실을 이미 알고 있는 자명 선사는 곡천 선사의 입에 손가락을 대며 "쉿!" 하고는 조용히 지나갈 것을 부탁했다. 그런데 곡천 선사는 아랑곳하지 않고 도리

어 한 술 더 떠 큰 소리로 말하였다.

"날도 더운데 이 연못에서 함께 목욕이나 하고 갑시다."

자명 선사는 놀라서 팔꿈치를 뿌리치면서 냅다 달아나다시피해 먼저 가 버렸다. (겁쟁이 같으니라구!) 그러거나 말거나, 곡천은 용감하게 물에 첨벙 뛰어들었다. 아니나 다를까, 천둥 번개가 치고 비린내 나는 바람이 불면서 비가 내리고 숲이 요동을 쳤다. 자명은 도망가다 말고 숲 속에 숨어 쭈그리고 앉아서 이 광경을 지켜보았다. (스타일 구기네.) 틀림없이 곡천이 독룡에게 물려 죽었을 것이라고 단정했다. 만일 시신이 물에 뜨면 건져 내어 다비라도 해 주어야겠다고 마음먹고 끝까지 지켜보기로 했다. 이윽고 하늘이 개기 시작하더니 바람도 그치고 수면 또한 고요해졌다. 바로 그때 "으라찻차" 하는 소리와 함께 곡천의 민머리가 물 밖으로 쑥 올라오더니 이내 연못가로 헤엄쳐 나왔다.

물속에서 독룡과 힘으로 싸워서 항복을 받았는지, 아니면 도력으로 감화를 주어 귀의시켰는지는 모르겠다. 다만 독룡의 시체가 떠올랐다는 내용이 없는 걸로 봐서는 완력으로 죽인 것 같지는 않고, 법력으로 교화시킨 것 같다. 아무튼 이 사건만 보아도 그가 기인임에는 틀림이 없다.

그렇더라도 도인의 기준을 과연 어디에 두어야 할지는 모르겠다. 각설하고, 어쨌거나 더운 여름날 한번 가벼운 마음으로 읽고서 쪼금 시원해졌다면 좋겠다. 아니면 말고.

장대비 쏟아지는 날

후두후둑 장대비가 쏟아진다. 담장의 비에 젖은 능소화가 붉은 기운을 더하며 오히려 더 찬란해진다. 땅바닥에 꽃잎 그대로 뚝뚝 떨어진 놈은 홍건한 빗물 속에서도 여전히 자기 빛깔이다. 누군가 그랬다. 질 때의 초라함을 보이기 싫어 한창때 모습 그대로 뚝 떨어지는 것이라고. 봄날 남녘의 동백꽃이라 한들 이에 비기겠는가. 한참 동안 그 꽃잎을 바라보며 빗소리에 취해 있었다.

경청 도부 선사가 비 오는 날 시자에게 물었다.

"문 밖에 무슨 소리인가?"

"빗방울 소리입니다."

선사가 혀를 차며 말했다.

"어리석은 놈이 전도되어 자기조차 잃어버리고 빗소리만 따라가는구나."

이에 시자가 머리를 긁적이며 물었다.

"스승님께서는 어떠신지요?"

시자를 힐끗 쳐다보며 알 듯 말 듯한 미소를 잠깐 내비치더니 선사가 말했다.

"나도 하마터면 나를 잃어버릴 뻔했다."

그렇다. 깊은 산 속에서 문을 닫아걸고 여름 안거가 한참 무르익어 갈 무렵 어김없이 장마철이 온다. 예민하고 명징한 의식 속에서 그 비가 자기를 잃어버리게 할 만큼 매력적인 소리임을 인정한 선사의 솔직함이 오히려 더 빛난다.

앙산 혜적 선사가 비 오는 날 어떤 납자에게 말했다.

"좋은 비(好雨)로구나."

"네에~, 참 좋은 비입니다."

또 걸려들었다. 바로 되돌리니 비수가 되어 그대로 가슴에 꽂힌다.

"그 좋다는 것은 비의 어느 부분에 있느냐?"

납자는 화들짝 놀라 정신을 추스렸지만 질문에는 아무 답도 하지 못했다. 그러자 선사가 말했다.

"답을 알고 싶으면 그대가 나에게 다시 묻거라."

물론 이는 정해진 수순에 따른 것이다.

"선사께서 좋은 비라고 하였는데 그 좋은 것이 비의 어디에 있습니까?"

선사는 아무 말 없이 손가락으로 비를 가리켜 보일 뿐이었다.

빗소리에 홀리면서도 그 홀림은 그저 단순한 홀림이 아니라 주객主客이 합치되듯 나와 빗소리가 둘이 아닌 경지로 한 걸음 더 나아가야 함을 보여 주고 있다.

하안거 제도는 비 때문에 생겼다. "부처님 제자들은 우기에도 아랑곳 않고 돌아다니며 나뭇잎을 상하게 하고 개구리나 지렁이를 밟아 죽인다"며 비구들의 '무자비함'을 사람들이 비난했기 때문이다. 사문들 발 밑이 아니라도 개구리는 빗속에서 뱀을 만난다면 괴로운 중생이 된다.

경천 선사가 비 오는 날 이상한 소리가 들려와서 물었다.
"문 밖에서 나는 소리는 무슨 소리인가?"
"뱀이 개구리를 잡아먹는 소리입니다."
"중생의 삶이 고苦라고 하더니, 정말 괴로운 중생이로구나."

이 이야기는 동산 양개 선사에 의해 한 차원 높아진다.

"뱀이 개구리를 삼키고 있는데 구하는 것이 옳은가, 구하지 않는 것이 옳은가?"
구하자니 (무서워서?) 엄두가 나지 않고, 그대로 두자니 자비심 없는 짓이다. 생태계의 순환 구조에 인위적으로 끼어드는 것이 과연 연기 법칙에 맞는 일인가 하고 잔머리를 굴려 보기도 한다. 이러지도 저러지도 못할 때는 침묵이 제일이다. 그러자 선사가 대신 대답하였다.
"구하면 두 눈이 멀어 버릴 것이며, 구하지 않는다면 형체도 그림자도 보이지 않을 것이다."

구하겠다는 마음을 내면 이는 피아彼我를 분별하는 까닭에 내 지혜의 눈이 멀어져 버릴 것이요, 구하겠다는 마음이 없으면 불쌍한 개구리는 결국 잡아먹히고 말 것이다.

이럴 수도 없고 저럴 수도 없으니…….

이를 어찌하면 좋을꼬.

비단 부채에 서늘한 바람

장마가 끝나면 불볕더위가 이어진다. 짚신 장수와 우산 장수 아들을 둔 노모처럼 비가 와도 걱정, 해가 이글거려도 걱정이다. 이래저래 중생계는 근심이 끝날 날이 없다. 그 때문에 사바세계를 인토忍土라고 했나 보다.

더위는 밀짚모자로 웬만큼 피할 수 있다. 하지만 두루마기 차림의 평상복일 때로 한정된다. 가사 장삼을 걸쳤을 때는 맨머리가 제격이다. 그래서 방포원정方袍圓頂이라고 했다. 네모진 가사(方袍)와 둥근 머리(圓頂)는 수행 납자를 상징하는 말이다. 특히 공식 행사장이나 의전이 필요한 격식 있는 자리라면 뜨거운 태양 아래에서 사바세계의 열고熱苦를 덜어 줄 수 있는 유일한 수단은 부채뿐이다.

동남아의 스님들은 거의 모자를 쓰지 않고 오직 부채에만 의지하여 더위를 이긴다. 헝겊으로 만든 자줏빛 부채에는 또 지퍼가 달려 있어 호주머니 역할까지 겸한다. 그 부채의 주머니는 보시를 받는 수단으로 사용하기도 한다. 승려로서의 위의를 지키면서 보시를 받을 수 있는 지혜가 돋보인다. 하지만 북방의 스님들이 사용하는 종이 부채에는 지퍼가 없다. 그래서 어쩌다 노상에서 봉투 공양을 받을 때에는 그것을 손에서 호주머니로 엉거주춤하며 옮겨 넣느라고 어색한 느낌을 감수해야 한다. 합죽선에 호주머니를 만들어 붙이는 것은 불가능한 일이니 말이다.

선사들의 부채는 햇빛 가리개나 보시를 받는 도구로만 만족하지 않았다. 오히려 소리꾼들의 부채 기능에 더 가깝다고 할 것이다. 판을 장엄하기 위해 소리와 추임새에 방점을 찍어 주는 기능을 더 우선시했기 때문이다.

분주 무업 선사에게 어떤 남자가 물었다.

"어떤 것이 조사께서 서쪽에서 오신 뜻입니까?"

"푸른 비단 부채에서 서늘한 바람이 풍족하느니라."

선사는 '푸른 비단 부채(青絹扇子)'라고 했다. 또 혜근 선사는 '붉은 비단 부채(紅羅扇)'라는 말을 썼다. 그 시절 선가에서는 지금처럼 종이 부채만 사용한 것은 아니었던 모양이다. 비단 부채라니 오히려 남방 부채를 연상시킨다.

"어떤 것이 조사께서 서쪽에서 오신 뜻입니까(如何是祖師西來意)?"라는 심각한 질문에도, 부채의 바람은 여유롭기만 하다.

비슷한 시대를 살았던 마곡 보철 선사가 부채를 부치고 있는데 어떤 이가 다가와 물었다.

"바람의 성품은 항상하여 두루하지 않는 곳이 없거늘 선사는 어째서 부채를 흔들고 계십니까?"

어른의 위치에 있으면 좀 덥더라도 위의를 지키면서 점잖게 앉아 있을 일이지, 경망스럽게 보통 중생들처럼 더위를 식히겠다고 망상을 일으켜 부채질을 해 대는 꼴이 마뜩찮았던 모양이다. 그래서 한 할喝을 날린 것이다. 그에 대한 한 답방答棒이 날아오지 않을 수 없다.

"그대는 바람의 성품이 항상 있는 줄만 알지, 두루 미치지 않는 곳이 없는 줄은 모르는구나."

공기라는 체體만 알았지 바람이라는 용用을 모르니, 한쪽으로 치우친 견해임을 일깨워 준 것이다. 여기서 끝나면 재미없다. 당연히 물어야 할 말을 또 묻는다.

"무엇이 두루 미치지 않는 곳이 없는 도리입니까?"

이에 선사는 다시 부채를 흔들어 보였다. (키득키득.)

그 답변을 보충하자면 불감 혜근 선사의 '부채송'이 좋을 것 같다.

오색 구름 그림자 속에 선인이 나타나
붉은 비단 부채를 들고 얼굴을 가리는구나.
얼른 눈을 뜨고 선인을 보아야지
선인이 손에 든 부채를 보지 마라.

송대 불교를 빛낸 무진 거사 장상영

어쩌다가 운전하며 먼 거리를 갈 때에 무료하여 라디오 채널을 맞추다 보면 다른 종교 방송이 잡힐 때가 더러 있다. 그날은 누구인지는 몰라도 설교하는 말솜씨가 하도 뛰어나 혹시 설법 기술 익히는 데 도움이 될까 싶어서 잠시 그대로 두었다. 이름깨나 날리는 외래 종교의 성직자였는데 자기 종교 이론에는 전문가인지 모르겠지만 남의 종교에 대한 이해 수준은, 아니나 다를까, 바닥을 헤매고 있었다.

"말솜씨가 아깝군. 자기 종교를 남의 종교와 그렇게 비교하고 싶으면 제대로 공부부터 좀 할 일이지."

바로 채널을 돌려 버렸다. 무식하면 용감해지기 마련이다. 제대로 알면 감히 입에 올릴 수가 있겠는가. '장상영'(물론 불교를 제대로 이해하기 전의 장상영)이 부활했나 보다.

그 옛날 중원의 거사들도 처음부터 불교에 호의적인 경우는 드물었다. 과거와 벼슬살이를 위해 유가의 책을 끼고 살아온 까닭에 상대적으로 배불론적 성향을 띠게 되었던 듯하다. 문제는 불교를 제대로 알지도 못하면서 감정적으로 체질적으로 싫어하기 십상이었다는 점이다.

절집에 많은 기문과 비문을 남긴 무진 거사 장상영도 그러했다. 열아홉 살 때 과거에 합격하여 처음 맡은 소임이 문서와 장부를 관리하고 정리하는 일이었다. 어느 날 절에 들렸다가 잘 정돈된 경전과 불교 문서들을 접하고서 "우리 공자의 가르침이 오랑캐의 책만큼도 숭상받지 못하는구나" 하면서 매우 불쾌해했다. 그날 밤새도록 서재에 앉아 먹을 갈고 붓을 빨면서 종이 위에 기대어 긴 한숨을 쉬면서 야반삼경이 되도록 잠을 이루지 못하자, 부인이 그에게 말했다.

"서방님, 무슨 일로 밤 깊도록 잠을 이루지 못하십니까?"

장상영은 낮의 일을 장황하게 설명한 뒤 '무불론無佛論'을 지으려고 한다고 했다. 그러자 부인이 어이없다는 듯 황당한 표정을 지으며 한마디 했다.

"이미 '부처가 없다(無佛)'면 구태여 새삼 '무불론'을 지어서 그들을 공박할 필요가 있겠습니까? 당신은 대학자이니 불교 경전을 읽어 보고 그 모순점을 찾아내어 정당한 공박을 해 보십시오."

자기 모순을 일깨워 준 부인의 안목에 감탄하면서 '무불론' 쓰기를 일단 그만두었다. 그러고는 불교의 경전을 섭렵하다가 「유마경」에 깊은 감명을 받고서 불법에 깊은 신심이 생겨 오히려 불교를 보호해야 한다는 「호법론」을 지었으니, 참으로 아이러니하다. 그러고 보면 부인이 안목 있는 '인로왕 보살(극락정토로 인도하는 보살)'인 셈이다.

장상영이 그 부인을 처음 만난 인연도 예사롭지 않았다. 과거를 보러 가는 길에 어느 낯선 집에 묵었는데, 전날 그 집의 주인장 꿈에 선인이 나타나 이렇게 말했다.

"내일 정승을 맞이하도록 하시오."

그래서 첫새벽부터 방을 깨끗하게 치워 두고 종일 기다렸으나 정승은 고사하고 개미 새끼 한 마리 지나가지 않았다. 마침내 해질 무렵이 되자 때가 꼬질꼬질한 두루마기를 입은 가난한 선비가 찾아왔다. 긴가민가하면서도 혹시나 하고 예의를 갖추어 맞이한 뒤 그에게 물었다.

"선비께서는 어디로 가는 길이오?"

"과거 보러 가는 길입니다. 하룻밤 묵어 갈 수 있도록 허락하소서."

옳거니, 미래의 정승이란 말이지!

"아직 부인이 없다면 내 딸을 그대에게 보내 집 청소나 할 수 있도록 허락해 주구려."

장상영은 거듭 사양하였으나 끝내 그 간청을 물리치지 못했다. 설사 과거에 낙방할지라도 혼인하겠다는 서약을 하고서야 이튿날 그 집을 나올 수 있었다. 다행히 급제하였고 약속대로 그 집 딸을 부인으로 맞이했다.

무진 거사 장상영이 서울에서 벼슬살이를 하고 있을 때 일이다. 혜림사에 인연을 두고 있는 한 납자를 만났다. 이런 저런 이야기를 나누는데 그 납자의 말투에 두드러진 특징이 있었다. 제방의 다른 어느 선림이든 그 회상의 선지식의 경지를 결코 인정하지 않는 것이었다. 오직 '혜림 가풍'만이 최고라는 거였다.

남을 인정하지도, 또 남의 말을 들으려고 하지도 않는 중생심은 예나 지금이나 별로 차이가 없는 것 같다. 이럴 경우에는 정말 몽둥이가 제대로 된 치료약이다. 그리고 그 다음은 할이지만, 재가자인 무진 거사로서는 상대가 출가자인지라 그렇게 할 수는 없었다. 참고 또 참았다. 그런데도 그 납자의 거침없는 자기 문파 자랑은 끝이 없었다. 그러면서 자기의 공부 경지는 한마디도 하지 않았다. 자기 공부 살림살이가 부족하고 안목이 없을수록 문중과 스승을 등에 업고서 자기를 과시하려고 하는 법이다.

하긴 실력자나 세력가의 이름을 들먹이면서 학연, 지연, 혈연 등 자기와의 인연을 강조하는 사람치고 자기의 현재 위치가 만족스러운 사람은 별로 본 적이 없다.

듣다 못한 무진 거사가 소견 없는 안목이지만 한마디 하지 않을 수가 없었다. 그 납자의 입을 막으려니 법 거량으로 제압할 수밖에 없다.

"한 가지 묻겠습니다. 제게 가르침을 주실 수 있겠습니까?"

그제서야 그 납자는 말을 멈추고 긴장하며 무진 거사의 입을 쳐다보며 말했다.

"아! 예, 무엇이든지 물어 보십시오."

이런 사람일수록 허풍은 더 세기 마련이다.

"현자 선사에게 어떤 납자가 '조사께서 서쪽에서 오신 뜻(祖師西來意)'을 물었습니다. 그랬더니 '신주 앞에 놓인 술잔(神前酒臺盤)'이라고 했는데 그 뜻이 무엇인지요?"

그 납자는 눈이 휘둥그래진 채 한참동안 무진 거사를 뚫어지게 쳐다보더니 혼자서 몇 번이고 중얼거렸다.

"신주 앞의 술잔……?"

현자 선사는 동산 양개 선사의 심인心印을 받은 뒤 세속과 어울려 살았다. 날마다 강변에서 조개와 굴을 따다가 배를 채웠으므로 사람들이 '현자(조개) 스님'이라고 불렀다. 밤이 되면 사당으로 가서 죽은 자를 위해서 관 속에 넣는 가짜 돈인 지전을 이불 삼아 지냈다.

이런 이야기를 듣고서 화엄사 휴정 선사가 그의 도력을 시험하고자 하였다. 진짜 무애행無碍行을 하는 것인지 한갓 땡초의 기행일 뿐인지 알고 싶어서였다. 휴정 선사는 어느 날 저녁 사당의 지전 속에 먼저 들어가 숨어서 현자 선사를 기다렸다. 선사가 사당 안으로 들어오자마자 꽉 붙들고 느닷없이 물었다.

"어떤 것이 조사께서 서쪽에서 오신 뜻인가?"

현자 선사는 놀라지도 않고 머뭇거림 없이 단박에 대답했다.

"위패 앞에 놓인 술잔이로다!"

공부인으로서 손색 없는 대답이었다.

그런데 혜림 문파의 법손임을 강조하던 그 납자는 계속 묵묵부답이었다. 무진 거사가 놀리듯 한마디 하였다.

"오늘 저녁 사당에 등불이 밝혀져 있으면 그만이거니와, 그렇지 않다면 현자 선사의 불법은 헛되게 될 것이오."

지금 해인총림 방장인 법전 선사가 젊은 시절 대승사 묘적암에서 한 경계를 일으킨 뒤, 점검을 받고자 성철 선사가 머무는 파계사 성전암으로 달려가니, 질문이 날아왔다.

"어떤 학인이 스승에게 '어떤 것이 조사께서 서쪽에서 오신 뜻입니까?' 하고 물으니, 스승은 '죽은 사람 술상 위에 술이 석 잔이다'라고 대답했다. 그때 너라면 어떻게 대답하겠는가?"

바로 그 '술잔'이 그대로 활구活句가 되어 버렸다. 법전 선사는 짧은 곡소리로 대답을 대신하였다.

"아이고 아이고 아이고!"

유생일 때에 '무불론'을 쓰겠다고 할 만큼 편협한 시각을 가졌던 무진 거사는 불법을 만난 뒤로 그 마음 씀씀이가 시원하게 툭 트였다. 그는 불교와 유교뿐만 아니라 도교까지도 평등하게 대하려고 애썼다. 그리고 서로가 서로를 이해하도록 만드는 부분까지 세세하게 배려했다. 거사로서, 관료로서 모든 것을 함께 바라볼 수 있는 지혜가 있기에 가능한 일이었다.

어느 해 흉년이 크게 들었다. 도교의 도사道士들까지 장상영이 불자인 줄 알면서도 상대적으로 넉넉한 그의 집을 찾아와 양식 보시를 부탁했다. 무진 거사는 대뜸 그들에게 「금강경」 욀 것을 주문하였다. 내키지는 않았지만 어쩔 수 없이 그들도 「금강경」을 외야만 했다. 일부분만 외는 자에게는 쌀 한 말을 주고 전체를 왼 자에게는 쌀 석 섬 두 말을 시주하였다.

만일 여기까지라면 거사 또한 아직까지도 또 다른 편협한 종교관을 가지고 있다는 비판을 면치 못했을 것이다. "염불보다는 잿밥으로 승부하였다"는 소리를 들었을는지도 모르겠다. 하지만 시주 조건으로 「금강경」을 읽도록 한 것은 반야와의 인연을 맺도록 해 주기 위함이었다. 그렇기 때문에 후인들은 무진 거사가 재물 시주와 법 시주 두 가지를 했다고 평하는 것이다.

하지만 여기서 그치지 않았다. 흉년이 드니 스님들도 보시를 청해 왔다. 평소에는 법의 위력이 대단하지만 흉년에는 밥의 위력도 그 못지않다. 무진 거사는 스님들에게는 또 「노자」를 읽도록 권했다. 그리하여 서로가 서로를 알게 했다. 흉년이라는 시절 인연을 이용해 불교는 도교를, 도교는 불교를 이해하도록 유도한 것이다. 남을 알아야 나를 제대로 알 수 있다. 서로 다른 가르침를 좇지만 상대방을 알게 되면 서로 이해하게 된다. 그리하여 중국 전체의 안녕과 평화를 추구하려고 한 거사의 깊은 마음 씀씀이를 볼 수 있다.

무진 거사는 대 문장가인지라 글 보시도 아끼지 않았다.

하지만 결코 그냥 써 주는 법이 없었다. 글을 주면서도 꼭 공부 무게를 달아 보고 써 주었다.

담당 문준 선사가 입적하자 그 제자들이 무진 거사에게 탑명塔銘을 부탁했다. 선사가 입적하고 난 뒤 다비를 했는데 눈동자와 치아 몇 개는 그대로 있고 사리가 무수히 나왔기 때문에 이를 기록하여 후학들을 격려하기 위함이었다. 탑명을 부탁하려고 심부름 온 납자는 그 회상에 온 지 이 년밖에 안 된 스물네 살의 젊은이었다. 초심자라고 봐줄 수는 없는 일이다. 선지에 무슨 세랍과 법랍이 필요한가. 심부름도 제대로 해야 한다. 무진 거사는 그 납자를 통해 그 집안의 솜씨를 가늠해 보고자 했다.

"한 가지 묻고자 합니다. 대답을 하면 탑명을 지어 드리겠습니다. 하지만 대답을 제대로 하지 못하면 돈 5관을 여비로 드리겠으니 발길을 돌려 다시 도솔사로 가서 참선이나 더 하십시오."

"네! 물으시죠."

"듣자니 문준 노스님의 눈동자가 부서지지 않았다고 하는데 정말이오?"

"정말입니다."

"내가 묻는 것은 그 눈동자가 아니오."

"상공은 어떤 눈동자를 물었습니까?"

"금강金剛의 눈동자를 물었소."

"금강의 눈동자야 상공의 붓끝에 있습니다."

"이렇게 되면 이 늙은이가 그를 위해 광명을 찍어 내어 그것으로 천지를 비추라는 얘기군요."

그 젊은 남자는 뜨락으로 내려서며 말하였다.

"스승께서는 참으로 복이 많으신 분입니다. 상공의 탑명에 감사드립니다."

무진 거사는 허락하면서 웃었다.

무진 장상영은 「유마경」과의 인연으로 조사의 도를 만났고 글 보시와 식량을 시주하면서도 늘 빠지지 않는 법에 대한 열정으로 송나라 시대에 불교를 빛낸 거사라고 하겠다.

한퇴지, 태전 선사를 시험하다

강릉 선교장은 전통 양반 가옥의 백미이다. 절집의 화려함과 분주함과는 달리 선비집의 단아함과 고요함이 묻어나는 그곳을, 그래서, 설악산의 성지나 낙산사를 가다가 여유가 있으면 꼭 들르곤 한다.

이 집의 사랑채인 열화당悅話堂은 도연명의 '귀거래사'의 한 구절 "열친척지정화悅親戚之情話(가까운 이들의 정다운 이야기를 즐겨 듣는다)"에서 나온 당호이다. 이 집안의 후손이 출판사를 차려 '열화당'이란 상호를 사용하여 좋은 책을 많이 낸 까닭에 지식인들 사이에서 더 유명해졌다.

입구의 활래정活來亭은 연지를 바라보고 있는 누각이다. 칠월 칠석을 앞뒤로 연꽃이 만개한다. 정자로 들어가는 대문 양쪽 기둥에는 낯익은 한문 주련이 달려 있다.

새는 연못 가의 숲으로 자러 오고
스님네는 달빛 아래 문을 두드린다.
鳥宿池邊樹 僧敲月下門

해질 무렵을 묘사한 이 시는 당나라의 시인 가도의 솜씨이다. 그러나 정작 이 시가 유명해진 것은 '작품성'이 아니라 그에 얽힌 일화 때문이다.

그는 한때 무본無本이라는 법명으로 출가했다. 어느 날 석양이 질 무렵 시를 한 편 완성해 놓고는 한 구절에서 고심에 고심을 거듭하였다. '승고월하문僧敲月下門'에서 '두드릴 고敲'를 '밀칠 퇴推로 바꿀지 말지를 심각하게 고민하였다. '문을 두드린다'가 좋을까, 아니면 '문을 밀친다'가 좋을까 고심하다가 경윤京尹(지금의 서울시장 격)의 행차와 맞닥뜨렸다. 그러나 가도는 그것도 모르고 시 삼매 속에서 오로지 "퇴? 고? 퇴? 고? 퇴……?"를 송화두頌話頭처럼 읊조리다가 행차 가운데 끼이고 말았다.

이 뜻하지 않는 돌출적인 사건에 수행원들이 놀라 법석을 피웠다. 앞에서 웅성거리는 소리가 나자 경윤이 그 까닭을 물었다. 가도가 나서서 앞뒤 사정을 이야기했다. 그러자 경윤이 퇴推 자보다는 고敲 자가 낫겠다고 일러 주어 가도의 고민을 풀어주었다. 그 경윤이 바로 한퇴지다. 그 뒤로 글을 다듬어 고치는 것을 '퇴고推敲'라고 이르게 되었다.

819년 헌종 황제가 부처님의 사리를 궁중으로 가져와 사흘 동안 모셨는데, 퇴지 한유는 "오랑캐 사람인 부처의 메마른 뼈를 궁중에 들임은 부당하니, 이를 수화水火로 소멸시켜 단절하소서"라는 내용의 「불골표佛骨表」를 올렸다. 이에 임금의 노여움을 사서 조주 땅으로 좌천되었는데 그곳에서 태전 보통 선사를 만났다. 한퇴지는 그곳에서도 기생 홍련을 선사에게 보내어 꼬시도록 했으나 실패하여 이미

기 싸움에서 밀려 있는 상태였다. 선사는 한퇴지를 만나자마자 "불교의 어떤 경전을 보았느냐"고 쏘아붙였다. "별로 뚜렷하게 본 경전이 없다"는 대답이 돌아오자, 선사가 단도직입적으로 다시 물었다.

"그렇다면, 그대가 불법을 비방함은 도대체 무엇 때문인가?"

한퇴지가 어물어물할 뿐 대답을 하지 못했다.

"만일 시킴을 받아서 하였다면 주인이 시켜 따라 하는 개(犬)와 다를 바 없고, 자신이 스스로 하였다면 제대로 알지도 못하고서 비방한 것이니 이는 스스로를 속이는 것이다."

이 한마디에 그의 뒤틀림이 스스르 풀렸다. 이제 조사의 도리를 전할 시절이 왔다.

어느 날 퇴지 한유가 선사를 찾아왔다.

"산 구경을 왔는가, 나를 보러 왔는가?"

"산 구경을 왔습니다."

"그럼 지팡이를 가지고 왔는가?"

"가지고 오지 않았습니다."

이에 태전 선사가 말하였다.

"지팡이를 가지고 오지 않았다면 말짱 헛일이다."

"……." (이게 뭔 소리여?)

큭큭, 아마 평생 화두가 되었을 것이다.

무진 거사 장상영 드디어 깨치다

간화선의 교과서로 불리는 대혜 종고 선사의 「서장」은 예순두 편의 편지글로 되어 있다. 그런데 그 편지의 주인공은 스님 두 분(성천 각 화상, 고산 체 장로)과 여자 한 명(진국태 부인)을 빼고는 모두 재가 거사이다. 이를 보더라도 간화선은 승속에 별로 차별을 두지 않는 수행법이다. 간화선의 저변화, 대중화의 근거가 바로 여기에 있다.

무진 거사 장상영의 깨침의 기연은 비교적 기록이 충실하다. 특히 선가에서 가장 어려운 공안으로 알려진 '덕산탁발德山托鉢'을 통해 인가받고 정법 안장을 갖추었다.

'덕산탁발'에 대하여 잠깐 사족을 붙이자면 그 전말이 이러하다. 덕산 선감 선사가 어느 날 밥이 늦으니 손수 발우를 들고서 큰방으로 올라갔는데, 이를 보고서 설봉 의존이 말하기를 "저 노장이 종도 치지 않았고 북도 울리지 않았는데 발우를 들고 어디로 가는가?" 하니, 덕산이 그 말을 듣고는 '그냥 되돌아갔다'는 것에서 연유한다.

무진 거사의 화두 공부는 뒷날 강서의 조운사漕運使가 되어서도 시간이 나는 대로 인근의 법석을 두루 참석하는 계기가 되었다. 조운사란 국가에 세금으로 납부되는 공물들을 실어 나르는 일을 맡은 책임자를 말한다. 동림 상총 선사에게서 법을 받은 뒤에도 그의 행각은 끝이 없었다.

도솔 종열 선사와의 인연도 재미있다. 무진 거사가 오기 전에 종열 선사는 하늘로 솟아오르는 해를 움켜잡은 꿈을 꾼 이 이야기를 수좌들에게 하고 있었다.

"태양이란 움직이며 돈다는 것이다. 무진 거사 소임이 조운사이니 이 또한 늘 움직이며 돌아다녀야 하는 일이다. 그가 머지 않아 이곳을 지나간다고 하니 내가 그를 만나 큰 송곳으로 찔러 줄 것이다. 그가 만일 수긍하여 고개를 끄덕인다면 우리 불문에 많은 도움이 될 것이다."

무진 거사와 도솔 종열 선사가 밤늦어 자리를 마주했다.

"조운사를 동림 선사께서 인가하셨다는데 무엇이 그리 의심납니까?"

"예! 천칠백 공안 중에 오직 '덕산탁발' 화두에만 의심이 갑니다."

"그렇다면 그 나머지도 알음알이로 따지고 해석한 것입니다. 그렇게 해서야 어찌 진정한 깨달음에 이르겠습니까?"

무진 거사는 분한 마음에 잠을 이루지 못하고 계속 자리에서 일어났다 앉았다를 되풀이했다. 새벽녘에 자기도 모르게 요강을 걷어차 엎어 버렸는데 그 순간 크게 느낀 바 있었다. 몹시 기뻐서 바로 종열 선사의 방장실 문을 두드리며 말하였다.

"도적을 잡았습니다."

"그렇다면 그 장물은 어디에 있느냐?"

무진이 어물어물하며 말을 못하자 선사가 말하였다.

"돌아가시오. 해 뜨거든 아침에 다시 봅시다."

그리하여 무진 거사는 게송을 지었다.

북도 종도 치지 않았는데 발우를 들고 오니
암두의 한마디 꾸중은 벽력과 같네
과연 삼 년밖에 못 살았으니
이는 그에게서 수기 받은 것 아니겠는가

이튿날 아침 무진 거사가 가지고 온 이 게송을 보고 선사는 그리 탐탁하지 않게 여겼다. 그러나 뒷날 도솔 종열 선사는 그의 깨침을 인가하였다.

향산 거사 백낙천

작소 도림 선사는 '까치집 선사'라는 별명으로 불렸다. 소문을 듣고 그 지역 태수인 백낙천이 그곳으로 찾아갔다. 아니나다를까, 선사가 나무 위에서 그가 오는 것을 가만히 내려다보고 있었다. 눈이 마주치자 백낙천이 나무 위를 올려다보고는 말하였다.

"선사께서 계신 곳은 몹시 위험합니다."

"땅 위에 있는 태수가 더 위험하오."

"벼슬이 이렇게 높은데 무슨 위험이 있겠습니까?"

"장작과 불이 서로 사귀는 것처럼 망상과 망상이 끊어지지 않으니 어찌 위험하지 않겠소?"

밖으로는 높은 벼슬을 유지하기 위하여 끊임없이 정치력을 발휘해야 하고, 안으로는 가정살이로 인한 번뇌로 심화心火가 끊어지지 않으니, 비록 단단한 땅 위에 발을 딛고 서 있다고는 하나 세상 속에 살고 있는 당신이 높은 나무에 있는 나보다도 더 위험하다는 말이었다. 그건 그렇다손치고 또 물었다.

"어떤 것이 불법의 큰 뜻입니까?"

"악을 짓지 말고 선을 쌓으시오."

"그건 세 살 먹은 아이도 아는 말입니다."

"하지만 팔십 먹은 노인도 실천하기는 어렵소."

'불법이 무엇이냐?'고 물으면 일반적인 선문답은 '뜰앞의 잣나무'니 '똥막대기' 같은 기상천외한 답변이 주류를 이루는데 작소 도림 선사는 그저 평범하고 당연한 말을 하는 까닭에 오히려 더 이상하게 느껴진다. 흔히 칠불통계게七佛通誡偈라고 불리는 "제악막작諸惡莫作 중선봉행衆善奉行 자정기의自淨其意 시제불교是諸佛敎, 곧 모든 악은 짓지 말고 모든 선은 받들어 행할지니 스스로 그 뜻을 깨끗이 함이 모든 부처의 가르침이다"를 그대로 원용하고 있다. 율종과 선종의 또 다른 접점을 읽어 낼 수 있는 부분이기도 하다.

하지만 「전등록」에서 보면 백낙천의 심요를 깨치게 한 스승은 불광 여만 선사다. 여만은 마조 도일의 제자로 나고 죽은 때는 알려져 있지 않다. 백낙천은 말년에 자기의 봉급을 털어서 용문에 향산사香山寺를 지었다. 낙성한 뒤에는 손수 기문을 지어서 달았다. 그리고 스스로를 향산 거사라고 칭했다.

그의 간절한 발원문은 오늘까지 전해 온다.

번뇌를 제거하기를 원하며, 열반에 머물기를 원하며, 십지十地에 오르기를 원하며, 사생四生을 제도하기를 원하며, 부처님이 세간에 출현할 때에 내가 가까이함을 얻어 가장 먼저 권청勸請하기를 원하며, 부처님이 멸도할 때에 내가 만남을 얻어서 최후에 공양하고 보리의 수기를 받기를 원합니다.

생활 법문이 중도 법문이다

8월 말, 9월 초가 되면 철 지난 휴가를 독려하는 여행사들의 광고 문안이 눈길을 끈다.

"남들이 쉴 때 일했고, (그래서 지금) 남들이 일할 때 쉰다."

감성을 자극하는 이 광고 문구는 중도 법문이 따로 없음을 보여 준다. 요즘의 게송은 주로 광고 회사의 카피라이터 손에서 나오는 것 같다. 이에 질세라 어느 자동차 회사의 광고 문안도 그 못지않은 내공을 보여 준다.

"내가 사랑하는 사람을 다른 사람이 쳐다본다는 것은 ……(처음에는) 기분이 나쁩니다. (하지만 가만히 다시 생각해 보면) 기분이 좋습니다."

한때 어느 대중 가수가 부른 "아아! 웃고 있어도 눈물이 난다"('그 겨울의 찻집')라는 노래 가사만큼이나 잔잔한 감동을 준다. 중도 법문은 이미 생활 법문이 되어 버렸다.

1960년대, 1970년대, 자주 국방과 경제 자립을 외치던 시절에 자주 듣던 "싸우면서 건설한다"라거나 "뛰면서 생각한다"는 고전적(?) 중도 법문들은 시대가 바뀌면서 차츰 세련된 표현으로 진화에 진화를 거듭하고 있다. 앞으로는 또 무슨 기발한 소리가 나오려나, 광고 문안을 열심히 살펴야겠다.

선가의 대표적 중도 법문이기도 한 "절름발이 자라요, 눈먼 거북이로다"라는 말과 "남산에 구름이 일어나고, 북산에는 비가 오도다"라는 말도 선어록 곳곳에 자주 나온다. 염관제안 선사는 "허공으로 북을 삼고 수미산으로 망치를 삼는다"고 하였고, 파릉 선사는 "닭은 추우면 나무 위로 올라가고, 오리는 추우면 물로 내려온다"고 한 것이나 설봉 선사의 "밥 광주리 앞에서 굶어 죽고 물가에서 목말라 죽는다"는 것도 모두 이 형식의 범주에 속한다고 할 것이다.

「선문염송」 제14칙 '오통五通'에서는 부처님과 외도 선인이 등장하여 신통력에 대해 논한다. 다섯 가지 신통력을 갖춘 선인이 부처님에게 물었다.

"부처님은 여섯 가지 신통력이 있는데 저는 다섯 가지 신통력밖에 없으니 어떤 것이 나머지 한 신통입니까?"

그러자 부처님께서 말하였다.

"선인아! 나에게 그 한 신통을 물었느냐?"

그런데 이 이야기를 듣고서 운개 본 선사는 이렇게 착어着語를 붙였다.

"미인은 벌써 하늘로 날아갔거늘 어리석은 서방님은 여전히 아궁이 앞에서 기다리는구나."

그 시의 배경에는 이런 고사가 있다.

옛날 고대 중국에 사단謝丹이라는 노총각이 살았다. 어느 날 바닷가를 거닐다가 큰 조개를 주웠다. 이를 들고서 집에 갔는데 그 조개에서 미인이 나왔다. 그 뒤로 그 미인과 함께 살았다. 그러던 어느 날 그 여인이 말하였다.

"서방님! 아궁이에 불 좀 넣어 주세요. 나는 물을 길어 오리다."

그러고 나가더니 돌아오지 않고 하늘 나라로 올라가 버렸다. 그런데도 그 총각은 아궁이에 불을 때면서 그 여자를 마냥 기다리고 있었다.

부처님의 물음에 제대로 한 답변인지 아닌지는 내 안목으로는 구별할 길이 없지만 이 답변도 중도 법문의 형식에 참으로 충실함을 알 수 있다.

송나라의 만암 치유 선사의 게송도 마찬가지다.

산호 베개 위를 흐르는 두 줄기 눈물이여!
한 줄기는 그대를 그리워하는 것이요
또 한 줄기는 그대를 원망하는 것이라.

두 줄기의 눈물을 통하여 애증愛憎을 동시에 표현한 유명한 중도시中道詩라고 하겠다. 하긴 보통 사람들도 헤어질 때 '시원섭섭하다'라고 중도적 표현을 즐겨 말한다.

덕광 선사를 모신 우연지 거사

우연지尤延之 거사는 대중적으로 크게 알려진 인물은 아니지만 그래도 그냥 흘려 지나칠 수 없는 사람이다. 그는 조정의 공물 운반을 맡은 조운사를 지냈다. 조운사는 나라 세금의 일부분을 거두어들이는 소임이라 원칙주의자가 되어야만 한다. 거사는 그 뒤 홍주 땅 태수를 지냈다. 홍주는 마조 도일 선사가 활약했던 강서 지방의 중심 도시인지라 마조 문파를 홍주종이라고 부르게 된 인연을 가진 곳이다.

우연지도 여느 거사와 마찬가지로 처음부터 신심이 있었던 것 같지는 않다. 철저하게 유가의 질서에 입각하여 자기의 정체성을 찾았기 때문에 출가자들도 그 범주 속에 포함시켰다. 그에게는 사찰도 지역 사회 관공서의 일부요, 스님네도 지역 주민의 일원일 뿐이었다. 그는 공참公參을 하는데 스님네까지 관청으로 불러 큰절을 받았다. 공참은 새로 부임한 관리가 아랫사람들의 문안 받는 것을 말한다.

그때 그 지역의 광효사光孝寺 주지가 혜홍 각범 선사였다. 선사도 꼬장꼬장함 그 자체였다. 선사가 선가의 이런저런 뒷이야기들을 모아 놓은 「임간록林間錄」의 편집을 보면 그의 성품이 확연하게 드러난다. 그러면서도 언제나 선사의 기개를 잃지 않았다. 우연지가 스님들까지 불러다가 인사를 받았다는 소리를 듣고서 "이럴 수는 없다"며 매우 불쾌하게 여겼다. 선사는 북을 울려 대중을 모이게 하고는 법상에 올라가 주지직 사임을 알리고는 이렇게 외쳤다.

"조사의 살림살이는 원래 큰 것이었는데, 누구에게 감히 자질구레하게 허리를 굽히랴? 똑똑하신 태수님 안녕히 계십시오. 나는 죽장에 짚신 신고서 마음껏 노닐고자 하오."

태수 우연지가 제대로 주인을 만난 셈이다. 물론 주지 임명권이 태수에게 있기는 하지만, 그가 출가자를 어떻게 대해야 하는지를 모르는 바는 아닐 터였다. 태수가 미안한 마음에 사람을 보내 다시 돌아와 줄 것을 요청했지만 각범 선사는 한 입으로 두말 할 위인이 아니었다. 이 사건 뒤로 우연지는 태도가 달라졌고 강서의 모든 사찰이 공권력을 견제할 수 있는 힘을 다시 갖게 되었다. 한 사람이 주지 자리를 때맞추어 잘 버리면 모두가 살게 되는 도리가 있는 것이다.

알고 보면 우연지도 본래 선지가 있는 사람이었다. 그 뒤로 당연히 수행법을 공부하게 되었고, 경지가 날로 깊어졌다. 그는 불조 덕광 선사를 스승으로 모셨다. 덕광 선사는 간화선의 교과서인 「서장」을 지은 대혜 종고 선사의 법을 이은 분이다. 당시 효 황제도 덕광 선사의 제자였다. 황제와 우연지는 왕과 신하 사이지만 같은 스승을 모시는 동문인지라 자주 격의 없이 법담을 나누었다. 그런 도반인 우연지가 태주 땅 태수로 나갈 때 효 황제가 물었다.

"그대가 태주로 가는데, 가는 길에 어떤 명소가 있는가?"

"국청사國淸寺와 만년사萬年寺가 있습니다."

유명 관광지나 식도락을 즐길 수 있는 곳을 말하지 않고 '정말 재미없는' 도 닦는 절을 열거한 것을 듣고는 황제는 매우 흡족히 여겼다. 이 한마디에 그의 가치관이 모두 드러난다. 예전의 그가 아니었다. 이제 법 거량을 할 차례다. 효황제는 두 번째 펀치를 날렸다.

"그 절에는 오백 나한이 모셔져 있는데 그들은 힘이 몹시 세다. 만일 그들이 한꺼번에 나타난다면 무엇으로 맞서겠는가?"

그러자 우연지는 주먹을 곧추세우고는 말하였다.

"제겐 금강왕 보검이 있습니다."

무슨 대단한 깊이를 가진 선문답이라고 할 수는 없지만 그런대로 주거니 받거니 하는 품새가 평균치는 되는 것 같다. 어쨌거나 우연지는 자기의 삐딱한 시각을 교정시켜 준 혜홍 각범 선사가 입적했을 때 몸소 선사의 일대기를 정리했다. 그리하여 법은法恩에 감사하는 그의 진심을 고인에게 늦게나마 전했다.

남산에서 돌을 던지면 그 돌에 맞는 사람은 '김金 씨·이李 씨·박朴 씨'라는 우스갯소리가 있다. 뒤집어 이야기하면 우리나라에는 그들 성씨를 가진 사람이 가장 많다는 말이다. 중국에는 장삼이사張三李四라는 말이 있는 것을 보면 장張씨와 이李씨가 가장 많은 모양이다. 이씨는 두 나라에서 모두 2위를 차지하는 통계적 영광을 안았다. 장삼이사란 말은 글자 그대로의 뜻은 '장씨의 세 번째 아들과 이씨의 네 번째 아들'이지만 그저 '평범한 사람'을 의미한다. 크게 배운 것 없이 신분적으로도 평민인 그들은 그야말로 '보통 사람'들이다.

「경덕전등록」에서 이 평범한 사람들이 오히려 더 빛나게 묘사되어 있는 경우를 용홍 유 선사의 말에서 찾아 낼 수 있다. 용홍 유 선사에게 한 남자가 찾아와 물었다.

"어떤 것이 공부하는 사람의 본래 자기입니까(如何是學人本來自己)?"

이것은 "어떤 것이 너의 본래 면목인가" 하는 바로 그 질문과 다르지 않다. 선사의 답변은 평범함을 강조하는 것이었다.

"장삼이사니라."

선어록 곳곳에서 평범한 사람들의 이야기가 빠지지 않는다. 대혜 종고 선사의 법문에도 평범한 노파 이야기가 나온다. 평범한 정도가 아니라 오히려 무지하천無知下賤이라고 해야 옳을 것이다.

선사가 법문하는 날, 마침 담주 지방 선화현 행정 책임자인 요등관寥等觀 자사가 참석한 것이 눈에 띄었다. 선사는 자사가 들으라는 듯 그 동네 할머니 이야기를 하였다. 할머니는 걸식으로 생계를 해결했다. 그야말로 의지할 끗줄 한 점 없었다. 그러나 단 한 가지 믿고 의지한 것이 있었으니 다름 아닌 「금강경」이었다. 할머니는 늘 「금강경」을 외우며 돌아다니다가 밤이 되면 산기슭으로 돌아가 잠을 잤다. 동네 처마 밑에서 이슬이라도 피할라치면 집주인들이 모두 싫어했기 때문이다.

그러던 어느 날 그 할머니가 보이지 않았다. 하루, 이틀, 며칠이 지나도 「금강경」을 외면서 탁발하러 다니는 그 모습이 더는 보이지 않았다. 해가 지면 할머니가 돌아가던 그곳에 갈가마귀 떼가 몰려들어 울어 댔다. 무슨 일인가 싶어서 사람을 보내 살펴보니 할머니가 가슴에 「금강경」을 품고서 바위 앞에 죽어 있었다. 까마귀들이 흙을 물어다가 할머니를 덮어 주고 있었던 것이다. 선종의 소의경전인 「금강경」을 수지 독송한 공덕을 이름 없는 평범한 할머니가 온몸으로 보여준 것이다. '살아서 도인'도 있고 '죽어서 도인'도 있는 법이다.

이번에는 장삼이사의 진짜 장씨 이야기이다. 장덕張德은 이발사였다. 그의 집안은 대대로 절에 물건을 대는 일을 가업으로 해 왔다. 그 인연으로 시간만 나면 참선을 하였고 자주 사람들을 따라 법문을 들으러 다녔다. 그러던 어느 날 그는 눈앞이 훤해지는 경험을 하게 된다. 스스로 깨친 바가 있다고 생각했지만 입을 다물고 있어서 주변 사람들은 그가 '한 소식' 한 것을 아무도 몰랐다. 하루는 눈이 펑펑 내렸다. 아이들이 모두 거리에 쏟아져 나와 흰 눈으로 불상을 만들었다. 장덕은 그 광경을 기특하다는 눈으로 쳐다보다가 문득 게송 한 수를 지었다.

꽃 한 송이가 여래를 받들고 나타났는데
육근六根의 표현이 원만하고 눈가에는
미소까지 머금었구나
하지만 해골이 원래 물인 줄 알았더라면
마야 부인 태 속에 들어가지 않았을 것을.

한편, 바늘을 만드는 정丁 씨는 천태 지방 사람으로 서암사 방산 선사에게서 인가를 받았다. 그가 남겨 놓은 선시가 있다.

놓든지 잡든지 간에
한 줄기 신령스런 빛이 천지를 비추네.

흰 눈과 맑은 거울을 빌려와 이치를 밝혀 놓은 두 작품은 모든 한 경지에 이른 게송이라고 하겠다. 송나라의 대혜 종고 선사와 명나라의 무온 서중 선사가 이 글을 굳이 기록으로 남겨 놓은 것은 다른 뜻이 아니다. 그들이 평범한 보통 사람이라고 해서 그 깨달음의 경지를 무시할 수는 없기 때문이다. 그래서 「전등록」에는 이렇게 비꼬아 말하고 있다.

"불법을 알고자 한다면 장삼이사에게 물어 보고 세간법을 알고자 한다면 고불총림古佛叢林에 들어가거라."

어느 여름 바이칼 호를 찾았을 때 이야기이다. '정말 바이칼을 사랑하는 표정'을 가진 그는 여행업을 하는 사업가라기보다는 오히려 선비풍에 가까웠다. 버스 안에서 그는 러시아 여가수 알라 푸가초바가 부른 '백만 송이 장미'라는 노래에 대해 자세하게 설명해 주었다.

유명한 미모의 여배우를 짝사랑하던 한 가난한 무명 화가가 자신이 가진 모든 것을 팔아 백만 송이 장미를 사서 그 배우가 묵고 있는 호텔 광장에 뿌리며 사랑을 고백했으나 결국 그의 마음을 사로잡지 못한 채 떠나 보내고 말았다는 것이 그 노래에 담긴 사연의 요지이다.

꽃은 여러 가지 뜻을 담고 있다. 가난한 그 화가에게 꽃은 간절한 사랑 고백을 위한 매개체였다. 부처님이 대중 앞에 들어 보인 연꽃은 진리의 상징 언어였다. 진리와 욕망이라는 상반된 메시지의 넓은 스펙트럼 속에서 꽃이 갖는 의미는 저마다에게 서로 다를 수밖에 없다.

수행자는 꽃으로 자신을 꾸며서는 안 된다는 서릿발 같은 계율은 역으로 또 다른 집착을 만들었다. 그래서 문수의 법문에 감동한 선녀가 꽃을 뿌리니 그 계율에 집착하는 성문승들에게 거꾸로 꽃들이 몸에 그대로 붙어 버렸다. 이 의

도하지 않는 '파계'에 아연질색한 율법주의자들은 온갖 신통력을 동원하여 꽃을 떨쳐 내려고 했지만 허사였다. 그러나 계율에 집착하지 않는 대승 보살들의 몸에 내린 꽃들은 아이러니하게 그대로 땅바닥으로 떨어졌다. 정작 꽃은 아무 생각도 분별도 없는데 오히려 당사자들의 넘치는 분별의식을 질타하고 있다. 그야말로 "꽃도 너를 사랑하느냐?"고 되묻고 있다.

마음을 비운 경지는 공空을 가장 잘 아는 수보리 존자가 보여 주고 있다. 어느 날 존자가 바위굴에서 좌선을 하고 있는데 뜬금없이 제석천이 나타나 반야를 잘 말한다고 찬탄하면서 꽃을 뿌렸다. 이에 존자는 반야를 설한 적이 없다고 반문하니 도리어 이렇게 대답하는 거였다.

"존자께서 말한 적이 없고, 저도 또한 들은 적이 없습니다. 말한 것도 없고 들은 것도 없는 이것이 참으로 반야를 잘 말한 것이 아니겠습니까?"

이 정도 안목이라면 꽃을 올릴 만한 자격도, 또 받을 자격도 있다고 할 것이다. 이럴 경우 꽃도 사실 꽃이 아니요, 받아도 받은 것이 아닌 것이다.

이런 꽃이 가지는 모든 의미를 압축적으로 보여 준 것은 우두 법융 선사일 것이다. 그가 우두산 유서사 북쪽 바위굴에 앉아 정진할 때다. 새들이 선사에게 온갖 꽃을 물어다 주는 상서로운 일이 종종 일어났다. 그는 이 일을 은근히 자랑스럽게 여겼을 것이다. 그런데 4조 도신 선사가 이 광경을 보고는 '꽃마저도 필요 없는 경지'를 한 수 제대로 가르쳐 주려고 찾아갔다. 우두 선사가 공부하는 체하며 '폼 잡고' 앉아 있는데 도신 스님은 그 속마음을 알고 있다는 듯이 물었다.

"여기서 무엇을 하는가?"

"마음을 관觀합니다."

"관하는 것은 누구의 마음이며, 그 마음은 또 어떤 물건인가?"

이 한마디에 그때까지 꽃놀이 패를 즐기던 그 마음도 완전히 없어졌다. 물론 그 뒤로는 새가 더는 꽃을 물어다 주지도 않았다. 그래서 이는 뒷날 많은 납자들에게 의심을 일으키게 하는 화두가 되었다.

"우두 법융 스님이 4조 도신 선사를 만나기 전에는 어째서 온갖 새가 꽃을 물어다가 바쳤습니까? 또 만난 뒤에는 왜 더는 꽃을 올리지 않았습니까?"

'백만 송이 장미' 그 노래의 후렴은 이 질문에 대한 완전한 대답은 아니지만, 근사치의 답을 찾아 낼 수 있는 단초를 제공하고 있는지도 모르겠다.

미워하는 미워하는 미워하는 마음 없이
아낌없이 아낌없이 사랑을 주기만 할 때
백만 송이 백만 송이 백만 송이 꽃이 되고
그립고 아름다운 내 별나라로 갈 수 있다네.

호떡 법문계의 지존 운문 선사

소란스러운 것을 "호떡집에 불난 듯하다"거나, 수시로 변덕부리는 것을 "호떡 뒤집듯 한다"라는 말에서 보듯 호떡의 이미지는 그리 상쾌하지 않다. 하긴 '호胡'라는 말 자체가 중국 문화의 주변부라는 뜻이다. 호떡은 북쪽 오랑캐들이 먹는 떡이다. 이는 주류 음식이 아니라 변방의 먹을거리이며, 주식이 아니라 간식이라는 의미가 더 강하다.

통설에 따르면 우리나라에 호떡이 들어온 것은 구한말이라고 한다. 1882년 임오군란이 일어났을 때 청나라 육군 병력 삼천 명이 조선에 진주했다. 그때 청나라 상인 사십 명도 함께 들어왔다. 하지만 그 뒤로 동아시아 국제 정세의 변화로 인하여 청나라는 망했고, 상인들은 본토로 돌아가지 않고 그대로 눌러앉아 음식점을 열어 만두나 호떡 같은 것을 만들어 팔기 시작했다.

지금 우리의 호떡은 육이오전쟁 때 미군에게서 배급받은 밀가루에 막걸리를 부어 하루 저녁 재워 부풀린 다음 연탄불에 드럼통 철판을 올려 놓고 구워서 팔던 것에 더 가까울 것이다. 그렇다면 신라와 고려는 말할 것도 없고 조선 중기의 선사들도 호떡은 구경하지도 못했다는 말이 된다. 그렇다면 우리에게 호떡은 임오군란이나 육이오전쟁 같은 '전쟁'과 더 인연이 깊다.

호떡의 전쟁 이미지는 선가에서도 그대로 적용된다.

'운문 선사의 호떡'도 '생사生死와의 전쟁'을 위한 무기인 화두이기 때문이다. '운문호병雲門胡餠'의 전말은 이러하다.

한 납자가 운문 선사에게 물었다.

"어떤 것이 부처를 뛰어넘고 조사를 뛰어넘는 말씀입니까?"

"호떡이니라."

선종에서 '호떡' 하면 운문 선사이다. 앞뒤 사정으로 미루어 보건대 당신이 호떡을 좋아하니까 자주 만들어 먹었을 것이고 그러다 보니까 그 회상에 호떡을 좋아하는 납자들이 많이 모여들었을 것 같다. 호떡 먹기 싫어서 운문종을 떠났다거나 다른 회상으로 갔다는 말은 들어 보지 못했다. 그 덕분에 운문 선사에게는 호떡 법문이 많이 남아 있다.

어느 날 운문 선사가 재를 지내고 난 뒤 호떡을 한입 깨물고 나서 말했다.

"제석천왕의 콧구멍을 물어뜯었더니 제석이 '아야! 아야!' 하는구나."

뜬금없이 호떡을 먹다 말고 한마디 날리는 통에 대중이

어리둥절했을 것이다. 호떡을 먹으면서 공부하려는 마음은 간 곳이 없고 달콤한 맛만 즐기고 있는 후학들이 마뜩잖았는지도 모르겠다. 그밖에도 호떡 법문은 몇 개 더 있다.

취암에게 어느 스님이 재를 청하자 이렇게 말했다.

"나의 질문에 대답을 한다면 재에 참석하리다."

"물으십시오."

그러자 문득 호떡을 하나 집어들었다.

"여기에도 법신이 있습니까?"

"법신이 있습니다."

"그렇다면 법신을 먹는 것이군."

그러자 그 스님은 더는 대꾸를 하지 못했고 재에 가자고 청하지도 못했다.

숭수가 창문 너머로 호떡을 만들고 있는 스님을 보면서 물었다.

"내가 보이느냐?"

"보이지 않습니다."

"나에게 호떡 값을 되돌려다오."

'호떡 존자' 운문 선사는 남의 법문까지 빌려와 당신의 법문거리로 만들어 버렸다. 취암과의 문답에는 "스님께서 정중하게 법석을 내려 주셔서 감사합니다"라고 하였고, 숭수와의 문답에 대해서는 "스님께서는 호떡 화로에 절이나 하십시오"라고 착어하여 호떡 법문계의 지존임을 만천하에 과시했다.

그나저나 호떡이 '어떻게 부처와 조사를 초월하는 것'인지를 참구하는 것은 지금 남아 있는 자들이 해결하여야 할 몫이다.

낙엽은 뿌리로 돌아가고

단풍철도 지났다. 가을도 없이 겨울이 와 버렸다는 말이 참으로 실감날 만큼 여름은 길고 가을은 짧았다. 지구 온난화는 우리나라도 예외가 아님을 그대로 보여 준다. 그 와중에서도 붉은 잎은 바삐 온산을 물들인 뒤 이제 잎은 떨어져 뿌리로 돌아가고 있다. 낙엽귀근落葉歸根이라고 했던가? 하지만 어김없이 이듬해 봄에는 다시 새잎이 돋는다. 그 잎이 그 잎은 아니겠지만 범부들은 그 잎이 그 잎이라 여기면서 영원함을 꿈꾼다.

부처님은 백 년을 사바세계에 머물 인연이었다. 그런데 여든 살에 열반에 드셨다. 그 까닭은 당신이 누려야 할 이십 년 복을 후학들에게 돌려주기 위함이었다. 그 복으로 제자들은 수행하고 불사하면서 이천육백여 년을 살아왔으니 그야말로 무량한 복이 아닐 수 없다. 이것을 선어록에서는 "세존이십년유음世尊二十年遺蔭," 곧, 세존께서 남겨 놓은 이십 년 그늘이라 했다. 선사들은 이를 "큰 나무 그늘이 강동 삼백 리를 덮는다"는 말로 바꾸어 표현하기도 했다. 받아야 할 업과 누려야 할 복은 누구든지 예외가 없다. 낭야 광조 선사 문하의 귀종 가선과 해인 초신의 행적은 이를 잘 보여 주는 일화라 하겠다.

가선 선사가 살고 있던 남강 땅의 태수는 스님을 눈엣가시처럼 여겼다. 그러다가 마침내 개인적 허물을 가지고 선사를 법적으로 문책하고자 하였다. 이 소식을 전해 들은 선사는 절친하게 지냈던 곽상정 거사에게 서신 겸 유서를 남기고 입적해 버렸다.

"나에게는 다하지 못한 세상 인연이 육 년 더 남았는데, 오늘 이 핍박을 견딜 수 없어 그대의 집안에 의탁하여 다시 태어나고자 하니 잘 보살펴 주기 바라오."

그날 밤 곽 거사 부인이 잠을 자는데 꿈 속에 가선 선사가 어렴풋이 이불 속으로 들어오는 것을 보고 놀라서 손으로 저어하며 소리쳤다.

"여긴 스님이 오실 곳이 아닙니다."

거사는 잠꼬대를 하는 아내를 깨워 그 연유를 물으니 아내는 꿈 이야기를 했다. 그러자 그는 불을 켜고서 아내에게 가선 선사의 편지를 보여 주었다. 이후 태기가 있었고 아이가 태어나자 그 이름을 선노宣老라고 지었다. 겨우 첫돌이 지났는데 아이는 옛일을 모두 기억하고 있었다. 세 살이 되던 해, 백운 수단 선사가 가선의 환생을 확인하고는 공부 경지도 같은지 궁금해 확인하고자 하였다. 그때 마침 문 밖에 수레 끌고 가는 소리가 들렸다. 백운이 물었다.

"문 밖에 무슨 소리인가?"

선노는 수레 미는 시늉을 하였다. 다시 물었다.

"수레가 지나간 뒤에는 어떻게 되는가?"

"평지에 한 줄의 도장이 패이지."

그렇게 선문답이 이루어진 것이다.

그런데 여섯 살이 되자마자 아무 병 없이 죽어 버렸다. 그가 유서에서 말한 다하지 못한 인연 육 년을 이렇게 채웠던 것이다.

해인 초신 스님은 여든 살까지 살았다. 방어사 주공 집에서 공양청을 자주 받았다. 어느 날 주공이 물었다.

"다음 생에는 저희 집안에 태어나시지 않겠습니까?"

스님은 미소로 승낙한 뒤 절에 돌아가더니 열반했다. 얼마 안 있어 그 집안에 딸이 태어났다. 그 이야기를 원조 종본 선사가 듣고서 찾아갔다. 태어난 지 한 달 된 아이를 안고 나왔는데 선사를 보고서 방긋방긋 웃었다. 하지만 종본은 인정사정없었다.

"해인아! 너는 틀렸다. 그렇게 사는 것이 아니다."

그 말을 듣자마자 그 아이는 그 자리에서 죽어 버렸다.

종본 선사는 해인 스님이 살 만큼 살았는지라 더 살아야 할 인연이 없는데도 인정에 끄달려 다시 태어난 것을 꾸짖은 것이다. 그러나 가선 스님은 남아 있는 인연 육 년 때문에 다시 태어나 그렇게 살다가 갔다. 업業과 인因의 법칙에서 누군들 한 치라도 벗어날 수 있겠는가? 가끔 그 원칙을 어기고 따로 튀어나온 놈이 있을 경우 가차없이 할을 내질렀다.

스스로 복이 없다고 생각되면

먼 길을 운전하다가 라디오에서 들은 이야기다. 생활 속의 자잘한 일들을 편지 형식으로 투고하면 읽어 주는 인기 프로그램에서였다. 세상 사람들 살아가는 이야기는 소소한 일이어도 진실이기에 모두에게 공감을 불러일으킨다.

한 중년 여인이 여고 동창 모임에서의 일을 소개한 편지가 귀에 들어왔다. 편지를 쓴 이는 결혼한 아줌마로, 여고 시절 친했던 친구와 같은 방을 쓰게 되었는데 그 친구는 미혼의 노처녀였다. 방을 같이 쓰면서 아줌마는 부지런히 수선을 떨며 방 청소를 하는데 고소득 전문직의 그 '화려한 싱글'은 꼼짝도 않고 빈둥빈둥 침대에 누워만 있었다는 것이다. 참다가 참다가 에둘러서 한마디 했으나 알아들었는지 못 알아들었는지 여전히 별 반응이 없었다는 거다. 그 뒤로 다시는 그 친구와 같은 방을 쓰지 않겠다고 다짐하는 내용으로 편지는 마무리를 지었다.

혼자 산다는 것은 결국 '이기적'이라는 말을 자주 들을 수밖에 없는 삶이기는 하다. 모든 것을 자기중심으로 생각하기 때문이다. 무소의 뿔처럼 혼자서 가야 하는 선종에서도 화합을 강조한 것도 그래서다. 화합을 깨는 행위를 오역죄의 으뜸으로 하였고 오역죄는 바라이죄(가장 엄한 죄)에 버금갈 만큼 큰 벌로 다스렸다. 또 이타행利他行을 강조했다.

이타행을 일방적으로 주장하기 어려워 '자리이타自利利他' 라고 말을 바꾸어, '싱글'들이 가진 근본적 '이기성'을 충족시키면서 주변도 함께 살필 것을 강조했다. 또 그런 행동은 복으로 자기에게 되돌아온다는 인과론을 폈다.

백은 혜학 선사는 힘이 세고 덩치가 우람했던 모양이다. 어느 날 도반 세 명과 함께 길을 가는데 한 도반이 배가 아프다면서 그에게 무거운 걸망을 맡겼다. 선사도 오래 걸어 이미 몸이 천근만근이었다. 급기야는 다른 한 도반까지 짐을 부탁했다. 그는 모두에게 '너무 이기적이다'라는 말을 하려다가 생각을 고쳐먹고 자기 것까지 세 사람 짐을 지고서 걸었다. 누군가가 해야 할 일이라면 자기가 하기로 마음을 먹었지만 온몸에 땀이 비 오듯 했다. 이윽고 해변에 도착해 배에 오르니 피로가 한꺼번에 몰려왔다. 짐을 베개 삼아 아무렇게나 옆으로 누워 코를 골면서 잠이 들었다. 얼마 동안 잤을까. 눈을 떠 보니 배는 정박한 그대로였다.

"사공! 왜 배를 출발시키지 않는 것이오?"

"뭐라구요? 이 지독한 양반아! 어젯밤 바다에 돌풍이 일어서 열 척이나 되는 배들이 모두 난파했고 이 배만 겨우 살아남았소. 그것도 승객 모두가 일심으로 기도를 해서 겨우 이곳에 피난할 수 있었단 말이오. 그런데 당신은 그 아수라장 속에서 드르렁 드르렁 코를 골며 자고 있었소. 내가 삼십 년 넘게 사공 생활을 했어도 당신처럼 대담하고 뻔뻔한 사람은 처음 보았소."

이 말을 듣고 놀란 선사가 주변을 돌아보니 도반을 비롯하여 승객들 모두가 기진맥진한 상태였고 배 안은 구토한 오물로 인해 발을 디딜 수 없을 정도였다. 선사는 합장하며 간밤의 고난을 면하게 해 준 부처님에게 감사를 드렸다. 그러자 이를 본 사공이 빈정거리며 말하였다.

"이 양반아! 지금 기도해 봐야 무슨 소용이 있소?"

선사는 나중에 이 일을 제자들에게 들려주면서 작복作福을 강조하였다.

"음덕陰德(보이지 않게 지은 복)이 있으면 양보陽報(드러나는 결과)가 있는 것을 나는 그때 실제로 체험하였다. 아무리 작은 선행이라도 가볍게 여겨서는 안 된다. 다른 사람을 위해서 최선을 다하는 것이 바람직하다."

좀 귀찮고 무거웠지만 그 짐을 들어 준 공덕이 이렇게 나타나게 되었다는 것이다.

노처녀는 싱글을 면하고 싶으면 부지런히 청소 요리 따위를 하며 헌신적인 아줌마 업을 지어야 한다. 누구나 스스로 복이 없다고 생각되면 열심히 복을 지을 일이다. 결국 '이타利他가 곧 자리自利'이기 때문이다.

"여하시조사서래의如何是祖師西來意닛고?"

"어떤 것이 조사께서 서쪽에서 오신 뜻인"가 하는 물음은 오랜 세월 동안 눈이 한 개라도 있고 입이 제자리에 붙어 있는 납자라면(놈은) 다 한번씩 물어 보았을 것이다. 이는 선의 근본 정신을 묻는 선문답의 정형인지라 이에 대해 한마디라도 대답하지 않으면 선사 축에도 끼지 못하는 부담스런 질문이기도 하다.

이 공안은 심지어 시대를 초월하여 오늘날에 와서도 '달마가 동쪽으로 간 까닭은?' 이라고 하여 영화 제목으로 다시 살아났다. 달마 대사는 중국의 서쪽에 있는 인도에서 왔다. 밤마실을 나가는 것도 다 까닭이 있기 마련인데 벽안의 눈 푸른 납자가 이역 만리 중국으로 배를 타고 그 모진 풍랑을 헤치고 왔으니 그 까닭이 없을 수 없다.

그런데 달마 대사가 열반하여 웅이산에서 장례를 지낸 지 삼 년 뒤에 송운宋雲이라는 사람이 서역의 사신으로 갔다가 돌아오는 길에 총령에서 손에 짚신 한 짝을 들고서 홀홀히 가고 있는 달마 대사를 만났다.

"선사시여! 어디로 가십니까(師何往)?"

"서역으로 가노라(西天去)."

송운이 복명을 마친 뒤에 왕에게 여담으로 길거리에서

달마 대사 만난 일을 자세히 보고했다. 황제가 의아해하면서도 이를 확인하기 위해 무덤을 열게 했는데 빈 관에 신 한 짝만 남아 있었다. 그 유명한 '수휴척리手携隻履,' 곧 '손에 짚신 한 짝 들고서' 공안의 전말이다.

달마는 다시 서쪽으로 가 버렸다. 그렇다면 달마께서 서쪽으로 가신 뜻은?

어쨌거나 달마는 동쪽으로 왔다가 다시 서쪽으로 가 버렸다. 그럼에도 '동쪽으로 온 뜻'은 중국은 말할 것도 없고 한국과 일본에까지 남아 있다. 그럴 뿐만 아니라 그 질문은 태평양 건너 신대륙까지 동쪽으로 동쪽으로 계속 의심의 화두가 되어 퍼져 나가고 있다.

조사께서 서쪽에서 오신 뜻에 대한 대답은 정말로 각양각색이다.

조주 선사는 '뜰 앞의 잣나무(庭前栢樹子)'라고 했다. 그리고 다른 날에는 똑같은 질문을 받고서 "울 안에서 소를 잃느니라"고 했고, 또 다른 날에는 "섣달이 저물어도 종이로 만든 가짜 돈을 사르지 않는다"라고도 한 바 있다. 조주 선사의 답변이 이렇게 다양한데, 워낙 말씀을 잘 하시니 당연한 결과이기도 하다.

운문 선사는 지저분하게도 '마른 똥 막대기'라고 했다. 기상천외한 답변이 아닐 수 없다. 현오 광혜는 '조사서래의'를 묻는 납자에게 "예배하지 않고 어느 때를 기다리는가

(不禮拜 便待何時)?" 하고 되쏘았다. 아마 본질적인 답변에 너무 목이 말라 선지식에게 절을 하는 것조차 잊어 버리고 뻣뻣하게 선 채로 심각한 표정을 짓고서 진지하게 물은 모양이다.

동산 선사는 "마치 놀란 닭과 물소 같느니라"고 했고 영운 선사는 "지독한 독에 쏘일 때를 임하여 우물 밑에 사과나무를 심느니라"고 했다. 그러고 보니 "내일 이 세상이 망하더라도 나는 오늘 한 그루의 사과나무를 심겠다"고 한 스피노자의 말도 여기에 근원을 두고 있는 건 아닐까.

현자 스님은 "신주 앞에 놓인 술잔이니라(神前酒臺盤)"고도 했고, 영안 선사는 "벽 위에 마른 소나무를 그려 놓으니 벌들이 다투어 와서 꽃술을 모으니라" 하여 솔거가 그렸다는 그 유명한 벽화를 생각나게 하는 대답을 했다.

'조사서래의'를 묻는 말에는 뭐니뭐니 해도 임제와 법상의 답변이 최고의 압권이다.

임제 선사는 "만일 서쪽에서 오신 뜻이 있었다면 자기조차도 구제하지 못했을 것이다(若有意 自救不了)"라고 조금 고상하게 에둘러서 대답했다. 그러자 기다렸다는 듯이 이를 나꿔채서 대매 법상 선사는 아예 한 술 더 떠 가장 과격한, 그러면서도 일체 군더더기가 없는 대답으로 매조지를 했다. 그러니 이제 어느 누구도 더는 할 말이 없게 만들어 버렸다고 하겠다.

"서쪽에서 오신 뜻이 없느니라(西來無意)."